03/12

01/14

3

07/13

4

W9-CZM-446

Fahrenheit 451

RAY BRADBURY

Fahrenheit 451

minotauro

Título original:
Fahrenheit 451
Traducción de Francisco Abelenda

Primera edición en esta presentación: junio de 2007

© Ray Bradbury, 1953, 1993, 2005
© Ediciones Minotauro, 1985, 2007
Avda. Diagonal, 662-664, 6.ª planta, 08034 Barcelona
www.edicionesminotauro.com
www.scyla.com

ISBN: 978-84-450-7641-5
Depósito legal: B. 24.064-2007

Preimpresión: Anglofort, S. A.
Impresión y encuadernación: EGEDSA

Impreso en España
Printed in Spain

Este libro, con gratitud,
es para
DON CONGDON

FAHRENHEIT 451:
temperatura a la que
el papel de los libros se enciende y arde...

Si os dan papel pautado,
escribid por el otro lado.

JUAN RAMÓN JIMÉNEZ

1

La estufa y la salamandra

Era un placer quemar.

Era un placer especial ver cosas devoradas, ver cosas ennegrecidas y *cambiadas*. Empuñando la embocadura de bronce, esgrimiendo la gran pitón que escupía un queroseno venenoso sobre el mundo, sintió que la sangre le golpeaba las sienes, y que las manos, como las de un sorprendente director que ejecuta las sinfonías del fuego y los incendios, revelaban los harapos y las ruinas carbonizadas de la historia. Con el simbólico casco numerado –451– sobre la estólida cabeza, y los ojos encendidos en una sola llama anaranjada ante el pensamiento de lo que vendría después, abrió la llave, y la casa dio un salto envuelta en un fuego devorador que incendió el cielo del atardecer y lo enrojeció, y doró, y ennegreció. Avanzó rodeado por una nube de luciérnagas. Hubiese deseado, sobre todo, como en otro tiempo, meter en el horno con la ayuda de una vara una pastilla de malvavisco, mientras los libros, que aleteaban como palomas, morían en el porche y el jardín de la casa. Mientras los libros se elevaban en chispeantes torbellinos y se dispersaban en un viento oscurecido por la quemazón.

Montag sonrió con la forzada sonrisa de todos los hombres chamuscados y desafiados por las llamas.

Sabía que cuando volviese al cuartel de bomberos se guiñaría un ojo (un artista de variedades tiznado por un corcho) delante del espejo. Más tarde, en la oscuridad, a punto de dormirse, sentiría la feroz sonrisa retenida aún por los músculos faciales. Nunca se le borraba esa sonrisa, nunca –creía recordar– se le había borrado.

Colgó el casco, negro y brillante como un escarabajo, y lo lustró; colgó cuidadosamente la chaqueta incombustible; se dio una buena ducha, y luego, silbando, con las manos en los bolsillos, cruzó el primer piso y se dejó caer por el agujero. En el último instante, cuando el desastre parecía seguro, se sacó las manos de los bolsillos e interrumpió su caída aferrándose a la barra dorada. Resbaló hasta detenerse, chirriando, con los talones a un centímetro del piso de cemento.

Salió del cuartel y caminó hasta la estación subterránea. El tren neumático y silencioso se deslizó por el tubo aceitado, y con una gran bocanada de aire tibio lo abandonó en la escalera de claros azulejos, que subía hacia el suburbio.

Dejó, silbando, que la escalera lo llevara al aire tranquilo de la noche. Se dirigió hacia la esquina casi sin pensar en nada. Sin embargo, poco antes de llegar, caminó más lentamente, como si un viento se hubiese levantado en alguna parte, como si alguien hubiese pronunciado su nombre.

En esas últimas noches, mientras iba bajo la luz de los astros hacia su casa, en esta acera, aquí, del otro lado de la esquina, había sentido algo indefinible, como si un momento antes alguien hubiese estado allí. Había en el aire una calma especial como si alguien hubiese esperado allí, en silencio, y un momento antes se hubiese transformado en una sombra, dejándolo pasar. Quizá había respirado un débil perfume; quizá el dorso de sus manos, su cara, habían sentido que la temperatura era más alta en este mismo sitio donde una persona, de pie, hubiese podido elevar en unos diez grados y durante un instante el calor de la atmósfera. Era imposible saberlo. Cada vez que llegaba a la esquina veía sólo esa acera curva, blanca, nueva. Una noche, quizá, algo había desaparecido rápidamente en uno de los jardines antes que pudiese hablar o mirar.

Pero ahora, esta noche, aminoró el paso, casi hasta detenerse. Su mente, que se había adelantado a doblar la esquina, había oído un murmullo casi imperceptible. ¿Alguien que respiraba?, ¿o era la atmósfera comprimida simplemente por alguien que estaba allí, de pie, inmóvil, esperando?

Dobló la esquina.

Las hojas de otoño volaban de tal modo sobre la acera iluminada por la luna que la muchacha parecía ir en una alfombra rodante, arrastrada por el movimiento del aire y las hojas. Con la cabeza un poco inclinada se miraba los zapatos, rodeados de hojas estremecidas. Tenía un rostro delgado y blanco como la leche, y había en él una tierna avidez que todo lo tocaba con una curiosidad insaciable. Era una mirada, casi, de pálida sorpresa; los ojos oscuros estaban tan clavados en el mundo que no perdían ningún movimiento. Su vestido era blanco, y susurraba. Montag creyó oír cómo se le movían las manos al caminar, y luego, ahora, un sonido ínfimo, el temblor inocente de aquel rostro al volverse hacia él, al descubrir que se acercaba a un hombre que estaba allí, de pie, en medio de la acera, esperando.

Se oyó, allá, arriba, el ruido de los árboles que dejaban caer una lluvia seca. La muchacha se detuvo como si fuese a retroceder, sorprendida, pero se quedó allí mirando a Montag con ojos tan oscuros y brillantes y vivos que el hombre creyó haber dicho unas palabras maravillosas. Pero sabía que había abierto los labios sólo para decir hola, y entonces, como ella parecía hipnotizada por la salamandra del brazo y el disco con el fénix del pecho, habló otra vez.

–Claro... tú eres la nueva vecina, ¿no es cierto?

–Y usted tiene que ser... –la muchacha dejó de mirar aquellos símbolos profesionales–... el bombero –añadió con una voz arrastrada.

–De qué modo raro lo has dicho.

–Lo... lo hubiese adivinado sin mirar –dijo la muchacha lentamente.

–¿Por qué? ¿El olor del queroseno? Mi mujer siempre se queja –dijo Montag riéndose–. Nunca se lo borra del todo.

–No, nunca se lo borra –dijo ella, asustada.

Montag sintió que la niña, sin haberse movido ni una sola vez, estaba caminando alrededor, lo obligaba a girar, lo sacudía en silencio y le vaciaba los bolsillos.

–El queroseno –dijo, pues el silencio se había prolongado demasiado– es perfume para mí.

–¿Es así, realmente?

–Claro, ¿por qué no?

La muchacha reflexionó un momento.

–No sé –dijo, y se volvió y miró las casas a lo largo de la acera–. ¿No le importa si lo acompaño? Soy Clarisse McClellan.

–Clarisse. Guy Montag. Vamos. ¿Qué haces aquí tan tarde? ¿Cuántos años tienes?

Caminaron en la noche ventosa, tibia y fresca a la vez, por la acera de plata, y el débil aroma de los melocotones maduros y las fresas flotó en el aire, y Montag miró alrededor y pensó que no era posible, pues el año estaba muy avanzado.

Sólo ella lo acompañaba, con el rostro brillante como la nieve a la luz de la luna, pensando, comprendió Montag, en aquellas preguntas, buscando las respuestas mejores.

–Bueno –dijo la muchacha–, tengo diecisiete años y estoy loca. Mi tía dice que es casi lo mismo. Cuando la gente te pregunte la edad, me dice, contéstales que tienes diecisiete y estás loca. ¿No es hermoso caminar de noche? Me gusta oler y mirar, y algunas veces quedarme levantada y ver la salida del sol.

Caminaron otra vez en silencio y al final la muchacha dijo, con aire pensativo:

–Sabe usted, no le tengo miedo.

Montag se sorprendió.

–¿Por qué habrías de tenerme miedo?

–Tanta gente tiene miedo. De los bomberos quiero decir. Pero usted es sólo un hombre...

Montag se vio en los ojos de la muchacha, suspendido en dos gotas brillantes de agua clara, oscuro y pequeñito, con todos los detalles, las arrugas alrededor de la boca, completo, como si estuviese encerrado en el interior de dos milagrosas bolitas de ámbar, de color violeta. El rostro de la muchacha, vuelto ahora hacia él, era un frágil cristal, blanco como la leche, con una luz constante y suave. No era la luz histérica de la electricidad, sino... ¿qué? Sino la luz extrañamente amable y rara y suave de una vela. Una vez, cuando era niño, y faltó la electricidad, su madre encontró y encendió una última vela, y habían pasado una hora muy corta redescubriendo que con esa luz el espacio perdía sus vastas dimensiones y se cerraba alrededor, y en esa hora ellos, madre e hijo, solos, transformados, habían deseado que la electricidad no volviese demasiado pronto...

Y entonces Clarisse McClellan dijo:

–¿Le importa si le hago una pregunta? ¿Desde cuándo es usted bombero?

–Desde que tenía veinte años, hace diez.

–¿Ha leído alguno de los libros que quema?

Montag se rió.

–Lo prohíbe la ley.

–Oh, claro.

–Es un hermoso trabajo. El lunes quemar a Millay, el miércoles a Whitman, el viernes a Faulkner; quemarlos hasta convertirlos en cenizas, luego quemar las cenizas. Ése es nuestro lema oficial.

Caminaron un poco más y la niña dijo:

–¿Es verdad que hace muchos años los bomberos *apagaban* el fuego en vez de encenderlo?

–No, las casas siempre han sido incombustibles.

–Qué raro. Oí decir que hace muchos años las casas se quemaban a veces por accidente y llamaban a los bomberos para *parar* las llamas.

El hombre se echó a reír. La muchacha lo miró brevemente.

–¿Por qué se ríe?

–No sé –dijo Montag, comenzó a reírse otra vez y se interrumpió–. ¿Por qué?

–Se ríe aunque yo no haya dicho nada gracioso y me contesta en seguida. Nunca se para a pensar lo que le he preguntado.

Montag se detuvo.

–Eres muy rara –dijo mirando a la niña–. Bastante irrespe-
tuosa.

–No quise insultarlo. Ocurre que observo demasiado a la
gente.

–Bueno, ¿esto no significa nada para ti?

Montag se golpeó con la punta de los dedos el número 451
bordado en la manga de color de carbón.

–Sí –murmuró la muchacha, y apresuró el paso–. ¿Ha visto
alguna vez los coches de turbinas que pasan por esa avenida?

–¡Estás cambiando de tema!

–A veces pienso que los automovilistas no saben qué es la
hierba ni las flores, pues nunca las ven lentamente –dijo la muchacha–. Si usted les señala una mancha verde, dicen, ¡oh, sí!,
¡eso es hierba! ¿Una mancha rosada? ¡Un jardín de rosales! Las
manchas blancas son edificios. Las manchas oscuras son vacas.
Una vez mi tío pasó lentamente en coche por una carretera. Iba
a sesenta kilómetros por hora y lo tuvieron dos días en la cárcel.
¿No es gracioso, y triste también?

–Piensas demasiado –dijo Montag, incómodo.

–Casi nunca veo la televisión mural, ni voy a las carreras, ni a
los parques de diversiones. Me sobra tiempo para pensar cosas
raras. ¿Ha visto esos anuncios de ciento cincuenta metros a la
entrada de la ciudad? ¿Sabe que antes eran sólo de quince metros? Pero los coches comenzaron a pasar tan rápidamente que
tuvieron que alargar los anuncios para que no se acabasen demasiado pronto.

Montag rió nerviosamente.

–¡No lo sabía!

–Apuesto a que sé algo más que usted no sabe. Hay rocío en
la hierba por la mañana.

Montag no pudo recordar si lo sabía y se puso de muy mal
humor.

–Y si usted mira bien –la muchacha señaló el cielo con la cabeza–, hay un hombre en la luna.

Montag no miraba la luna desde hacía años.

Recorrieron el resto del camino en silencio; el de Clarisse

era un silencio pensativo; el de Montag algo así como un silencio de puños apretados, e incómodo, desde el que lanzaba a la muchacha unas miradas acusadoras. Cuando llegaron a la casa de Clarisse, todas las luces estaban encendidas.

–¿Qué ocurre?

Montag había visto muy pocas veces una casa tan iluminada.

–Oh, son mis padres que hablan con mi tío. Es como pasearse a pie, sólo que mucho más raro. Mi tío fue arrestado el otro día por pasearse a pie, ¿no se lo dije? Oh, somos *muy* raros.

–¿Pero de qué hablan?

Clarisse se rió.

–¡Buenas noches! –dijo, y echó a caminar. Luego, como si recordara algo, se volvió hacia Montag y lo miró con curiosidad y asombro–. ¿Es usted feliz? –le preguntó.

–¿Soy qué? –exclamó Montag.

Pero la muchacha había desaparecido, corriendo a la luz de la luna. La puerta de la casa se cerró suavemente.

–¡Feliz! ¡Qué tontería!

Montag dejó de reír.

Metió la mano en el guante-cerradura de la puerta y esperó a que le reconociera los dedos. La puerta se abrió de par en par.

Claro que soy feliz. Por supuesto. ¿No lo soy acaso?, preguntó a las habitaciones silenciosas. Se quedó mirando la rejilla del ventilador, en el vestíbulo, y recordó, de pronto, que había algo oculto en la rejilla, algo que ahora parecía mirarlo. Apartó rápidamente los ojos.

Qué encuentro extraño en una noche extraña. No recordaba nada parecido, salvo aquella tarde, hacía un año, cuando se había encontrado con un viejo en el parque, y tuvieron aquella conversación...

Montag sacudió la cabeza. Miró la pared desnuda. El rostro de Clarisse estaba allí, realmente hermoso en el recuerdo, asombroso de veras. Era un rostro muy tenue, como la esfera de un relojito vislumbrado débilmente en una habitación oscura en medio de la noche, cuando uno se despierta para ver la hora y ve el reloj que le dice a uno la hora y el minuto y el segundo, con un silencio blanco, y una luz, con entera certeza, y sabiendo qué debe decir de la noche que se desliza rápidamente hacia una próxima oscuridad, pero también hacia un nuevo sol.

–¿Qué pasa? –preguntó Montag como si estuviese hablándole a ese otro yo, a ese idiota subconsciente que balbucea a veces separado de la voluntad, la costumbre y la conciencia.

Miró otra vez la pared. Qué parecido a un espejo, también, ese rostro. Imposible, pues ¿a cuántos conoces que reflejen tu propia luz? La gente es más a menudo –buscó un símil y lo encontró en su trabajo– una antorcha que arde hasta apagarse. ¿Cuántas veces la gente toma y te devuelve tu propia expresión, tus más escondidos y temblorosos pensamientos?

Qué increíble poder de identificación tenía la muchacha. Era como esa silenciosa espectadora de un teatro de títeres que anticipa, antes de que aparezcan en escena, el temblor de las pestañas, la agitación de las manos, el estremecimiento de los dedos. ¿Cuánto tiempo habían caminado? ¿Tres minutos? ¿Cinco? Qué largo sin embargo parecía ese tiempo ahora. Qué inmensa la figura de la muchacha en la escena, ante él. Y el cuerpo delgado, ¡qué sombra arrojaba sobre el muro! Montag sintió que si a él le picaba un ojo, la muchacha comenzaría a parpadear. Y que si se le movían ligeramente las mandíbulas, la muchacha bostezaría antes que él.

«Pero cómo –se dijo–, ahora que lo pienso casi parecía que me estaba esperando en la esquina, tan condenadamente tarde...»

Abrió la puerta del dormitorio.

Era como entrar en la cámara fría y marmórea de un mausoleo, cuando ya se ha puesto la luna. Oscuridad completa; ni un solo rayo del plateado mundo exterior; las ventanas herméticamente cerradas; un universo sepulcral donde no penetraban los ruidos de la ciudad.

El cuarto no estaba vacío.

Escuchó.

El baile delicado de un mosquito zumbaba en el aire; el eléctrico murmullo de una avispa animaba el nido tibio, de un raro color rosado. La música se oía casi claramente.

Montag podía seguir la melodía.

Sintió de pronto que la sonrisa se le borraba, se fundía, se doblaba sobre sí misma como una cáscara blanda, como la cera de un cirio fantástico que ha ardido demasiado tiempo, y ahora se apaga, y ahora se derrumba. Oscuridad. No era feliz. No era feliz. Se lo dijo a sí mismo. Lo reconoció. Había llevado su felicidad como una máscara, y la muchacha había huido con la máscara y él no podía ir a golpearle la puerta y pedírsela.

Sin encender la luz imaginó el aspecto del cuarto. Su mujer estirada en la cama, descubierta y fría, como un cuerpo extendido sobre la tapa de un ataúd, con los ojos inmóviles, fijos en el techo por invisibles hilos de acero. Y en las orejas, muy adentro, los caracolitos, las radios de dedal, y un océano electrónico de sonido, música y charla y música y música y charla, que golpeaba y golpeaba la costa de aquella mente en vela. El cuarto estaba en realidad vacío. Todas las noches entraban las olas, y sus grandes mareas de sonido llevaban a Mildred flotando y con los ojos abiertos hacia la mañana. No había pasado una sola noche en estos dos últimos años sin que Mildred no se hubiese bañado en ese océano, no se hubiese sumergido en él, alegremente, hasta tres veces.

Hacía frío en el cuarto, pero sin embargo Montag sentía que no podía respirar. No quería abrir las cortinas ni la ventana balcón, pues no deseaba que la luna entrara en el cuarto. De modo que sintiéndose como un hombre que va a morir en la próxima hora por falta de aire, se encaminó hacia su cama abierta, vacía, y por lo tanto helada.

Un instante antes de golpear con el pie el objeto caído en el suelo, Montag ya sabía que iba a golpearlo. Fue algo similar a lo que había sentido antes de doblar la esquina y derribar casi a la muchacha. El pie envió hacia delante ciertas vibraciones, y, mientras se balanceaba en el aire, recibió los ecos de una menuda barrera. El pie tropezó. El objeto emitió un sonido apagado y resbaló en la oscuridad.

Montag se quedó inmóvil y tieso, y escuchó a la mujer acostada en la cama oscura, envuelta por aquella noche totalmente uniforme. El aire que salía de la nariz era tan débil que movía solamente los flecos más lejanos de la existencia, una hojita, una pluma oscura, un solo cabello.

Montag no deseaba, ni aun ahora, la luz de fuera. Sacó su encendedor, tocó la salamandra grabada en el disco de plata, la apretó...

A la luz de la llamita, dos piedras lunares miraron a Montag, dos pálidas piedras lunares en el fondo de un arroyo de agua clara sobre el que corría la vida del mundo, sin tocar las piedras...

–¡Mildred!

El rostro de Mildred era como una isla cubierta de nieve donde podía caer la lluvia, pero que no sentía la lluvia; donde las nubes podían pasear sus móviles sombras, pero que no sentía la sombra. Era sólo esa música de avispas diminutas en los oídos herméticamente cerrados, y unos ojos de vidrio, y el débil aliento que le salía y entraba por la nariz. Y a ella no le importaba si el aliento venía o se iba, se iba o venía.

El objeto que Montag había empujado con el pie, brillaba ahora bajo el borde de su propia cama. Era el frasco de tabletas para dormir que hoy temprano había contenido una treintena de cápsulas y que yacía destapado y vacío a la luz de la llama diminuta.

Mientras Montag estaba allí, de pie, el cielo chilló sobre la casa. Fue un tremendo rasguido, como si las manos de un gigante hubiesen desgarrado diez kilómetros de lienzo. Montag sintió como si lo hubiesen partido en dos, de arriba abajo. Los bombarderos de reacción pasaban allá arriba, pasaban, pasaban, uno dos, uno dos, seis aparatos, nueve aparatos, doce aparatos, uno y uno y uno y otro y otro y otro, y le gritaban a él, a Montag. Abrió la boca y dejó que el chillido de las turbinas le entrara y saliera por entre los dientes. La casa se sacudió. La llama se le apagó en la mano. Las piedras lunares se desvanecieron. Montag sintió que su mano se acercaba al teléfono.

Los aviones se habían ido. Montag sintió que movía los labios rozando la embocadura del teléfono.

–Hospital de Urgencias.

Un terrible suspiro.

Montag sintió que las estrellas habían sido pulverizadas por las negras turbinas y que a la mañana siguiente la tierra estaría cubierta por el polvo de esos astros, como una nieve extraña. Eso pensó, tontamente, mientras estaba allí, de pie, estremeciéndose en la sombra, y movía y movía los labios.

Tenían esta máquina. Tenían dos máquinas realmente. Una de ellas se introducía en el estómago como una cobra negra en busca de las viejas aguas y el viejo tiempo allí acumulados. La máquina bebía aquella materia verde que subía con un pausado burbujeo. ¿Bebía también la oscuridad? ¿Extraía todos los venenos depositados a lo largo de los años? La máquina se alimentaba en silencio, y de cuando en cuando dejaba oír un sonido de sofocación y búsqueda a ciegas. Tenía un Ojo. El impersonal operador podía, con un casco óptico especial, observar el alma de la persona a quien estaba bombeando. ¿Qué veía el Ojo? El operador no lo decía. El operador veía, pero no lo mismo que el Ojo. La operación no dejaba de parecerse a una excavación en el jardín. La mujer tendida en la cama no era más que un duro estrato de mármol recién descubierto. Adelante, de cualquier modo; afuera con el aburrimiento, saquen el vacío, si las pulsaciones de la serpiente aspirante pueden extraer esas cosas. El operador fumaba un cigarrillo. La otra máquina también funcionaba.

La manejaba un hombre igualmente impersonal que llevaba un traje de faena castaño rojizo a prueba de manchas. Esta máquina bombeaba y extraía la sangre del cuerpo y la reemplazaba con suero y sangre nueva.

–Hay que limpiarlos de las dos formas –dijo el operador inclinado sobre la mujer silenciosa–. De nada sirve limpiar el estómago si no se hace lo mismo con la sangre. Deja usted esa cosa en la sangre y la sangre golpea el cerebro como una maza, bam, un par de miles de veces, y el cerebro deja de funcionar, se para, renuncia.

—¡Basta! —dijo Montag.

—Sólo le estaba explicando —dijo el operador.

—¿Han terminado? —dijo Montag.

Los hombres cerraron las máquinas.

—Hemos terminado. —La ira de Montag no había llegado hasta ellos. Allí se quedaron, con el cigarrillo que les llenaba de humo la nariz y los ojos, y sin pestañear ni fruncir la cara—. Son cincuenta dólares.

—¿Por qué no me dicen primero si se salvará?

—Seguro, quedará perfectamente. Tenemos toda la cosa en la botella y ya no puede hacerle daño. Como le dije, se saca la vieja, se pone la nueva, y uno queda perfectamente.

—Ninguno de ustedes es médico. ¿Por qué el hospital no ha enviado un médico?

—Diablos. —El cigarrillo del hombre se movió sobre el labio inferior—. Tenemos nueve o diez casos como éste por noche. Tenemos tantos, desde hace unos pocos años, que hubo que inventar estas máquinas especiales. Con la lente óptica, naturalmente; el resto es antiguo. No es necesario un médico para estos casos; bastan dos ayudantes; lo arreglan todo en media hora. Mire —el hombre se alejó hacia la puerta—, tenemos que irnos. Acabamos de recibir otra llamada por la vieja radio de dedal. A diez calles de aquí. Algún otro que se ha tragado toda una caja de píldoras. Si nos necesita, vuelva a llamarnos. Déjela tranquila. Le hemos dado un antisedativo. Se despertará con hambre. Adiós.

Y los hombres, con cigarrillos en las bocas rectas, los hombres de ojos de borla de polvos, recogieron su carga de máquinas y tubos, la botella de melancolía líquida, y el lodo lento y oscuro de aquella cosa sin nombre, y se fueron trotando hacia la puerta.

Montag se dejó caer en una silla y miró a la mujer. La mujer entornaba ahora los ojos, y Montag extendió la mano para sentir la tibieza del aliento en la palma.

–Mildred –dijo por fin.

«Somos demasiados –pensó–. Somos millardos, y eso es demasiado. Nadie conoce a nadie. Gente extraña se te mete en casa. Gente extraña te arranca el corazón. Gente extraña te saca la sangre. Buen Dios, ¿quiénes *eran* esos hombres? ¡No los he visto en mi vida!»

Pasó media hora.

La sangre de esta mujer era nueva y parecía haberle hecho algo nuevo. Las mejillas eran ahora muy rosadas y suaves y los labios muy rojos y frescos. La sangre de algún otro. Si hubiese sido la carne, el cerebro y la memoria de algún otro. Si le hubiesen llevado la mente a la lavandería y le hubiesen vaciado los bolsillos y la hubiesen limpiado con vapor y la hubiesen doblado y devuelto a la mañana siguiente. Si...

Montag se incorporó, echó a un lado las cortinas y abrió la ventana de par en par para que entrase el aire de la noche. Eran las dos de la mañana. ¿Clarisse McClellan en la calle y él de vuelta a casa y la habitación oscura y el pie que golpeaba la botellita de cristal sólo una hora antes? Sólo una hora, pero el mundo se había fundido y se había alzado otra vez con una forma nueva y descolorida.

Unas risitas cruzaron el jardín coloreado por la luna desde la casa de Clarisse y sus padres y el tío que sonreía, tan tranquilo y tan serio. Aquellas risas, sobre todo, eran cálidas y acogedoras y nada forzadas; y venían de una casa tan brillantemente iluminada a esta hora de la noche en que las otras casas se recogen a oscuras en sí mismas. Montag oyó las voces que hablaban, hablaban, hablaban, daban, hablaban, tejían y volvían a tejer su tela hipnótica.

Montag salió por la galería y cruzó el jardín casi sin darse cuenta. Se detuvo en la sombra, ante la casa de las voces, pensando que podía llamar a la puerta y decir: «Déjenme entrar. No diré nada. Quiero escuchar un poco. ¿Qué estaban diciendo?».

Pero se quedó allí, muy frío, con el rostro como una máscara de hielo escuchando la voz de un hombre (¿el tío?) que hablaba pausadamente:

–Bueno, al fin y al cabo, ésta es la época de los tejidos disponibles. Suénate las narices en una persona, ensúciala, avergüénzala. Busca otro, suénate, ensucia, avergüenza. Todos utilizan el borde de la chaqueta de los demás. ¿Cómo puedes aplaudir al equipo local cuando ni siquiera tienes un programa ni conoces los nombres? A propósito, ¿de qué color eran las camisetas cuando salieron al campo?

Montag volvió a su casa, dejó la ventana abierta, examinó a Mildred, le arregló cuidadosamente la ropa de cama, y luego se acostó con la luz de la luna en las mejillas y las arrugas de la frente; los ojos destilaron la luz de la luna y la convirtieron en una catarata de plata.

Una gota de lluvia. Clarisse. Otra gota. Mildred. Una tercera. El tío. Una cuarta. El incendio de esta noche. Una, Clarisse. Dos, Mildred. Tres, el tío. Cuatro, el incendio. Una, Mildred, dos Clarisse. Una, dos, tres, cuatro, cinco, Clarisse, Mildred, el tío, el incendio, las tabletas para dormir, el tejido disponible de los hombres, los bordes de las chaquetas, las narices, la suciedad, la vergüenza, Clarisse, Mildred, el tío, el incendio, las tabletas, los tejidos, las narices, la suciedad, la vergüenza. Uno, dos, tres, ¡uno, dos, tres! Lluvia. Tormenta. El tío que se ríe. El trueno escaleras abajo. El mundo entero anegado por la lluvia. El fuego que se alza en un volcán. Todo corría en un río borboteante y rugiente hacia la mañana.

–Ya no sé nada –dijo Montag, y dejó que una tableta somnífera se le disolviera en la lengua.

A las nueve de la mañana, la cama de Mildred estaba vacía.

Montag se levantó de un salto con el corazón en la boca, corrió al vestíbulo y se detuvo ante la puerta de la cocina.

Las tostadas saltaban de la tostadora de metal, y eran recogidas por una mano metálica que las untaba con queso fundido.

Mildred miraba la tostada que había caído en su plato. Unas

abejas electrónicas y zumbantes le cerraban los oídos. De pronto alzó los ojos, vio a Montag, e inclinó la cabeza.

–¿Estás bien? –preguntó Montag.

Mildred, después de llevar durante diez años aquellos dedales en los oídos, era una experta lectora de labios. Volvió a inclinar la cabeza, asintiendo. Puso en marcha la tostadora para que preparase otra rebanada de pan.

Montag se sentó.

–No entiendo por qué tengo tanta hambre –le dijo Mildred.

–Tú...

–*Tengo* hambre.

–Anoche... –comenzó a decir Montag.

–No dormí bien. Me sentí enferma –dijo ella–. Dios, qué hambre tengo. No sé por qué.

–Anoche... –dijo Montag otra vez.

Mildred le miró distraídamente los labios.

–¿Qué pasó anoche?

–¿No recuerdas?

–¿Qué? ¿Tuvimos una fiesta alocada o algo parecido? Quizá bebí demasiado. Dios, qué hambre tengo. ¿Quiénes vinieron?

–Unos pocos –dijo Montag.

–Lo que pensaba. –Mildred mordió su tostada–. Tengo un malestar en el estómago, pero me siento como vacía. Espero no haber hecho nada tonto en la fiesta.

–No –dijo Montag serenamente.

La tostadora hizo saltar una tostada para Montag. Montag se sintió obligado a cogerla en el aire.

–Tú tampoco pareces muy animado –dijo Mildred.

A última hora de la tarde comenzó a llover, el mundo entero era gris. Montag, de pie en el vestíbulo, se ponía en el brazo la insignia de la salamandra anaranjada. Se quedó mirando un rato la rejilla del acondicionador de aire. Su mujer en la sala de TV hizo una pausa en la lectura del libreto, bastante larga como para que tuviese tiempo de alzar los ojos.

–Eh –dijo–. Ese hombre está *pensando*.

–Sí –dijo Montag–. Quiero hablar contigo. –Calló un momento–. Te tomaste todas las píldoras del frasco anoche.

–Oh, no, yo nunca haría eso –replicó Mildred, sorprendida.

–El frasco estaba vacío.

–Nunca haría nada semejante. ¿Por qué iba a hacerlo? –dijo Mildred.

–Quizá tomaste dos píldoras y te olvidaste y tomaste otras dos y te olvidaste otra vez y tomaste otras dos, y al fin estabas tan marcada que seguiste así hasta tomar treinta o cuarenta.

–¿Y para qué iba a hacer una cosa tan tonta?

–No sé.

Era evidente que Mildred estaba esperando a que Montag se marchase.

–Nunca hice eso –dijo–. Nunca lo haría. Ni en un millón de años.

–Muy bien, si tú lo dices –dijo Montag.

Mildred volvió a su libreto.

–¿Qué hay esta tarde? –preguntó Montag, cansado.

Mildred no volvió a alzar los ojos del libreto.

–Bueno, es una obra que comenzará dentro de diez minutos en el circuito pared-a-pared. Me enviaron mi parte por correo esta mañana. Envié varias tapas de cajas. Escriben el libreto dejando una parte en blanco. Es una nueva idea. La mujer en el hogar, es decir yo, es la parte que falta. Cuando llega el momento, todos me miran desde las tres paredes y yo digo mi parte. Aquí, por ejemplo, el hombre dice: «¿Qué te parece esta nueva idea, Helen?». Y me mira a mí, sentada aquí en medio del escenario, ¿comprendes? Y yo digo, digo... –Mildred hizo una pausa y subrayó con el dedo un pasaje del libreto–: «¡Magnífico!». Y entonces siguen con la pieza hasta que él dice: «¿Estás de acuerdo con esto, Helen?», y yo digo: «¡Por supuesto!». ¿No es divertido, Guy?

Montag miraba a Mildred desde el vestíbulo.

–Por supuesto, muy divertido –dijo Mildred.

–¿De qué trata la pieza?

–Acabo de decírtelo. Hay una gente llamada Bob y Ruth y Helen.

–Oh.

–Es realmente divertido. Será más divertido todavía cuando tengamos la cuarta pared. ¿Cuánto tiempo pasará, te parece, antes que podamos ahorrar y echar abajo la otra pared y poner una nueva de TV? Sólo cuesta dos mil dólares.

–Un tercio de mi salario anual.

–Sólo cuesta dos mil dólares –repitió Mildred–. Y creo que alguna vez deberías pensar en mí. Si instalásemos una cuarta pared, sería casi como si este cuarto no fuese nuestro, sino de toda clase de gente rara. Podemos privarnos de algunas cosas.

–Ya nos estamos privando de algunas cosas para pagar la tercera pared. La instalamos hace sólo dos meses, ¿recuerdas?

–¿Hace tan poco? –Mildred se quedó mirándolo un rato–. Bueno, adiós, querido.

–Adiós –dijo Montag. Se detuvo y se volvió–. ¿Tiene un final feliz?

–No he llegado ahí todavía.

Montag se adelantó, leyó la última página, hizo un signo afirmativo, dobló el libreto, y se lo devolvió a Mildred. Salió de la casa, a la lluvia.

La lluvia era muy fina y la muchacha caminaba por el centro de la acera con la cabeza levantada y unas pocas gotas sobre el rostro. Cuando vio a Montag, sonrió.

–¡Hola!

Montag dijo hola y añadió:

–¿Qué haces hoy?

–Todavía estoy loca. La lluvia sabe bien. Me gusta caminar bajo la lluvia.

–No creo que eso me gustase –dijo Montag.

–Le gustará si lo prueba.

–Nunca lo he hecho.

Clarisse se pasó la lengua por los labios.

—La lluvia tiene buen sabor.

—¿Pero te pasas la vida probándolo todo una vez? —preguntó Montag.

—A veces dos.

La muchacha miró algo que tenía en la mano.

—¿Qué tienes ahí? —preguntó Montag.

—Creo que es el último diente de león de este año. No creí que pudiese encontrar uno en el jardín tan tarde. ¿Ha oído eso de pasárselo por debajo de la barbilla? Mire.

La muchacha se tocó la cara con la flor, riéndose.

—¿Qué es eso?

—Si queda algo en la barbilla significa que uno está enamorado. ¿Me queda?

Montag tuvo que mirar.

—¿Y bien? —dijo la muchacha.

—Estás toda amarilla ahí abajo.

—¡Magnífico! Vamos a probar con usted ahora.

—No servirá conmigo.

—Veamos. —Antes de que Montag pudiera moverse la muchacha le había puesto la flor bajo la barbilla. Montag dio un paso atrás y la muchacha se rió—. ¡No se mueva!

Miró bajo la barbilla de Montag y frunció el ceño.

—¿Y bien? —preguntó Montag.

—Qué lástima —dijo Clarisse—. No está enamorado de nadie.

—¡Sí que lo estoy!

—No se ve nada.

—¡Estoy enamorado, muy enamorado! —Montag trató de poner una cara que armonizase con las palabras, pero no la encontró—. ¡Estoy enamorado!

—Oh, por favor, no se ponga así.

—Es esa flor. Primero la usaste contigo. Por eso no me ha hecho nada.

—Claro. Así tiene que ser. Oh, ahora está enojado. Lo siento. Lo siento de veras.

La muchacha tocó el codo de Montag.

–No, no –dijo Montag rápidamente, apartándose–. Estoy bien.

–Tengo que irme, así que antes dígame que me perdona. No quiero que se enoje conmigo.

–No estoy enojado. Un poco molesto, sí.

–Tengo que ir a ver a mi psiquiatra. Me obligan a ir. Invento cosas para decirle. No sé qué piensa de mí. Dice que soy realmente una cebolla. Le hago pasar las horas sacándome capas.

–Sí, pienso que necesitas de veras un psiquiatra –dijo Montag.

–No lo dice en serio.

Montag retuvo el aliento un instante, y luego dijo:

–No, no lo digo en serio.

–El psiquiatra quiere saber por qué me gusta andar por los bosques y mirar los pájaros y coleccionar mariposas. Un día le mostraré mi colección.

–Bueno.

–Quieren saber qué hago con mi tiempo. Les digo que a veces me siento y pienso. Pero no les digo qué. Pondrían el grito en las nubes. Y a veces les digo que me gusta echar la cabeza hacia atrás, así, y dejar que la lluvia me entre en la boca. Sabe a vino. ¿Lo probó alguna vez?

–No, yo...

–¿Me ha perdonado, no es cierto?

–Sí. –Montag reflexionó un momento–. Te he perdonado. Dios sabe por qué. Eres rara, eres irritante, y se te perdona con facilidad. ¿Dices que tienes diecisiete años?

–Bueno, el mes que viene.

–Qué raro. Qué extraño. Y mi mujer tiene treinta, y a veces tú me pareces mucho mayor. No consigo entenderlo.

–Usted es también bastante raro, señor Montag. A veces hasta olvido que es un bombero. Bueno, ¿puedo enojarlo otra vez?

–Adelante.

–¿Cómo empezó? ¿Cómo se metió en eso? ¿Cómo eligió su trabajo? Usted no es como los otros. He visto unos pocos. Cuando hablo, usted me mira. Cuando dije algo de la luna, usted miró la luna, anoche. Los otros nunca harían eso. Los otros seguirían su camino y me dejarían hablando, o me amenazarían. Nadie tiene tiempo para nadie. Usted es uno de los pocos que me han hecho caso. Por eso me parece tan raro que sea un bombero. Es algo que de algún modo no parece hecho para usted.

Montag sintió que el cuerpo se le dividía en una parte fría y otra caliente, una dura y otra blanda, una temblorosa y otra firme, y que las dos mitades se trituraban entre sí.

—Será mejor que vayas a tu cita —dijo.

La muchacha echó a correr y Montag se quedó allí, de pie bajo la lluvia. Sólo se movió después de un tiempo.

Y entonces, muy lentamente, mientras caminaba, echó la cabeza hacia atrás bajo la lluvia, sólo un instante, y abrió la boca...

El Sabueso Mecánico dormía, pero no dormía, vivía pero no vivía en su casilla suavemente iluminada, levemente zumbante, levemente vibrante, en un rincón del oscuro cuartel de bomberos. La pálida luz de la una de la mañana, la luz lunar del cielo enmarcado por el ventanal, tocaba aquí y allá el bronce y el cobre y el acero de la bestia. La luz se reflejaba en los cristales rojizos y en los sensitivos cabellos de las narices de nailon de la criatura, que temblaba débilmente, con las ocho patas de garras forradas de goma recogidas bajo el cuerpo y parecidas a patas de araña.

Montag se dejó caer por la barra de bronce. Salió a mirar la ciudad. El cielo estaba totalmente despejado. Encendió un cigarrillo, volvió a entrar, y se inclinó y miró al Sabueso. Se parecía a una abeja gigantesca que hubiese vuelto al hogar desde un campo de mieles envenenadas, mieles de locura y pesadilla. Con el cuerpo henchido de un néctar excesivamente rico, se vaciaba, durmiendo, de aquella malignidad.

—Hola —murmuró Montag, fascinado como siempre por la bestia muerta, la bestia viva.

En las noches de aburrimiento, o sea todas las noches, los

hombres bajaban por las barras, y fijaban las combinaciones del sistema olfativo del Sabueso, y soltaban unas ratas en el patio del cuartel, y a veces unos pollos, y a veces gatos a los que de todos modos había que ahogar, y se apostaba a cuál de los gatos, o pollos o ratas cazaría primero el Sabueso. Se soltaba a los animales. Tres segundos después el juego había concluido. La rata, gato o pollo había sido atrapado en medio del patio, entre unas garras suaves, y de la frente del Sabueso había salido una aguja hueca de diez centímetros de largo que inyectaba una dosis mortal de morfina o procaína. Echaban la víctima en el incinerador. Comenzaba otro juego.

En esas noches, Montag se quedaba casi siempre arriba. En otro tiempo, dos años antes, había apostado con los demás, y había perdido el salario de una semana y desafiado la ira de Mildred, visible en venas abultadas y manchas en el rostro. Ahora se pasaba las noches en su hamaca, con la cara vuelta hacia la pared, escuchando los coros de risas que venían de abajo, y el piano de los pies ligeros de las ratas, los chillidos de violín de los gatos y el silencio móvil del Sabueso, que iba arrojando sombras, saltando como una polilla a la luz de una llama, buscando, atrapando a su víctima e introduciendo la aguja, y regresando a morir a su refugio como si alguien hubiese cerrado una llave.

Montag tocó el hocico de la bestia.

El Sabueso gruñó.

Montag dio un salto atrás.

El Sabueso se incorporó a medias en su casilla y lo miró con una luz verde azulada de neón que se apagaba y encendía en los bulbos de los ojos, de pronto activados. Volvió a gruñir con un curioso sonido estridente, mezcla de silbido eléctrico, algo que se achicharraba, chirridos de metal, y un movimiento de engranajes aparentemente oxidados y viejos de sospecha.

—No, no, cuidado –dijo Montag.

El corazón le saltaba en el pecho.

Vio la aguja de plata que asomaba, se alzaba dos centímetros, se recogía, se alzaba, se recogía otra vez. Un gruñido hervía dentro de la bestia, que seguía mirando a Montag.

Montag retrocedió. El Sabueso se asomó a la puerta de la casilla. Montag se cogió de la barra de bronce con una mano. La barra reaccionó, subió y llevó a Montag, serenamente, hacia arriba. Montag, estremeciéndose, con un rostro verde pálido, se dejó caer en la plataforma superior, débilmente iluminada. Allá abajo el Sabueso se había encogido, retrocediendo, y se había incorporado sobre sus ocho increíbles patas de insecto, canturreándose otra vez a sí mismo, con los multifacéticos ojos en paz.

Montag esperó, inmóvil, junto a la abertura del piso, a que se le pasara el miedo. Detrás de él cuatro hombres sentados alrededor de una mesa, bajo una luz verdosa, lo miraron de soslayo, pero no dijeron nada. Sólo el hombre de la gorra de capitán con la insignia del fénix habló al fin, curioso, sin soltar las cartas que tenía en la mano huesuda.

–¿Montag?

–No le gusto –dijo Montag.

–¿A quién? ¿Al Sabueso? –El capitán estudió los naipes que tenía en la mano–. Olvídalo. No tiene gustos. Funciona, nada más. Es como una lección de balística. Recorre la trayectoria indicada. Al pie de la letra. Apunta, da en el blanco, y se para. Es sólo alambres de cobre, baterías y electricidad.

Montag tragó saliva.

–Las calculadoras del Sabueso funcionan con cualquier combinación, tantos aminoácidos, tantos sulfuros, tantos álcalis y grasas, ¿no es cierto?

–Todo el mundo lo sabe.

–El equilibrio y porcentaje de elementos químicos de todos nosotros figuran en el archivo de la planta baja. Sería fácil para cualquiera fijar en la «memoria» del Sabueso una combinación parcial; la de aminoácidos, por ejemplo. Eso bastaría para que el animal reaccionase como hace unos instantes. Para que reaccionase contra mí.

–Disparates –dijo el capitán.

–Para que se irritara, no para que se enojase del todo. Sólo un «recuerdo», para que gruña cuando yo lo toque.

–¿Y quién haría una cosa semejante? –preguntó el capitán–.
Aquí no tienes enemigos, Guy.

–Ninguno que yo sepa.

–Haré que los técnicos revisen al Sabueso mañana.

–Y no es la primera vez que me amenaza –dijo Montag–. El
mes pasado ocurrió lo mismo en dos oportunidades.

–Lo arreglaremos. No te preocupes.

Pero Montag no se movió, y se quedó pensando en la rejilla
del ventilador de su vestíbulo, y en lo que había detrás de la rejilla. Si alguien allí en el cuartel supiese algo de ese ventilador,
¿no se lo «diría» al Sabueso entonces?

El capitán se acercó a la barra y miró a Montag inquisitiva-
mente.

–Me estaba preguntando –le explicó Montag–, ¿qué piensa
el Sabueso allá abajo, toda la noche? ¿Somos nosotros los que lo
animamos realmente? Me da frío.

–Sólo piensa lo que queremos que piense.

–Sería triste –dijo Montag en voz baja–, pues sólo ponemos
en él ideas de caza, persecución y muerte. Qué lástima si eso es
todo lo que sabe.

Beatty soltó un leve bufido.

–Diablos. Es una obra maestra de la técnica. Un buen rifle
capaz de apuntar por sí solo y que garantiza que se dé en el
blanco.

–Por eso mismo –dijo Montag– no quiero ser su próxima víctima.

–¿Por qué? ¿No tienes la conciencia tranquila?

Montag alzó con rapidez los ojos.

Beatty lo miró un rato, y luego abrió la boca y rió entre
dientes.

Uno dos tres cuatro cinco seis siete días. Y otras tantas veces
Montag salió de la casa y Clarisse estaba allí, en alguna parte del
mundo. Una vez vio cómo sacudía un castaño; otra vez vio
cómo tejía una chaqueta azul, sentada en el jardín; tres o cuatro

veces encontró un ramillete de flores tardías en el porche, o un puñado de nueces en un saquito, o algunas hojas otoñales sujetas cuidadosamente con alfileres a una hoja de papel blanco y clavadas en la puerta. Todos los días Clarisse lo acompañó hasta la esquina. Un día estaba lloviendo; el día siguiente era sereno y tibio, y el siguiente como una fragua de verano, y el rostro de Clarisse parecía arrebatado por el sol de las últimas horas de la tarde.

–¿Por qué –preguntó Montag una vez a la entrada del tren subterráneo– me parece que te conozco desde hace tanto tiempo?

–Porque le gusto –respondió Clarisse–, y no le pido nada. Y porque nos conocemos.

–Me haces sentir muy viejo, y muy como un padre.

–Explíqueme –dijo Clarisse–. ¿Por qué no ha tenido hijas como yo si tanto le gustan los niños?

–No sé.

–¡Bromea!

–Quiero decir... –Montag calló y sacudió la cabeza–. Bueno, mi mujer, ella... nunca quiso tener hijos.

Clarisse dejó de sonreír.

–Lo siento. Creí realmente que estaba burlándose de mí. Soy una tonta.

–No. No –dijo Montag–. La pregunta estaba bien. Desde hace tiempo nadie se interesa ni siquiera en preguntar. Estaba bien.

–Hablemos de otra cosa. ¿Ha olido hojas viejas? ¿No huelen a canela? Tome. Huela.

–Pues sí, parece canela.

Clarisse lo miró con sus claros ojos oscuros.

–Todo le sorprende.

–Es que nunca tuve tiempo de...

–¿Miró los grandes anuncios como le dije?

Montag tuvo que reírse.

–Creo que sí. Sí.

–La risa de usted es más agradable ahora.

–¿De veras?

–Más fácil.

Montag se sintió cómodo y descansado.

–¿Por qué no estás en la escuela? Parece que vagaras todo el día.

–Oh, no dejan de vigilarme –dijo Clarisse–. Dicen que soy insociable. No me mezclo con la gente. Es raro. Soy muy sociable realmente. Todo depende de lo que se entienda por social, ¿no es cierto? Para mí ser social significa hablar con usted de cosas como éstas. –Hizo sonar unas castañas que habían caído del árbol en el jardín–. O hablar de lo curioso que es el mundo. Me gusta la gente. Pero no creo que ser sociable sea reunir un montón de gente y luego prohibirles hablar, ¿no es cierto? Una hora de clase de TV, otra de béisbol o baloncesto o carreras, otra de transcripciones históricas o pintura, y más deportes. En fin, ya sabe cómo es eso. Nunca hacemos preguntas, o por lo menos casi nadie las hace. Las preguntas nos las hacen a nosotros, bing, bing, bing, y así esperamos, sentados, a que pasen las cuatro horas de lecciones filmadas. No creo que eso pueda llamarse ser sociable. Es como mirar muchas cañerías de las que sale agua, mientras ellos quieren hacernos creer que es vino. Al fin del día han acabado de tal modo con nosotros que sólo nos queda irnos a la cama, o a un parque de diversiones, y asustar a la gente, o romper vidrios en la Casa de Romper Vidrios, o destrozar coches en el Parque de Destrozar Coches con los proyectiles de acero. O salir en automóvil y correr por las calles tratando de ver hasta dónde podemos acercarnos a los faroles. Aceptemos que soy todo lo que dicen. Muy bien. No tengo amigos. Eso supondría que soy anormal. Pero todos los que conozco se pasan las horas gritando o bailando, o golpeando a algún otro. ¿Ha notado como todos tratan de hacerse daño?

–Hablas como una vieja.

–A veces soy vieja. Tengo miedo de las personas de mi edad. Se matan unos a otros. ¿Fue siempre así? Mi tío dice que no. El año pasado mataron a balazos a seis de mis amigos. Otros diez murieron destrozando automóviles. Les tengo miedo, y no les gusto porque tengo miedo. Mi tío dice que su abuelo recordaba una época en que los muchachos no se mataban entre sí. Pero eso fue hace mucho tiempo, cuando todo era diferente. Creían en la responsabilidad, dice mi tío. ¿Sabe? Yo soy responsable. Me zurraban en mi casa cuando era necesario, años atrás. Y hago todas las compras, y la limpieza de la casa a mano... Pero sobre todo me gusta observar a la gente. A veces me paso el día en el tren subterráneo, y miro y escucho a la gente. Me gusta imaginar quiénes son y qué hacen y adónde van. A veces hasta voy a los parques de diversiones y me subo a los automóviles de reacción cuando corren por los suburbios a medianoche y a los policías no les importa con tal que la gente esté asegurada. Con tal que tengan una póliza de diez mil, todos contentos. A veces me escurro por ahí y escucho en los subterráneos. O en los bares de bebidas sin alcohol. ¿Y sabe una cosa?

—¿Qué?

—La gente no habla de nada.

—Oh, tienen que hablar de algo.

—No, no, de nada. Citan automóviles, ropas, piscinas, y dicen ¡qué bien! Pero siempre repiten lo mismo, y nadie dice nada diferente, y la mayor parte del tiempo, en los cafés, hacen funcionar los gramófonos automáticos de chistes, y escuchan chistes viejos, o encienden la pared musical y las formas coloreadas se mueven arriba y abajo, pero son sólo figuras de color, abstractas. ¿Ha estado en los museos? Todo es abstracto. Mi tío dice que antes era distinto. Hace mucho tiempo los cuadros decían cosas, y hasta representaban *gente*.

—Tu tío dice, tu tío dice. Tu tío debe de ser un hombre notable.

—Lo es. Lo es de veras. Bueno, ahora tengo que irme. Adiós, Montag.

—Adiós.

—Adiós...

Uno dos tres cuatro cinco seis días: el cuartel de bomberos.

—Montag, trepas por esa barra como un pájaro a un árbol.

Tercer día.

–Montag, hoy entraste por la puerta de atrás. ¿Te ha molestado el Sabueso?

–No, no.

Cuarto día.

–Montag, escucha, algo gracioso. Lo he oído esta mañana. Un bombero de Seattle preparó un Sabueso Mecánico para que reaccionara ante su propio complejo químico y luego soltó a la bestia. ¿Qué clase de suicidio será ése?

Cinco, seis, siete días.

Y Clarisse había desaparecido. Montag no entendía qué pasaba con la tarde. Clarisse no estaba allí y la tierra parecía vacía, los árboles vacíos, la calle vacía. Y aunque al principio ni sabía que extrañaba a Clarisse, o que la buscaba, cuando llegó al subterráneo sintió que crecía en él un vago malestar. Algo ocurría. Algo había perturbado la rutina diaria. Una rutina muy simple, era cierto, inaugurada hacía pocos días, y sin embargo... Casi se volvió para rehacer el camino, para darle tiempo a Clarisse de aparecer. Tenía la seguridad de que si retrocedía todo saldría bien. Pero era tarde, y la llegada del tren interrumpió sus planes.

El revoloteo de los naipes; el movimiento de las manos, las pestañas; el zumbido de la voz-reloj en el techo del cuartel:

–... una y treinta y cinco de la mañana, jueves, cuatro de noviembre... una y treinta y seis... una y treinta y siete de la mañana...

El golpe seco de los naipes en la superficie grasienta de la mesa. Todos los sonidos llegaban a Montag, le traspasaban los párpados cerrados, la barrera que había erigido. El cuartel era brillo, lustre y silencio, colores de bronce, colores de estaño, oro, plata. Los hombres invisibles del otro lado de la mesa suspiraron ante sus naipes, esperando...

–... una y cuarenta y cinco...

El reloj parlante emitía gimiendo la hora fría de la fría mañana de un año todavía más frío.

–¿Qué pasa, Montag?

Montag abrió los ojos.

Una radio murmuró en alguna parte:

–La guerra puede estallar en cualquier momento. Toda la nación está en situación de alerta y preparada para defender los...

El cuartel de bomberos se estremeció como si una escuadrilla de reactores hubiese pasado silbando una única nota, atravesando el cielo negro de la madrugada.

Montag parpadeó. Beatty lo miraba como si estuviese delante de una estatua de museo. En cualquier momento Beatty se levantaría, se acercaría a él, y lo tocaría y le palparía la culpa y la conciencia. ¿Culpa? ¿Qué culpa era ésa?

–Tú juegas, Montag.

Montag miró a aquellos hombres de rostros quemados por mil fuegos reales, y diez mil fuegos imaginarios, dedicados a una tarea que les arrebataba las mejillas y les enrojecía los ojos. Hombres que miraban fijamente las llamas de los encendedores de platino, mientras encendían sus pipas negras, eternamente humeantes. Hombres de cabellos de carbón y cejas manchadas de hollín y mejillas tiznadas de un azul ceniciento. Montag se estremeció, con la boca abierta. ¿Había visto alguna vez un bombero que no tuviese pelo negro, cejas negras, cara encendida, y un color azul acero de no haberse afeitado en las mejillas cuidadosamente afeitadas? ¡Todos esos hombres eran una imagen de él mismo! ¿Elegían a los bomberos tanto por su aspecto como por sus inclinaciones? Había en ellos un color de tizne y cenizas, y de sus pipas brotaba continuamente el olor del fuego. El capitán Beatty se alzaba allí envuelto en las nubes de tormenta del humo de su pipa. Abría un paquete de tabaco, rasgando el celofán que crepitó como una llama.

Montag miró las cartas que tenía desplegadas en la mano.

–Pensaba... pensaba en el incendio de la semana anterior. En el hombre a quien le quemamos la biblioteca. ¿Qué ocurrió con él?

–Se lo llevaron gritando al asilo.

–Pero no estaba loco.

Beatty arregló los naipes.

–Todo el que cree poder burlarse de nosotros y del gobierno está loco.

–Trato de imaginar –dijo Montag– cómo me sentiría. Quiero decir si unos bomberos quemaran *nuestras* casas y *nuestros* libros.

–Nosotros no tenemos libros.

–Digo si los tuviéramos.

Beatty parpadeó lentamente.

–¿Tú tienes alguno?

–No.

Montag lanzó una ojeada, por encima de las cabezas de los hombres, a la pared donde estaban grabados los títulos de un millón de libros prohibidos.

Los nombres saltaban en el fuego, y los años ardían bajo el hacha y la manguera, que no echaba agua sino queroseno.

–No.

Pero en la mente de Montag se alzó un viento frío que venía de la rejilla del ventilador de su casa, y que soplaba y soplaba, helándole el rostro. Y, otra vez, se vio a sí mismo en un parque arbolado hablando con un hombre viejo, muy viejo. Y el viento que cruzaba el parque era también un viento frío.

Montag titubeó.

–¿Fue... fue siempre así? ¿El cuartel de bomberos, nuestro trabajo? Quiero decir, bueno, érase que se era...

–¡Érase que se era! –exclamó Beatty–. ¿Qué modo de hablar es ése?

«Tonto –se dijo Montag–, te has denunciado.» En el último incendio había leído una línea de un libro de cuentos de hadas.

–Quiero decir en otros tiempos, antes de que las casas fueran incombustibles... –De pronto pareció como si una voz mucho más joven estuviese hablando por él. Abrió la boca y Clarisse McClellan dijo–: ¿Los bomberos no prevenían antes los incendios en vez de alimentarlos como ahora?

–¡Eso sí que está bien!

Stoneman y Black alargaron a Montag sus libros reglamentarios donde figuraban también breves historias de los bomberos en Norteamérica, y los dejaron sobre la mesa, de modo que Montag, aunque familiarizado con esas historias, pudiera leer:

INAUGURACIÓN: 1790. CON EL PROPÓSITO DE QUEMAR
LIBROS DE INFLUENCIA INGLESA EN LAS COLONIAS.
PRIMER BOMBERO: BENJAMIN FRANKLIN

REGLAS

1. *Contestar en seguida a la alarma.*
2. *Encender rápidamente el fuego.*
3. *Quemarlo todo.*
4. *Informar inmediatamente al cuartel.*
5. *Estar alerta a otras alarmas.*

Todos miraban a Montag. Montag no se movía.

Sonó la alarma.

La campanilla del techo se golpeó a sí misma doscientas veces. De pronto hubo cuatro sillas vacías. Los naipes cayeron como una ráfaga de copos de nieve. La barra de bronce se estremeció. Los hombres habían desaparecido.

Montag seguía sentado. Allá abajo el dragón anaranjado tosía volviendo a la vida.

Montag se dejó caer por la barra como en un sueño.

El Sabueso Mecánico se incorporó de un salto en su casilla, con unos ojos llameantes y verdes.

—¡Montag, te olvidas el casco!

Montag se volvió hacia la pared, recogió el casco, corrió, saltó, y todos partieron, y el viento nocturno martilleó el aullido de la sirena y el poderoso trueno del metal.

Era una casa descascarada de tres pisos, en la parte vieja de la ciudad, que tenía cien años. Pero, como a todas las casas, se la había recubierto hacía varios años con una fina capa de material plástico, incombustible, y esta cubierta protectora parecía ser lo único que sostenía la casa.

–¡Llegamos!

La máquina se detuvo. Beatty, Stoneman y Black corrieron calle arriba, de pronto desagradables y gordos en sus hinchados trajes incombustibles. Montag caminó detrás de ellos.

Los tres hombres echaron abajo la puerta de la casa y agarraron a una mujer, aunque ella no intentaba escapar. La mujer estaba allí, de pie, balanceándose, con los ojos clavados en una pared sin nada, como si le hubiesen golpeado fuertemente la cabeza. La lengua se le movía fuera de la boca, y parecía como si sus ojos quisiesen recordar algo. Recordaron al fin, y la lengua volvió a moverse:

–«Anímese, señorito Ridley, encenderemos hoy en Inglaterra un cirio tal, por la gracia de Dios, que no se apagará nunca.»

–¡Cállese! –gritó Beatty–. ¿Dónde están?

Abofeteó a la mujer con una asombrosa indiferencia, y repitió la pregunta. Los ojos de la anciana se posaron en Beatty.

–Usted lo sabe, pues si no no hubiesen venido.

Stoneman le mostró a Beatty la tarjeta telefónica de alarma, con la denuncia firmada, en duplicado telefónico, en el dorso:

> *Hay motivos para sospechar de la buhardilla.*
> *Calle de los Olmos. N.º 11. E. B.*

–Ésa tiene que ser la señora Blake, mi vecina –dijo la mujer leyendo las iniciales.

–Muy bien, hombres, ¡a ellos!

Y los hombres se lanzaron a una oscuridad mohosa, esgrimiendo unas hachas de plata contra puertas que estaban, al fin y al cabo, abiertas. Buscaron como niños, gritando y retozando.

–¡Eh!

Una fuente de libros cayó sobre Montag mientras él subía estremeciéndose por la escalera de caracol. ¡Qué desagradable! Hasta ese día había sido como despabilar una vela. Primero lle-

gaba la policía y tapaba con tela adhesiva la boca de la víctima y
se la llevaba atada de pies y manos en coches brillantes como
escarabajos, de modo que cuando uno llegaba encontraba una
casa vacía. No se le hacía daño a nadie, sólo a cosas. Y como realmente no es posible hacer daño a las cosas, ya que no sienten
nada, ni gritan, ni se quejan –como esta mujer podía comenzar
a gritar y llorar–, no había luego remordimientos. Todo se
reducía a un trabajo de limpieza. Un trabajo de portería esen-
cialmente. Todas las cosas en su lugar. ¡Rápido, el queroseno!
¿Quién tiene un fósforo?

Pero esa noche alguien había cometido un error. Aquella
mujer había estropeado el ritual. Los hombres hacían demasiado ruido, riéndose, bromeando, para cubrir el terrible silencio
acusador de allá abajo. La mujer hacía rugir los cuartos vacíos
con sus acusaciones, y esparcía un fino polvo de culpabilidad
que se les metía a los hombres por las narices. No era correcto.
Montag sintió una inmensa irritación. ¡La mujer no debía estar
allí, vigilándolo todo!

Los libros le bombardearon los hombros, los brazos, la cara
vuelta hacia arriba. Un libro voló, casi obedientemente, como
una paloma blanca hasta sus manos, aleteando. A la luz pálida y
oscilante apareció una página, como un copo de nieve, con
unas palabras delicadamente impresas. En medio de aquella
agitación y fervor, Montag sólo pudo leer una línea, pero que
quedó fulgurando en su mente como si se la hubiesen estam-
pado a fuego.

El tiempo se ha dormido a la luz de la tarde.

Montag soltó el libro. Inmediatamente otro le cayó en los
brazos.

–¡Montag, sube!

La mano de Montag se cerró como una boca, apretó el libro
contra el pecho con una salvaje devoción, con una despreocu-
pación insensata. Los hombres, allá arriba, estaban lanzando al
aire polvoriento paladas de revistas, que caían como pájaros he-
ridos de muerte. Y la mujer estaba allí, de pie, abajo, como una
niñita entre cadáveres.

Montag no había hecho nada. Todo había sido obra de su mano. La mano, con cerebro propio, con conciencia y curiosidad en cada uno de los temblorosos dedos, se le había vuelto ladrona. Ahora le metía el libro bajo el brazo, lo apretaba contra la axila sudorosa, ¡y reaparecía vacía, con un ademán de mago! ¡Miradla! ¡Inocente! ¡Mirad!

Montag observó estremeciéndose la mano blanca. La alejó de sus ojos como si fuese hipermétrope. La acercó, como si fuese ciego.

—¡Montag!

Montag se sobresaltó.

—¡No te quedes ahí, idiota!

Los libros yacían como grandes montículos de pescados puestos a secar. Los hombres bailaban, resbalaban, y caían sobre ellos. Los ojos dorados de los títulos brillaban y desaparecían.

—¡Queroseno!

Los bomberos bombearon el frío fluido desde los tanques numerados 451 que llevaban en los hombros, bañaron los libros y las habitaciones.

Luego corrieron escaleras abajo. Montag los siguió también, tambaleándose, envuelto en vapores de queroseno.

—¡Vamos, mujer!

La mujer, arrodillada junto a los libros, tocaba los cueros y telas empapadas, leyendo los títulos dorados con los dedos, y acusando con los ojos a Montag.

—Nunca tendrán mis libros —dijo la mujer.

—Ya conoce la ley —dijo Beatty—. ¿No tiene sentido común? Ninguno de estos libros está de acuerdo con los demás. Se ha pasado la vida encerrada en una condenada torre de Babel. ¡Salga de ahí! La gente de esos libros no existió nunca. ¡Vamos, salga!

La mujer negó con la cabeza.

—Vamos a quemar la casa —dijo Beatty.

Los hombres se alejaron torpemente hacia la puerta. Por encima del hombro miraron a Montag, que se había quedado junto a la mujer.

–¡No van a dejarla aquí! –protestó Montag.

–No quiere salir.

–¡Oblíguenla, entonces!

Beatty alzó la mano que ocultaba el encendedor.

–Tenemos que volver al cuartel. Además, estos fanáticos son siempre suicidas. La escena es típica.

Montag puso una mano en el codo de la mujer.

–Venga conmigo, por favor.

–No –dijo la mujer–. Gracias, de todos modos.

–Voy a contar hasta diez –dijo Beatty–. Uno. Dos.

–Por favor –insistió Montag.

–Váyanse –dijo la mujer.

–Tres. Cuatro.

Montag tiró de la mujer.

–Vamos.

La mujer replicó con una voz serena:

–Quiero quedarme.

–Cinco. Seis.

–Puede dejar de contar –dijo la mujer.

Abrió los dedos de una mano, ligeramente, y en la palma de la mano apareció un objeto único y delgado.

Un fósforo común de cocina.

Al ver el fósforo, los hombres echaron a correr y salieron de la casa. El capitán Beatty retrocedió lentamente con un aire de dignidad y el rosado rostro encendido por mil excitaciones y fuegos nocturnos. Dios, ¡qué cierto era eso!, pensó Montag. La alarma siempre llegaba de noche. Nunca durante el día. ¿Era porque el fuego es más hermoso de noche? ¿Un espectáculo mejor, una función más interesante? El rosado rostro de Beatty mostraba ahora, en la puerta, una leve sombra de pánico. La mano de la mujer retorció el cabo del fósforo. Los vapores de queroseno florecían a su alrededor. Montag sintió que el libro escondido le latía como un corazón en el pecho.

–Váyanse –dijo la mujer, y Montag se vio a sí mismo retrocediendo, retrocediendo hacia la puerta, detrás de Beatty, escaleras abajo, a través del jardín, donde la manguera del queroseno se retorcía como si fuera el camino de alguna malvada serpiente.

En el porche, adonde había salido para agobiarlos con la mirada, con una quietud que era una condenación, la mujer esperaba, inmóvil.

Beatty se preparó para encender el queroseno.

Demasiado tarde. Montag abrió la boca.

La mujer los miró orgullosamente desde el porche y rascó el fósforo contra la barandilla.

La gente salió corriendo de todas las casas y llenó la calle.

No dijeron nada mientras volvían al cuartel. Nadie miró a nadie. Montag iba sentado en el asiento delantero con Beatty y Black. Ni siquiera fumaron. Clavaban los ojos en el motor de la gran salamandra mientras volvían las esquinas y continuaban el viaje silencioso.

—Señorito Ridley —dijo Montag al fin.

—¿Qué? —preguntó Beatty.

—La mujer dijo: «Señorito Ridley». Dijo algo disparatado cuando llegamos a la puerta. «Anímese», dijo. «Señorito Ridley.» Algo, algo, algo.

—«Encenderemos hoy en Inglaterra un cirio tal, por la gracia de Dios, que no se apagará nunca» —dijo Beatty.

Stoneman lanzó una ojeada por encima del hombro al capitán. Montag hizo lo mismo, sorprendido.

Beatty se rascó la barbilla.

—Un hombre llamado Latimer le dijo eso a otro llamado Nicholas Ridley, cuando iban a quemarlos vivos en Oxford, por herejía, el 16 de octubre de 1555.

Montag y Stoneman volvieron a mirar la calle que se deslizaba bajo las ruedas.

—Sé muchas anécdotas y frases —dijo Beatty—. Es casi inevitable en un capitán de bomberos. A veces me sorprendo a mí mismo. ¡*Cuidado*, Stoneman!

Stoneman frenó el camión.

–Maldita sea –dijo Beatty–. Ya has pasado la calle que lleva al cuartel.

–¿Quién es?
–¿Quién va a ser? –dijo Montag, apoyándose de espaldas contra la puerta cerrada, en la oscuridad.
Su mujer dijo al fin:
–Bueno, enciende la luz.
–No quiero luz.
–Pues acuéstate.
Montag oyó que su mujer se daba la vuelta, impaciente. Los muelles del colchón chillaron.
–¿Estás borracho? –preguntó la mujer.
La mano entonces inició otra vez su tarea. Montag sintió que una mano, y luego la otra lo libraban de la chaqueta y la dejaban caer. Sostuvieron luego el pantalón, sobre un abismo, y lo soltaron en la oscuridad. Montag tenía infectadas las manos, y pronto se le infectarían los brazos. Podía sentir el veneno que le subía por la muñeca, hasta el codo y el hombro, y luego el salto de omóplato a omóplato, como una chispa que salta sobre la nada. Tenía unas manos famélicas, y los ojos estaban ya sintiendo hambre, como si debiesen mirar algo, cualquier cosa, todo.
–¿Qué estás haciendo? –dijo la voz de su mujer.
Montag trastabilló, con el libro entre los dedos sudorosos y fríos.
–Bueno –dijo la mujer un minuto más tarde–. No te quedes ahí en medio de la habitación.
Montag emitió un débil sonido.
–¿Qué? –preguntó la mujer.
Montag volvió a emitir aquel sonido suave. Se acercó tanteando a la cama y escondió torpemente el libro bajo la almohada. Cayó en la cama. Su mujer se sobresaltó y dio un grito.
Montag estaba allí, en el cuarto, muy lejos de ella, en una isla invernal aislada del mundo por un mar desierto. Descubrió de pronto que su mujer estaba hablando, hablando de muchas co-

sas, y eran sólo palabras, como las que había oído una vez a un niño de dos años, palabras inventadas, una jerga, ruidos agradables. Pero Montag no dijo nada, escuchó aquellos sonidos, y después de un rato oyó que su mujer atravesaba la habitación, se paraba junto a él, y le ponía la mano en la mejilla. Montag supo que cuando apartase la mano, la mujer descubriría que estaba húmeda.

Más tarde Montag miró a Mildred. Estaba despierta. Una leve melodía bailaba en el aire. Mildred se había llevado otra vez el caracol al oído y escuchaba a gentes distantes, de lugares distantes, con los ojos abiertos y clavados en los abismos de negrura que flotaban sobre ella en el techo.

¿No había un viejo chiste acerca de la mujer que habla tanto por teléfono que el marido, desesperado, corre a la tienda más próxima y la llama por teléfono para preguntarle qué cenarían esa noche? Bueno, entonces ¿por qué no se compraba él una estación caracol transmisora y le hablaba a su mujer, murmuraba, suspiraba, gritaba, aullaba, tarde, de noche? Pero ¿qué podía murmurar, qué podía aullar? ¿Qué podía decir?

Y de pronto Mildred le pareció tan extraña que era como si no la conociese. Él, Montag, estaba en una casa ajena, como en esos otros viejos chistes acerca de un señor que vuelve borracho a su casa, y se equivoca de puerta, y se equivoca de habitación, y se acuesta con una desconocida, y se levanta temprano a trabajar, y ninguno se ha dado cuenta.

–¿Millie...? –suspiró Montag.

–¡Qué!

–No pensé que fuera a asustarte. Sólo quería saber...

–¿Y bien?

–¿Cuándo nos encontramos? ¿Y dónde?

–¿Cuándo nos encontramos para qué? –le preguntó Mildred.

–Quiero decir... por primera vez.

Montag supo que Mildred fruncía el ceño en la oscuridad. Explicó:

–La primera vez que nos encontramos, ¿dónde fue, y cuándo?
–Bueno, fue en... –Mildred se detuvo–. No sé –dijo.
Montag sentía frío.
–¿No recuerdas?
–Hace tanto tiempo.
–Sólo diez años, nada más. ¡Sólo diez años!
–No te excites. Estoy tratando de pensar. –La mujer lanzó
una curiosa risita que subía y subía–. Gracioso, qué gracioso, no
recordar cuándo se conoció al marido o la mujer.

Montag se frotaba los ojos, la frente y la nuca, con movimientos lentos. Se apretó los ojos con las manos como para poner la memoria en su sitio. No había de pronto nada más importante en la vida que saber dónde había conocido a Mildred.

–No tiene importancia –dijo Mildred, y se levantó, y fue al
cuarto de baño.

Montag oyó el ruido del agua, y los sonidos de Mildred al tragar.

–No, supongo que no –dijo.

Trató de contar cuántas veces tragaba, y recordó la visita de
los dos hombres de cara de zinc oxidado, con los cigarrillos en
las bocas rectas, y la Serpiente de Ojo Eléctrico que horadaba
capa tras capa de noche y piedra y agua estancada. Y quiso llamarla y gritarle: «Cuántas tomaste esta noche, las cápsulas,
cuántas tomarás más tarde sin darte cuenta! ¡Y así siempre, a todas horas! ¡Y si no esta noche, mañana por la noche! Y yo sin
dormir, ni esta noche, ni mañana por la noche, ni ninguna noche, durante mucho tiempo». Y vio a Mildred acostada, con los
dos técnicos de pie junto a ella, no inclinados hacia ella con
preocupación, sino de pie, muy derechos, con los brazos cruza-
dos. Y recordó que había pensado entonces que si ella se moría,
él, Montag, no derramaría ni una lágrima. Pues sería como la
muerte de una mujer desconocida, de una cara de la calle, de
una imagen del periódico, y de pronto todo le pareció tan falso
que se echó a llorar, no ante la idea de la muerte, sino ante la
idea de no llorar la muerte. Un hombre tonto y vacío que vivía
con una mujer tonta y vacía, mientras la serpiente hambrienta
la vaciaba todavía más.

«¿Cómo te has vaciado tanto? –se preguntó–. ¿Quién te sacó todo de adentro? ¡Y aquella horrible flor del otro día, el diente de león! Fue el colmo, ¿no es verdad? ¡Qué lástima! ¡No está enamorado de nadie!» ¿Y por qué no?

Bueno, ¿no había de veras un muro entre él y Mildred? ¡No sólo un muro, sino dos, y tres! ¡Y un muro caro, además! ¡Y los tíos, las tías, los primos, los sobrinos que vivían en ese muro, el farfullante hato de monos que no decían nada, nada, y a gritos, a gritos! Desde un comienzo habían sido parientes para Montag. «¿Cómo está hoy el tío Luis?» «¿Quién?» «¿Y la tía Maude?» La imagen más significativa que tenía de Mildred, realmente, era la de una niñita en un bosque sin árboles (¡qué raro!), o quizá una niñita en una llanura donde había habido árboles (uno podía sentir el recuerdo de sus sombras alrededor): sentada en el centro de la sala de recibo. La sala de recibo, qué nombre tan bien aplicado. A cualquier hora que entrase en la casa, alguien estaba hablando con Mildred.

–¡Hay que hacer algo!

–¡Sí, hay que *hacer* algo!

–Bueno, ¡basta de hablar entonces!

–¡*Hagámoslo!*

–¡Me siento tan furioso que podría *escupir*!

¿De qué se trataba en verdad? Mildred no podía decirlo. ¿Quién estaba enojado con quién? Mildred no lo sabía. ¿Qué iban a hacer? Bueno, dijo Mildred, esperemos y veamos.

Montag ya esperaba para ver.

Un enorme trueno brotó de las paredes. La música bombardeó a Montag con tal volumen que los huesos casi se le despegaron de los tendones. Sintió que le vibraba la mandíbula, y que los ojos se le sacudían en las órbitas. Cuando todo terminó, se sintió como un hombre a quien habían tirado por un precipicio, metido en una centrifugadora y arrojado a una catarata que caía y caía en la nada y la nada, y nunca... llegaba... del todo... al fondo... nunca... nunca... del todo... llegaba... al fondo... y la caída era tan rápida que uno no tocaba ni siquiera las paredes... nunca... llegaba... a nada.

El trueno agonizó. La música murió.

–Ya está –dijo Mildred.

Era de veras algo notable. Algo había ocurrido. Aunque la gente de las paredes apenas se había movido, y nada había cambiado realmente, parecía como si alguien hubiese puesto en movimiento una máquina de lavar, o lo hubiese sumergido a uno en un gigantesco tubo neumático. Uno se ahogaba en música y algarabía pura. Montag salió sudando de la habitación, al borde del colapso. Detrás quedaba Mildred, sentada en su silla, escuchando otra vez las voces:

–Bueno, todo irá bien ahora –dijo una «tía».

–Oh, no estés muy segura –dijo un «primo».

–Vamos, no te enojes.

–¿Quién se enoja?

–Tú.

–¿Yo?

–¡Sí, tú!

–¿Y por qué?

–Ya lo sabes.

–Todo eso está muy bien –gritó Montag–, pero ¿por qué están enojados? ¿Quién es esa gente? ¿Quién es ese hombre y quién esa mujer? ¿Están casados, divorciados, comprometidos, o qué? Buen Dios, nada tiene relación con nada.

–Han... –dijo Mildred–. Bueno, han... han tenido esa pelea. Una pelea seria. Ya oíste. Creo que están casados. Sí, están casados. ¿Por qué?

Y si no eran las tres paredes (que pronto serían cuatro para completar el sueño), era el coche abierto y Mildred que conducía a ciento cincuenta kilómetros por hora, y él que le gritaba a Mildred, y Mildred que le gritaba a él, y ambos que trataban de oír lo que decía el otro, y oían sólo el ruido del motor.

–¡Por lo menos baja a mínima! –aullaba Montag.

–¿Qué? –gritaba Mildred.

–¡Baja a ochenta, la mínima!

–¿La qué? –chillaba Mildred.

–¡Velocidad! –gritaba Montag.

Y Mildred corría entonces a ciento noventa kilómetros por hora y dejaba a Montag sin aliento.

Cuando salían del coche, Mildred ya se había puesto los caracoles en las orejas.

Silencio. Sólo el viento que soplaba débilmente.

Montag se movió en la cama.

–Mildred.

Se incorporó, estiró un brazo y le sacó el diminuto insecto musical de la oreja.

–¡Mildred! ¡Mildred!

–Sí.

La voz de Mildred apenas se oía.

Montag se sintió como una de aquellas criaturas insertadas electrónicamente en las paredes: hablaba, pero sus palabras no atravesaban la barrera de cristal. Sólo podía representar una pantomima, con la esperanza de que Mildred volviera la cabeza y lo viese. No podían tocarse a través del vidrio.

–Mildred, ¿conoces a esa chica de la que te hablé?

–¿Qué chica?

Mildred estaba casi dormida.

–La chica de al lado.

–¿Qué chica de al lado?

–Ya sabes, esa chica que va al colegio. Clarisse se llama.

–Oh, sí –dijo la mujer.

–No la he visto estos últimos días... Cuatro días, exactamente. ¿La has visto tú?

–No.

–Había pensado en hablarte de ella. Es curioso.

–Oh, ya sé a quién te refieres.

–Eso pensaba.

–La chica... –murmuró Mildred en la oscuridad del cuarto.

–Sí, ¿qué pasa con ella? –preguntó Montag.

–Iba a decírtelo. Me olvidé. Me olvidé.

–Dímelo ahora. ¿Qué pasa?

–Creo que se ha ido.

–¿Se ha ido?

–Toda la familia se ha mudado a alguna parte. Pero la chica se ha ido de veras. Creo que se murió.

–No podemos estar hablando de la misma chica.

–Sí. La misma. McClellan. La atropelló un coche. Hace cuatro días. No estoy segura. Pero creo que se murió. La familia se fue a otra parte. No sé a dónde. Pero creo que la chica se murió.

–¡No estás segura!

–No, no estoy segura. No del todo.

–¿Por qué no me lo dijiste antes?

–Me olvidé.

–¡Hace cuatro días!

–Me olvidé completamente.

–Hace cuatro días –murmuró Montag, sin moverse.

Ambos callaron unos instantes, inmóviles, acostados en la oscuridad.

–Buenas noches –dijo Mildred.

Montag oyó un débil susurro. El dedal eléctrico se encendió y se movió como una mantis religiosa sobre la almohada. Ahora estaba otra vez en la oreja de Mildred, zumbando.

Montag escuchó. Mildred cantaba entre dientes. Fuera de la casa se estremeció una sombra, un viento otoñal se alzó y murió. Pero había algo más en aquel silencio. Como un aliento que empañaba los vidrios. Como un débil jirón de humo verdoso y luminiscente; el movimiento de una única y enorme hoja de octubre que volaba sobre el jardín, alejándose.

«El Sabueso –pensó Montag–. Está ahí afuera esta noche. Está ahí ahora. Si yo abriese la ventana...»

No abrió la ventana.

Montag, por la mañana, temblaba y tenía fiebre.

–No puedes estar enfermo –dijo Mildred.

Montag cerró los párpados febriles.

–Sí –dijo.

–Pero anoche estabas bien.

–No, no estaba bien.

Montag oía a los «parientes» que conversaban en la sala.

Mildred estaba de pie junto a la cama de su marido, mirándolo con curiosidad. Montag la veía sin abrir los ojos: el pelo quemado por materias químicas y reducido a una paja quebradiza, los ojos con algo parecido a una catarata invisible, pero que podía adivinarse allá en el fondo; los labios enrojecidos y enfurruñados; el cuerpo tan delgado como el de un insecto a causa de la dieta, y la carne blanca como el tocino.

–¿Me traerás una aspirina y un vaso de agua?

–Tienes que levantarte –dijo Mildred–. Es mediodía. Has dormido cinco horas más que de costumbre.

–¿Apagarás las paredes de la sala?

–Es mi familia.

–¿La apagarás para un hombre enfermo?

–La apagaré.

Mildred salió del cuarto, no hizo nada en la sala, y volvió.

–¿Está mejor así?

–Gracias.

–Es mi programa favorito –dijo Mildred.

–¿Y la aspirina?

–Nunca has estado enfermo.

Mildred volvió a salir del cuarto.

–Bueno, estoy enfermo ahora. Esta noche no iré a trabajar. Llama a Beatty en mi nombre.

Mildred regresó tarareando.

–Estabas raro anoche.

Montag miró el vaso de agua que le llevaba su mujer.

–¿Dónde está la aspirina?

–Oh. –Mildred fue otra vez hasta el cuarto de baño–. ¿Ocurrió algo?

–Un incendio, nada más.

–Yo pasé una bonita noche –dijo Mildred, desde el baño.

–¿Qué hiciste?

–Estuve en la sala.

–¿Qué había?

–Programas.

–¿Qué programas?

–De los mejores.

–¿Con quién?

–Oh, ya sabes, la pandilla.

–Sí, la pandilla, la pandilla.

Montag se apretó los ojos doloridos, y de pronto el olor del queroseno lo hizo vomitar.

Mildred entró en el cuarto, cantando en voz baja.

–¿Por qué has hecho eso? –preguntó, sorprendida.

Montag miró distraídamente el suelo.

–Quemamos a una vieja anoche.

–Por suerte la alfombra es lavable –dijo Mildred. Llevó una fregona y la pasó por la alfombra–. Anoche fui a casa de Helen.

–¿No puedes ver la función en tu propia sala?

–Claro que sí, pero me gusta ir de visita.

Mildred se encaminó hacia la sala. Montag la oyó cantar.

–¿Mildred? –llamó. Mildred volvió, cantando, castañeteando levemente los dedos–. ¿No vas a preguntarme nada sobre lo de anoche?

–¿Qué pasó?

–Quemamos mil libros. Quemamos a una mujer.

–¿Y bien?

El ruido hacía estallar la sala.

–Quemamos libros de Dante y Swift y Marco Aurelio.

–¿Un europeo?

–Algo parecido.

–¿Un radical?

–Nunca lo leí.

–Un radical. –Mildred jugueteaba con el teléfono–. No querrás que llame ahora al capitán Beatty, ¿no?

–¡Tienes que llamarlo!

–¡No grites!

–No grito. –Montag se había sentado de pronto en la cama, enojado, tembloroso, enrojecido. La sala rugía en el mediodía caluroso–. No puedo llamarlo. No puedo decirle que estoy enfermo.

–¿Por qué?

«Porque tienes miedo», pensó Montag. Un niño que finge sentirse enfermo, y que tras unos instantes de discusión dirá: «Sí, capitán, ya estoy mejor. Llegaré ahí a las diez de la noche».

–No estás enfermo –dijo Mildred.

Montag se acostó otra vez. Buscó bajo la almohada. El libro estaba todavía allí.

–Mildred, ¿qué te parece si, bueno, dejo el trabajo un tiempo?

–¿Quieres perderlo todo? Después de tantos años de trabajo, sólo porque una noche cualquiera una vieja y sus libros...

–¡Tendrías que haberla visto, Millie!

–No significa nada para mí. ¿Por qué guardaba esos libros? Conocía las consecuencias, pudo haberlo pensado. La odio. Has cambiado por su culpa, y pronto no tendrás casa, ni trabajo, ni nada.

–No estabas allí, no la viste –dijo Montag–. Tiene que haber algo en los libros, cosas que no podemos imaginar, para que una mujer se deje quemar viva. Tiene que haber algo. Uno no muere por nada.

–Era una tonta.

–Era tan inteligente como tú o como yo, quizá más, y la quemamos.

–Agua que no has de beber, déjala correr.

–No, no agua, fuego. ¿Has visto alguna vez una casa incendiada? Humea durante días. Bueno, este incendio durará en mí hasta el día de mi muerte. ¡Dios! He tratado de apagarlo, en mi interior, durante toda la noche. He tratado hasta de volverme loco.

–Debiste pensarlo antes de hacerte bombero.

–¡Pensarlo! –dijo Montag–. ¿Acaso tuve ocasión de elegir? Mi abuelo y mi padre fueron bomberos. Soñaba con imitarlos.

La sala tocaba un aire de danza.

–Hoy trabajas en el primer turno –dijo Mildred–. Tenías que haber salido hace más de dos horas. No me acordaba.

–No se trata sólo de la mujer que murió –dijo Montag–. Anoche pensé en todo el queroseno que he usado en los últimos diez años. Y pensé en los libros. Y por primera vez comprendí que detrás de cada libro hay un hombre. Un hombre que tuvo que pensarlo. Un hombre que empleó mucho tiempo en llevarlo al papel. Nunca se me había ocurrido. –Montag dejó la cama–. Y a algún hombre le costó quizá una vida entera expresar sus pensamientos, y de pronto llego yo y ¡bum!, y en dos minutos todo ha terminado.

–Déjame tranquila –dijo Mildred–. Yo no he hecho nada.

–¡Que te deje tranquila! Está bien, pero ¿quién me tranquiliza a mí? No necesitamos estar tranquilos. A veces debemos preocuparnos. ¿Desde cuándo no estás *realmente* preocupada? Preocupada por algo importante, algo verdadero.

Y en seguida Montag calló. Recordó la semana anterior y las dos estatuas de piedra con los ojos clavados en el techo, y la bomba-serpiente, con un ojo sonda. Y los dos hombres de cara de jabón hablaban y los cigarrillos se les movían entre los labios. Pero aquélla era otra Mildred, una Mildred hundida tan profundamente en esta otra, y tan preocupada, tan realmente preocupada, que las dos mujeres no se habían encontrado nunca. Montag se volvió.

–Bueno –le dijo Mildred–. Ya lo hiciste. Mira quién está. Fuera de la casa.

–No me importa.

–Acaba de llegar un coche Fénix, y un hombre de camisa negra, con una serpiente anaranjada bordada en la manga, viene hacia aquí.

–¿El capitán Beatty? –preguntó Montag.

–El capitán Beatty.

Montag no se movió. Se quedó mirando, fijamente, la blancura fría de la pared.

–Ve a recibirlo, ¿quieres? Dile que estoy enfermo.

–¡Díselo tú!

Mildred dio rápidamente unos pasos a la izquierda, otros a la derecha, y se detuvo, con los ojos muy abiertos. El altoparlante de la puerta la llamaba en voz baja: señora Montag, señora Montag, hay alguien, hay alguien, señora Montag, señora Montag, hay alguien. Luego silencio.

Montag comprobó que el libro estaba bien escondido bajo la almohada, volvió a acostarse, lentamente, arregló la colcha sobre las rodillas y el pecho, se incorporó a medias, y Mildred salió del cuarto, y el capitán Beatty entró a grandes pasos con las manos en los bolsillos.

—Apague a los «parientes» —dijo Beatty echando una ojeada a todo excepto a Montag y su mujer.

Mildred corrió esta vez. Las voces dejaron de aullar en la sala.

El capitán Beatty se sentó en la más cómoda de las sillas con una expresión serena en la cara rubicunda. Preparó y encendió lentamente su pipa de bronce y lanzó una gran bocanada de humo.

—Pasaba por aquí y se me ocurrió ver al enfermo.

—¿Cómo lo supo?

Beatty sonrió con una sonrisa que exhibía el rosado de caramelo de las encías y la blancura de caramelo de los dientes.

—Me lo imaginé. Ibas a pedir la noche libre.

Montag se sentó en la cama.

—Bueno —dijo Beatty—, ¡*tómate* la noche! —Examinó la caja de cerillas eternas. En la tapa se leía: GARANTIZADAS: ENCIENDEN UN MILLÓN DE VECES. Beatty cogió una cerilla y la frotó distraídamente contra un lado de la caja, encendiéndola, apagándola, encendiéndola, apagándola, encendiéndola, diciendo alguna frase, apagándola. Observó la llama. Sopló. Observó el humo—. ¿Cuándo estarás bien?

—Mañana. Pasado mañana quizá. Los primeros días de la semana que viene.

Beatty aspiró una bocanada de humo.

—Todo bombero —dijo—, tarde o temprano, pasa por esto. Sólo les falta entender, saber cómo funciona la máquina. Conocer la historia de la profesión. Hoy apenas se informa a los novatos. Es lamentable. —Una bocanada—. Sólo los jefes lo recuerdan. —Otra bocanada—. Te diré de qué se trata.

Mildred se movió, inquieta.

Beatty tardó un minuto en acomodarse y recordar qué quería decir.

–¿Cuándo comenzó todo esto, te preguntas, este trabajo, cómo se organizó, cuándo, dónde? Bueno, yo diría que comenzó realmente en la llamada Guerra Civil. Aunque según nuestro reglamento fue fundado antes. Pero en verdad no progresamos hasta que apareció la fotografía. Luego las películas cinematográficas, a principios del siglo veinte. La radio. La televisión. Las cosas comenzaron a ser *masa*.

Montag no se movía.

–Y como eran masa, se hicieron más simples –dijo Beatty–. En otro tiempo los libros atraían la atención de unos pocos, aquí, allá, en todas partes. Podían ser distintos. Había espacio en el mundo. Pero luego el mundo se llenó de ojos, y codos, y bocas. Doble, triple, cuádruple población. Películas y radios, revistas, libros descendieron hasta convertirse en una pasta de budín, ¿me entiendes?

–Creo que sí.

Beatty contempló las formas del humo que había lanzado al aire.

–Píntate la escena. El hombre del siglo XIX con sus caballos, sus carretas, sus perros: movimiento lento. Luego, el siglo XX: cámara rápida. Libros más cortos. Condensaciones. Digestos. Formato chico. La mordaza, la instantánea.

–La instantánea –repitió Mildred asintiendo con movimientos de cabeza.

–Los clásicos reducidos a audiciones de radio de quince minutos; reducidos otra vez a una columna impresa de dos minutos, resumidos luego en un diccionario en diez o doce líneas. Exagero, por supuesto. Los diccionarios eran obras de consulta. Pero muchos sólo conocían de *Hamlet* (tú seguramente conoces el título, Montag; para usted probablemente es sólo el débil rumor de un título, señora Montag), muchos, repito, sólo conocían de *Hamlet* un resumen de una página en un libro que decía: «Ahora usted puede leer todos los clásicos. Lúzcase en sociedad». ¿Comprendes? Del jardín de infancia al colegio, y vuelta al jardín de infancia. Ése ha sido el desarrollo espiritual del hombre durante los últimos cinco siglos.

Mildred se puso de pie y comenzó a dar vueltas por el cuarto, levantando cosas y volviéndolas a poner en su sitio. Beatty no le prestó atención.

–Cámara rápida, Montag –continuó–. Rápida. *Clic, pic, ya, sí, no, más, bien, mal, qué, quién, eh, uh, ah, pim, pam, pam.* Resúmenes, resúmenes, resúmenes. ¿La política? Una columna, dos frases, un titular. Luego, en pleno aire, ¡todo desaparece! ¡Las manos de los editores, explotadores, directores de radio bombean y bombean, y la mente del hombre gira con tanta rapidez que el movimiento centrífugo lo libra de todo pensamiento inútil, de días y días malgastados!

Mildred alisó la colcha y arregló la almohada. Montag sintió que el corazón le saltaba una y otra vez en el pecho. Mildred lo cogía ahora del hombro para que se moviese. Quería sacar la almohada y arreglarla bien, y ponerla otra vez en la cama. Y quizá gritaría, con los ojos muy abiertos, o extendería simplemente la mano diciendo: «¿Qué es esto?», y alzaría inocentemente el libro.

–Se abreviaron los años de estudio, se relajó la disciplina, se dejó de lado la historia, la filosofía y el lenguaje. Las letras y la gramática fueron abandonadas, poco a poco, poco a poco, hasta que se las olvidó por completo. La vida es lo inmediato, sólo el trabajo importa. Divertirse, sí, pero después del trabajo. ¿Por qué aprender algo salvo apretar botones, insertar llaves, ajustar tornillos y tuercas?

–Deja que te arregle la almohada –dijo Mildred.

–¡No! –murmuró Montag.

–La cremallera reemplazó al botón, y el hombre no tiene tiempo para pensar mientras se viste a la hora del alba, una hora filosófica, y por lo tanto una hora melancólica.

–Déjame –insistió Mildred.

–Vete –dijo Montag.

–La vida se redujo a ruidos e interjecciones, Montag. ¡Sólo bum, pam y uf!

–Uf –dijo Mildred tirando de la almohada.

–¡Déjame, por amor de Dios! –gritó Montag.

Beatty miró a Montag con los ojos muy abiertos.

La mano de Mildred se había helado bajo la almohada. Siguió con los dedos el contorno del libro, reconoció la forma, e hizo un gesto de sorpresa y luego de estupefacción. Abrió la boca como si fuera a hacer una pregunta.

–Sólo los payasos pudieron seguir en los teatros, y se adornaron las habitaciones con paredes de vidrio y bonitos colores que subían y bajaban como confeti o sangre o jerez o sauternes. A ti te gusta el béisbol, ¿no, Montag?

–Es un hermoso juego.

Beatty era ahora casi invisible: una voz en alguna parte detrás de una cortina de humo.

–¿Qué es esto? –preguntó Mildred casi riéndose. Montag se apoyó pesadamente contra los brazos de su mujer–. ¿Qué es esto?

–¡Siéntate! –aulló Montag. Mildred retrocedió de un salto, con las manos vacías–. ¡Estamos hablando!

Beatty continuó como si no hubiese pasado nada.

–Te gustan los bolos, ¿Montag?

–Los bolos, sí.

–¿Y el golf?

–El golf es un hermoso juego.

–¿Baloncesto?

–Un hermoso juego.

–¿El billar? ¿El fútbol?

–Hermosos juegos también.

–Deportes al alcance de todos, espíritu de grupo, diversión y no hay que pensar, ¿eh? Organizar y superorganizar súper superdeportes. Más impaciencia. Las carreteras llenas de multitudes que van a alguna parte, alguna parte, alguna parte, ninguna parte. El refugio de la gasolina. Las ciudades se transforman en campamentos, la gente en hordas nómadas que van de lugar en lugar siguiendo las mareas lunares, durmiendo esta noche en el cuarto donde tú dormiste el mediodía anterior y yo dormí la noche anterior.

Mildred se fue y cerró de un golpe la puerta. Las «tías» de la sala comenzaron a reírse de los «tíos» de la sala.

–Bien, examinemos ahora nuestras minorías. Cuanta más población, más minorías. No tratemos de entender a los aficionados a los perros, los aficionados a los gatos, los doctores, abogados, comerciantes, jefes, mormones, baptistas, unitarios, descendientes de chinos, suecos, italianos, alemanes, tejanos, neoyorquinos, irlandeses, gente de Oregón o de México. La gente de este libro, esta pieza teatral, esta novela de TV, no trata de representar a ningún pintor o cartógrafo o mecánico actual, ni de ninguna parte. ¡Cuanto más grande sea el mercado, Montag, menos discusiones! ¡No lo olvides!

»Autores llenos de pensamientos malignos, ¡cerrad vuestras máquinas de escribir! Así lo *hicieron.* Las revistas se transformaron en una bonita mezcla de vainilla y tapioca. Los libros, así dijeron los críticos condenadamente esnobs, eran aguachirle. Es *natural* que no se vendan libros, dijeron esos hombres. Pero el público sabía lo que quería, y girando alegre y velozmente hizo sobrevivir los libros de historietas. Y las revistas con mujeres tridimensionales, por supuesto. Y eso no es todo, Montag. No comenzó en el gobierno. No hubo órdenes, ni declaraciones, ni censura en un principio, ¡no! La tecnología, la explotación en masa, y la presión de las minorías provocó todo esto, por suerte. Hoy, gracias a ellos, uno puede ser continuamente feliz, se pueden leer historietas, las viejas y buenas confesiones, los periódicos comerciales.

–Sí, pero ¿y los bomberos?

–Ah. –Beatty se inclinó hacia delante, envuelto en la débil niebla de su pipa–. ¿Qué más sencillo y natural? Con escuelas que lanzan al mundo más corredores, saltarines, voladores, nadadores en vez de caminadores, críticos, conocedores y creadores imaginativos, la palabra *intelectual* se convirtió en la interjección que merecía ser. Uno siempre teme las cosas insólitas. Recuerdas seguramente a un compañero de escuela excepcionalmente brillante, que recitaba las lecciones y respondía a las preguntas mientras los demás lo miraban con odio, inmóviles

como estatuas de plomo. ¿Y no era este mismo compañero brillante al que golpeaban y torturaban al salir de la escuela? Claro que sí. Todos debemos parecernos. No nacemos libres e
iguales, como dice la Constitución, nos *hacemos* iguales. Todo
hombre es la imagen de todos los demás, y todos somos así
igualmente felices. No hay montañas sobrecogedoras que puedan empequeñecernos. La conclusión es muy sencilla. Un libro, en manos de un vecino, es un arma cargada. Quémalo.
Saca la bala del arma. Abre la mente del hombre. ¿Se sabe acaso quién puede ser el blanco de un hombre leído? ¿Yo? No
puedo aceptarlo. Y así, cuando las casas de todo el mundo fueron incombustibles (tu presunción de la otra noche era correcta)
no se necesitaron bomberos para cumplir la antigua función.
Se les dio otro trabajo, el de custodios de la paz de nuestras
mentes, el centro de nuestro comprensible y recto temor a ser
inferiores. El bombero se transformó en censor, juez y ejecutor
oficial. Eso eres tú, Montag, y eso soy yo.

Mildred abrió la puerta de la sala y miró a los dos hombres,
primero a Beatty y luego a Montag. Detrás de ella, unos fuegos
de artificio verdes, amarillos y anaranjados llenaban las paredes
siseando y estallando en una música de tambores, timbales y
címbalos. La boca de Mildred se movía, como diciendo algo,
pero el ruido tapaba las palabras.

Beatty golpeó la pipa en la palma de su mano rosada y estudió las cenizas como si fuesen un símbolo que había que estudiar
y descifrar.

–Debes comprender que nuestra civilización, tan vasta, no
permite minorías. Pregunta tú mismo. ¿Qué queremos en este
país por encima de todo? Ser felices, ¿no es verdad? ¿No lo has
oído centenares de veces? «Quiero ser feliz», dicen todos. Bueno, ¿no lo son? ¿No los entretenemos, no les proporcionamos
diversiones? Para eso vivimos, ¿no es así?, para el placer, para la
excitación. Y debes admitir que nuestra cultura ofrece ambas
cosas, y en abundancia.

–Sí.

Montag podía leer, en el movimiento de los labios, lo que decía Mildred desde el umbral. Pero no quería mirarle la boca, pues entonces Beatty volvería la cabeza y leería también aquellas palabras.

–¿A la gente de color no le gusta *El negrito Sambo?* Quémalo. ¿Los blancos se sienten incómodos con *La cabaña del tío Tom?* Quémalo. ¿Alguien escribió una obra acerca del tabaco y el cáncer pulmonar? ¿Los fumadores están afligidos? Quema la obra. Serenidad, Montag. Paz, Montag. Fuera los conflictos. Mejor aún, al incinerador. ¿Los funerales son tristes y paganos? Elimina los funerales. A los cinco minutos de morir, el hombre ya está en camino de la Gran Caldera: incineradores abastecidos por helicópteros y distribuidos por todo el país. Diez minutos después de la muerte, el hombre es una motita de polvo oscuro. No aflijamos a los hombres con recuerdos. Que olviden. Quememos, quemémoslo todo. El fuego es brillante y limpio.

Los fuegos de artificio murieron en la sala detrás de Mildred. Mildred dejó de hablar casi al mismo tiempo; una milagrosa coincidencia. Montag contuvo la respiración.

–Había una muchacha en la casa de al lado –dijo, lentamente–. Se ha ido. Creo que ha muerto. Ni siquiera recuerdo su cara. Pero era diferente. ¿Cómo... cómo pudo ocurrir?

Beatty sonrió.

–Aquí o allá, ocurre a veces. ¿Clarisse McClellan? Tenemos registrada a la familia. Los hemos vigilado. La herencia y el ambiente son cosas raras. No es posible eliminar en poco tiempo todos los obstáculos. El ambiente hogareño puede destruir en gran parte la obra de la escuela. Por eso la edad de admisión en el jardín de infancia ha ido disminuyendo año tras año y ahora sacamos a los niños casi de la cuna. Hubo varias falsas alarmas a propósito de los McClellan cuando vivían en Chicago. Nunca se encontró un libro. El tío tenía un historial confuso: antisocial. ¿La muchacha? Era una bomba de tiempo. La familia había estado alimentando el subconsciente de la niña. Estoy casi seguro; examiné los registros de la escuela. No quería saber *cómo* se hacen las cosas, sino *por qué.* Esto puede resultar embarazoso.

Uno empieza con los porqués, y termina siendo realmente un desgraciado. La pobre chica está mejor muerta.

–Sí, muerta.

–Por suerte, gente rara como ella aparece pocas veces. Los curamos casi siempre en estado larval. No es posible construir una casa sin clavos ni maderas. Si no quieres que se construya una casa, esconde los clavos y la madera. Si no quieres que un hombre sea políticamente desgraciado, no lo preocupes mostrándole dos aspectos de una misma cuestión. Muéstrale uno. Que olvide que existe la guerra. Es preferible que un gobierno sea ineficiente, autoritario y aficionado a los impuestos, a que la gente se preocupe por esas cosas. Paz, Montag. Que la gente intervenga en concursos donde haya que recordar las palabras de las canciones más populares, o los nombres de las capitales de los Estados, o cuánto maíz cosechó Iowa el último año. Llénalos de noticias incombustibles. Sentirán que la información los ahoga, pero se creerán inteligentes. Les parecerá que están pensando, tendrán una sensación de movimiento sin moverse. Y serán felices, pues los hechos de esa especie no cambian. No les des materias resbaladizas, como filosofía o psicología, que engendran hombres melancólicos. El que pueda instalar en su casa una pared de TV, y hoy está al alcance de cualquiera, es más feliz que aquel que pretende medir el universo, o reducirlo a una ecuación. Las medidas y las ecuaciones, cuando se refieren al universo, dan al hombre una sensación de inferioridad y soledad. Lo sé, lo he probado. Al diablo con esas cosas. ¿Qué necesitamos entonces? Más reuniones y clubes, acróbatas y magos, automóviles de reacción, helicópteros, sexo y heroína. Todo lo que pueda hacerse con reflejos automáticos. Si el drama es malo, si la comedia es insulsa, si la película no dice nada, golpéame con el theremín, ruidosamente. Me parecerá entonces que estoy respondiendo a la obra. En realidad, respondo con reacciones táctiles a las vibraciones. No interesa. Quiero entretenimientos sólidos. –Beatty se incorporó–. Tengo que irme. La conferencia ha terminado. Espero haber aclarado las cosas. No lo olvides, Montag, esto es lo más importante. Somos los Muchachos Felices, el Conjunto del Buen Humor, tú y yo, y todos los demás. Somos un dique contra esa pequeña marca que quiere entristecer el mundo con un conflicto de pensamientos y teorías. Sostenemos el dique con nuestras manos. No lo sueltes. No dejes que un torrente de melancolía y filosofía lóbrega invada el universo. Dependemos de ti. No sé si entiendes qué importante eres *tú*, qué importantes somos *nosotros*, para que no se pierda la felicidad del mundo.

Beatty estrechó la mano débil de Montag. Montag no se movió. Parecía como si la casa estuviera derrumbándose a su alrededor, y él no pudiera moverse. Mildred había desaparecido de la puerta.

–Una última palabra –dijo Beatty–. Una vez por lo menos en su vida, el bombero se siente picado de curiosidad. ¿Qué dirán los libros? se pregunta. Ah, poder rascarse esa picadura, ¿eh? Bueno, Montag, créeme. He leído unos pocos libros en mi juventud, sé de qué se trata. ¡Los libros no dicen *nada*! Nada que puedas aprender o creer. Hablan de gentes que no existen. Delirios imaginativos, cuando son obras de ficción. Y si no son de ficción, peor aún. Un profesor que llama idiota a otro, un filósofo que clava los dientes en el gaznate de otro. Todos corren de aquí para allá apagando las estrellas, extinguiendo el sol. Uno se siente perdido.

–Bueno, ¿y qué ocurre si un bombero se lleva accidentalmente, no a propósito, un libro a su casa? –dijo Montag estremeciéndose.

La puerta entreabierta lo miraba con un enorme ojo vacío.

–Un error disculpable. Curiosidad, nada más –dijo Beatty–. No nos preocupamos demasiado, ni nos enojamos. Dejamos que el bombero guarde el libro veinticuatro horas. Si en ese plazo no lo quema, vamos y se lo quemamos nosotros.

–Claro –dijo Montag con la boca seca.

–Bueno, Montag. ¿Trabajarás hoy en otro turno? ¿Contamos contigo esta noche?

–No sé –dijo Montag.

–¿Qué?

Beatty parecía algo sorprendido.

–Iré más tarde. Quizá.

–Te extrañaremos de veras si faltas –dijo Beatty, guardándose la pipa en el bolsillo.

«No iré nunca», pensó Montag.

–Que te pongas bien y sigas bien –dijo Beatty.

Se volvió y salió por la puerta abierta.

Montag miró por la ventana mientras Beatty se alejaba en su coche, amarillo como el fuego, con ruedas cenicientas.

Al otro lado de la calle se alzaban las fachadas lisas de las casas. ¿Qué había dicho Clarisse una tarde? «No hay porches. Mi tío dice que antes había porches. Y la gente se sentaba allí en las noches de verano, y hablaba cuando tenía ganas de hablar, y se balanceaba en las mecedoras, y no hablaba cuando no tenía ganas de hablar. A veces se quedaban allí, simplemente, y pensaban cosas. Mi tío dice que los arquitectos suprimieron los porches con la excusa de que no quedaban bien. Pero la verdadera razón, la razón oculta, era otra. No querían que la gente se pasase las horas sin hacer nada, ésa no era la *verdadera* vida social. La gente hablaba demasiado. Y tenía tiempo para pensar. Así que suprimieron los porches. Y los jardines también. Ya no más jardines para estar en ellos. Y mire los muebles. No más mecedoras. Son demasiado cómodas. La gente debe estar de pie, y corriendo de un lado a otro. Mi tío dice... y... mi tío... y... mi tío...» La voz de Clarisse se apagó poco a poco.

Montag se volvió y miró a su mujer. Sentada en medio de la sala le hablaba a un anunciador, quien a su vez le hablaba a ella.

–Señora Montag –decía el hombre. Esto, aquello y lo de más allá–. Señora Montag... –Esto y aquello y lo otro.

Cada vez que el anunciador, al dirigirse a su auditorio anónimo, hacía una pausa, el dispositivo conversor que les había costado cien dólares intercalaba el nombre de Mildred. Un modelador especial, aplicado al área que rodeaba la boca del hombre, hacía que el movimiento de los labios siguiese con toda corrección las sílabas y consonantes. Un amigo, sin duda, un buen amigo.

–Señora Montag... mire esto.

Mildred volvió la cabeza. Aunque era evidente que no estaba escuchando.

–Sólo hay un paso de no ir al trabajo hoy a no trabajar mañana –dijo Montag–. Ni nunca más.

–Pero irás a trabajar esta noche, ¿no es cierto? –dijo Mildred.

–No lo sé aún. En este momento siento deseos de romper algo, destrozar algo.

–Saca el coche.

–No, gracias.

–Las llaves del coche están en la mesa de luz. Siempre que me siento así, tengo ganas de correr. Llega uno a los ciento cincuenta kilómetros por hora y se siente mucho mejor. A veces corro toda la noche y vuelvo a casa, y tú no te has dado cuenta. Es divertido en el campo. Uno atropella conejos, y hasta perros. Saca el coche.

–No. No esta vez. No quiero librarme de esto. Dios, está creciendo dentro de mí. No sé qué es. Me siento tan desgraciado, tan triste. Y no sé por qué. Siento como si pesase más. Me siento gordo. Como si hubiese estado guardando algo, no sé qué. Hasta podría empezar a leer libros.

Mildred miró a Montag como si él estuviese detrás de la pared de cristal.

–Entonces irías a la cárcel, ¿no?

Montag comenzó a vestirse, moviéndose de un lado a otro del cuarto.

–Sí, y sería una buena idea. Antes de que haga daño a alguien. ¿Has oído lo que decía Beatty? Conoce todas las respuestas. Tiene razón. La felicidad importa mucho. La diversión es todo. Y sin embargo allí estaba yo diciéndome a mí mismo: «No soy feliz, no soy feliz».

–Yo sí. –La boca de Mildred formó una sonrisa–. Y me siento orgullosa.

–Voy a hacer algo –dijo Montag–. No sé todavía qué, pero va a ser algo grande.

–Oh, tanta palabrería me cansa –dijo Mildred volviéndose otra vez hacia el anunciador.

Montag tocó la llave del volumen y el anunciador enmudeció.

–¿Millie? –Una pausa–. Esta casa es tan tuya como mía. Siento que es justo decirte algo. Pude habértelo dicho antes, pero no lo quise admitir, ni siquiera ante mí mismo. Quiero que veas algo, algo que fui apartando y escondiendo durante este último año. No sé por qué, pero lo hice y no te lo dije nunca.

Cogió una silla de respaldo recto y la arrastró lentamente hacia el vestíbulo. Se subió a la silla y se quedó inmóvil unos instantes, como una estatua, mientras su mujer lo miraba desde abajo, y esperaba. Luego estiró un brazo y tiró de la rejilla del sistema de aire acondicionado, y metió el brazo en el agujero, a la derecha, apartó otra hoja metálica, y sacó un libro. Sin mirarlo, lo dejó caer. Volvió a meter la mano, sacó otros dos libros, y los dejó caer. Siguió así metiendo la mano y sacando libros, pequeños, grandes, amarillos, rojos, verdes. Cuando terminó, bajó la vista y miró los veinte libros que se amontonaban a los pies de Mildred.

–Lo lamento –dijo–. No lo pensé realmente. Pero siento ahora como si hubiésemos estado juntos en esto.

Mildred retrocedió como si se viese de pronto ante una invasión de ratas que habían salido de debajo del suelo. Respiraba con dificultad, estaba pálida y tenía los ojos muy abiertos. Pronunció el nombre de Montag, una, dos, tres veces. Luego, gimiendo, se inclinó rápidamente hacia delante, cogió un libro, y corrió hacia el incinerador de la cocina.

Montag dio un grito y la alcanzó. La tomó por un brazo y Mildred trató de librarse de él, arañándolo.

–¡No, Millie, no! ¡Espera! Quieta, por favor. No sabes... ¡Quieta!

Montag la abofeteó, y volvió a tomarla por un brazo, sacudiéndola. Mildred dijo otra vez el nombre de Montag y se echó a llorar.

–¡Millie! –dijo Montag–. Escúchame. Concédeme un minuto, ¿quieres? Nada podemos hacer. No podemos quemarlos.

Quiero verlos, por lo menos echarles una ojeada. Luego, si lo que dijo el capitán es verdad, los quemaremos juntos. Debes ayudarme. –Miró a Mildred a la cara, y con una mano le cogió la barbilla, firmemente. No miraba sólo a Mildred, se buscaba en su rostro, buscaba lo que debía hacer–. Nos guste o no nos guste, estamos en esto. No te he pedido casi nada en estos años, pero ahora sí, por favor. Tenemos que salir de algún modo, averiguar qué nos pasa, a ti con tus medicinas para la noche y el automóvil, y a mí con mi trabajo. Vamos hacia el abismo, Millie. Dios, no quiero seguir así. Esto no va a ser fácil. No nos queda casi nada, pero quizá podamos recomponer los pedazos y ayudarnos. Te necesito tanto ahora. Ni siquiera puedo decírtelo. Si todavía me quieres, me ayudarás en esto. Veinticuatro horas, cuarenta y ocho horas, no te pido más. Luego todo habrá terminado. Te lo prometo, ¡te lo juro! Y si hay algo aquí, si sale algo de toda esta confusión, quizá podamos iniciar otra vida.

Montag soltó a Mildred, que ya no luchaba. Mildred se dejó caer, apoyándose en el muro, y se quedó sentada en el piso, mirando los libros. Vio que su pie rozaba un volumen y apartó el pie.

–Esa mujer de la otra noche, Millie –continuó Montag–. Tú no estabas allí. No le viste la cara. Y Clarisse. Nunca hablaste con ella. Yo sí. Y hombres como Beatty temían a Clarisse. No entiendo. ¿Por qué temer a alguien como ella? La comparé con los bomberos, en el cuartel, la otra noche, y de pronto comprendí que los bomberos no me gustaban nada, y que yo tampoco me gustaba nada. Y pensé que quizá sería mejor quemar a los bomberos.

–¡Guy!

La voz de la puerta de la calle llamó en un murmullo.

–Señora Montag, señora Montag, ¿hay alguien?, ¿hay alguien?, señora Montag, señora Montag, ¿hay alguien?, ¿hay alguien?

Un murmullo.

Montag y Mildred se volvieron y miraron la puerta y los libros desparramados por todas partes, por todas partes, en montones.

–¡Beatty! –dijo Mildred.

–No puede ser él.

–¡Ha vuelto! –murmuró Mildred.

La voz de la puerta llamaba otra vez:

–¿Hay alguien...?

–No contestemos.

Montag se apoyó en la pared y luego, lentamente, se puso en cuclillas y movió los libros con el codo, el pulgar, el índice. Temblaba de pies a cabeza, y hubiese querido, sobre todas las cosas, meter los libros otra vez en su agujero. Pero no podía enfrentarse de nuevo con Beatty. Se sentó entonces en el suelo y la voz de la puerta de la calle volvió a llamar, con mayor insistencia. Montag cogió un pequeño volumen.

–¿Por dónde empezaremos? –Abrió a medias el libro y le echó una ojeada–. Por el principio, supongo.

–Beatty va a entrar –dijo Mildred–, ¡y nos quemará a nosotros junto con los libros!

La voz de la puerta de la calle se apagó al fin. Se hizo un silencio. Montag sintió que alguien, detrás de la puerta, esperaba, escuchaba. Luego las pisadas se alejaron por la acera y el jardín.

–Veamos qué es esto –dijo Montag.

Leyó, vacilante, y con una terrible atención, unas pocas líneas aquí y allá. Al fin llegó a esta frase:

–«Se ha calculado que once mil personas han preferido varias veces la muerte antes que romper los huevos por la punta más fina».

Mildred lo miraba desde el otro extremo del cuarto.

–¿Qué significa eso? ¡No significa nada! ¡El capitán tenía razón!

–Un momento –dijo Montag–. Empezaremos otra vez, desde el principio.

2
El tamiz y la arena

Leyeron toda la tarde, mientras la fría lluvia de noviembre caía del cielo sobre la casa. Estaban en el vestíbulo, pues la sala parecía tan vacía y gris sin las paredes anaranjadas y amarillas, de luz de confeti, y naves del espacio, y mujeres vestidas con mallas de oro, y hombres con trajes de terciopelo negro que sacaban conejos de sombreros de plata. La sala estaba muerta, y Mildred miraba inexpresivamente los muros mientras Montag iba y volvía, y se agachaba y leía en voz alta una página, hasta diez veces.

—«No sabemos en qué preciso momento nace una amistad. Cuando se llena una vasija gota a gota, una de ellas rebasa al fin la vasija; así en una serie de actos bondadosos hay al fin uno que enciende el corazón.»

Montag se quedó escuchando la lluvia.

—¿Es esto lo que pasó con la muchacha de al lado? Es tan difícil saberlo.

—Esa muchacha ha muerto. Hablemos de alguien vivo, por favor.

Montag no miró a su mujer y caminó estremeciéndose hasta la cocina. Se quedó allí un rato mirando la lluvia que golpeaba los cristales, y luego regresó al vestíbulo de luz gris, esperando a que los temblores cesasen.

Abrió otro libro.

—«Ese tema favorito: yo.»

–*Eso* lo entiendo –dijo Mildred.

–Pero el tema favorito de Clarisse no era ella. Era cualquier otro, y yo. Fue la primera persona, en muchos años, que me gustó de verdad. Fue la primera persona que me miró a los ojos como si yo contara para ella. –Montag alzó los dos libros–. Estos hombres han estado muertos mucho tiempo, pero sé que sus palabras apuntan, de un modo o de otro, a Clarisse.

Afuera, en la puerta de la calle, en la lluvia, un débil rasguño.

Montag se quedó petrificado. Vio que Mildred se echaba hacia atrás, apoyándose en la pared, jadeaba.

–Alguien... en la puerta.. ¿Por qué la voz de la puerta no nos dice...?

–Yo la apagué.

Bajo la puerta, una respiración lenta y husmeante, la exhalación de un vapor eléctrico.

Mildred se rió.

–¡Es sólo un perro, nada más! ¿Lo echo?

–¡No te muevas!

Silencio. La lluvia fría. Y el olor de la electricidad azul que pasaba por debajo de la puerta cerrada.

–Volvamos al trabajo –dijo Montag serenamente.

Mildred le dio un puntapié a un libro.

–Los libros no son gente. Tú lees, y yo miro alrededor. ¡Y no hay *nadie*!

Montag miró la sala muerta y gris como las aguas de un océano donde bulliría la vida si ellos encendiesen el sol electrónico.

–Pues bien –dijo Mildred–, mi «familia» es gente. Me dicen cosas, y yo me río, ¡y ellos se ríen! ¡Y todo en colores!

–Sí, ya sé.

–Y además, si el capitán Beatty tuviera conocimiento de estos libros... –Mildred pensó unos instantes y puso cara de asombro, y luego de horror–. Vendría y quemaría la casa y la «familia». ¡Qué espanto! Piensa en nuestras inversiones. ¿Por qué debo leer? ¿Para qué?

–¡Para qué! ¡Por qué! –dijo Montag–. Vi la más horrible de las serpientes la otra noche. Estaba muerta, pero estaba viva. Podía ver, pero no podía ver. ¿Quieres ver esa serpiente? Está en el Hospital de Urgencias donde hicieron un informe con todas las porquerías que te sacó la serpiente. ¿Quieres ir y revisar el informe? Quizá lo encuentres a mi nombre o en la sección Miedo de la Guerra. ¿Quieres ir a la casa que ardió la otra noche? ¿Y rascar unas cenizas de los huesos de la mujer que quemó su propia casa? ¿Y qué me dices de Clarisse McClellan? ¿Dónde tendríamos que buscarla? ¡En la morgue! ¡Escucha!

Los bombarderos cruzaban y cruzaban el cielo sobre la casa, jadeando, murmurando, silbando como un enorme ventilador invisible que diese vueltas en el vacío.

–Señor –dijo Montag–. A todas horas tantas cosas malditas en el cielo. ¿Qué demonios hacen esos bombarderos ahí arriba, sin descansar un minuto? ¿Por qué nadie habla de eso? ¡Hemos iniciado y ganado dos guerras atómicas desde 1960! ¿Nos divertimos tanto en casa que nos hemos olvidado del mundo? ¿Será que somos tan ricos y el resto del mundo tan pobre y no nos importa que lo sea? He oído rumores; el mundo está muriéndose de hambre; pero nosotros estamos bien nutridos. ¿Es cierto que el mundo trabaja duramente mientras nosotros jugamos? ¿Nos odiarán tanto por eso? He oído rumores acerca de ese odio también, muy de cuando en cuando. ¿Sabes tú por qué nos odian? Yo no, debo admitirlo. Quizá los libros nos saquen un poco de esta oscuridad. Quizá eviten que cometamos los mismos condenados y disparatados errores. No he oído que esos idiotas bastardos de tu sala hablen de eso. Dios, Millie, ¿no te das cuenta? Una hora al día, dos horas con esos libros, y quizá...

Sonó el teléfono. Mildred cogió rápidamente el auricular.

–¡Ann! –exclamó riendo–. ¡Sí! ¡Esta noche los Payasos Blancos!

Montag fue a la cocina y dejó caer la mano con el libro.

–Montag –dijo–, eres realmente estúpido. ¿Adónde puede llevarnos todo esto? Hemos cerrado los libros, ¿te has olvidado?

Abrió el libro y comenzó a leer en voz alta, por encima de la risa de Mildred.

«Pobre Millie –pensó–. Pobre Montag, esos libros son barro para ti también. Pero ¿dónde conseguirás ayuda, dónde encontrarás un maestro a esas alturas?»

Espera. Cerró los ojos. Sí, por supuesto. Se encontró pensando otra vez en el parque verde de hacía un año. Lo había recordado a menudo recientemente, pero ahora veía con toda claridad aquel día en el parque y el viejo que escondía algo, rápidamente, en su chaqueta negra.

El viejo dio un salto como si fuese a correr y Montag le gritó:

–¡Espere!

–¡No he hecho nada! –dijo el viejo, temblando.

–Nadie dice que haya hecho algo.

Se habían mirado un momento bajo la luz verde y suave, y luego Montag habló del tiempo, y el viejo respondió con una voz débil. Formaban una pareja rara y tranquila. El viejo confesó que era un profesor de literatura, a quien habían echado a la calle hacía cuarenta años, cuando los últimos centros de humanidades tuvieron que cerrar a causa de los pocos alumnos y la falta de apoyo económico. Se llamaba Faber, y cuando se le pasó el miedo habló con voz cadenciosa, mirando al cielo y los árboles y el parque verde, y cuando pasó una hora le dijo algo a Montag, y Montag sintió que era un poema sin rimas. Y luego el viejo se animó todavía más, y dijo alguna otra cosa, y eso era un poema también. Faber apoyaba la mano en el bolsillo izquierdo de la chaqueta y recitaba en voz baja, y Montag supo que si estiraba la mano, le sacaría un libro de poemas de ese bolsillo. Pero no extendió la mano. Las manos le descansaban en las rodillas, entumecidas e inútiles.

–No hablo de cosas, señor –dijo Faber–. Hablo del *significado* de las cosas. Estoy aquí, y sé que estoy vivo.

Y eso había sido todo, realmente. Una hora de monólogo, un poema, un comentario, y luego, como haciendo caso omiso del hecho de que Montag era un bombero, Faber, con mano temblorosa, escribió una dirección en un trozo de papel.

–Para sus archivos, señor –dijo–. Por si usted decide enojarse conmigo.

–No estoy enojado –dijo sorprendido Montag.

Mildred chillaba de risa en la sala.

Montag fue a su armario del dormitorio, y miró las fichas de la maleta-archivo hasta que encontró una rotulada: INVESTIGACIONES FUTURAS. Allí estaba el nombre de Faber. No lo había olvidado, y no lo había borrado.

Llamó por un teléfono auxiliar. El teléfono del otro extremo de la línea gritó el nombre de Faber una docena de veces antes de que el profesor contestase con una voz débil. Montag se presentó y hubo un largo silencio.

–¿Sí, señor Montag?

–Profesor Faber, quiero hacerle una pregunta bastante rara. ¿Cuántos ejemplares de la Biblia quedan en este país?

–No sé a qué se refiere.

–Quiero saber si hay algún ejemplar.

–¡Esto es una trampa! ¡No puedo hablar con *cualquiera* por teléfono!

–¿Cuántos ejemplares de Shakespeare y Platón?

–¡Ninguno! Lo sabe tan bien como yo. ¡Ninguno!

Faber cortó la comunicación.

Montag dejó caer el auricular. Ninguno. Los índices del cuartel de bomberos ya lo decían, por supuesto. Pero por alguna razón había querido oírselo decir a Faber.

En la sala de recibo el rostro de Mildred estaba rojo de excitación.

–¡Bueno! ¡Vienen las señoras!

Montag le mostró un libro.

–Éste es el Antiguo y Nuevo Testamento, y...

–¡No empieces otra vez!

–Quizá sea el último ejemplar en esta parte del mundo.

–Tienes que devolverlo esta noche, ¿no es cierto? El capitán Beatty sabe que tienes ese libro, ¿no es cierto?

–No creo que sepa *qué* libro he robado. Pero ¿cómo podré elegir un sustituto? ¿Devolveré al señor Jefferson? ¿O al señor Thoreau? ¿Cuál vale menos? Si elijo un sustituto y Beatty sabe qué libro he robado, ¡pensará que tenemos aquí toda una biblioteca!

Mildred torció la boca.

–¿Ves lo que estás haciendo? ¡Vas a arruinarnos! ¿Quién es más importante, yo o la Biblia?

Mildred chillaba ahora, sentada allí como una muñeca de cera que se derrite con su propio calor.

Montag podía oír la voz de Beatty.

–Siéntate, Montag. Observa. Delicadamente, como los pétalos de una flor. Quemamos la primera página, luego la segunda, y se transforman en mariposas negras. ¿Hermoso, eh? Quemamos la página tercera con la segunda, y así una tras otra, en una cadena de humo, capítulo por capítulo, todas las tonterías encerradas en estas palabras, todas las falsas promesas, las nociones de segunda mano, y las filosofías gastadas por el tiempo.

Así hablaría Beatty, sudando ligeramente, y el suelo se cubriría con un enjambre de polillas oscuras, destruidas por una tormenta.

Mildred dejó de gritar tan de repente como había empezado. Montag no escuchaba.

–Hay que hacer algo –dijo–. Antes de devolverle el libro a Beatty haré sacar una copia.

–¿Estarás aquí para la función de los Payasos Blancos, y para recibir a las visitas? –exclamó Mildred.

Montag se detuvo en la puerta, de espaldas.

–¿Millie?

Un silencio.

–¿Qué?

–Millie, ¿el Payaso Blanco te quiere?

Ninguna respuesta.

–Millie... –Montag se pasó la lengua por los labios–. ¿Tu «familia» te quiere, te quiere mucho, con todo su cuerpo y toda su alma, Millie?

Montag sintió en la nuca que Mildred parpadeaba lentamente.

–¿Por qué haces esas preguntas tontas?

Montag sintió que tenía ganas de llorar, pero no movió la boca ni los ojos.

–Si encuentras a ese perro fuera –dijo Mildred– dale un puntapié de mi parte.

Montag titubeó, escuchando, ante la puerta. Al fin la abrió, y se asomó.

La lluvia había cesado, y el sol se ponía en un cielo sin nubes. En la calle y el jardín no se veía a nadie. Soltó el aliento en un largo suspiro.

Salió dando un portazo.

Estaba otra vez en el tren.

«Me siento entumecido –pensó–. ¿Cuándo comenzó realmente este entumecimiento a invadirme la cara, y el cuerpo? Aquella noche en que tropecé con el frasco de píldoras, como si hubiese tropezado con una mina subterránea.»

«Este entumecimiento desaparecerá –pensó–. Llevará tiempo, pero lo conseguiré, o Faber lo conseguirá para mí. Alguien, en alguna parte, me devolverá mi vieja cara y mis viejas manos. Hasta la sonrisa –pensó–. Mi vieja y quemada sonrisa. Estoy perdido sin ella.»

Las paredes del túnel pasaban ante él. Losas claras, y negras, claras y negras, números y oscuridad, más oscuridad. Y los totales que se sumaban a sí mismos.

Una vez, cuando era niño, se había sentado en una duna amarilla, a orillas del mar, en un día azul y cálido de verano, tratando de llenar un tamiz con arena. Algún primo le había dicho: «¡Llena este tamiz y te daré un premio!». Y cuanto más rápido echaba la arena, más rápido pasaba por el tamiz, con un suspiro cálido. Se le cansaban las manos, la arena hervía, el tamiz estaba vacío. Sentado allí, en pleno julio, en silencio, sintió que las lágrimas le rodaban por la cara.

Ahora, mientras el tubo neumático lo arrastraba velozmente entre los sótanos muertos de la ciudad, sacudiéndolo, recordó otra vez la lógica terrible de aquel tamiz. Bajó la vista y vio que llevaba la Biblia abierta. Había gente en el tren de succión, pero apretó el libro entre las manos, y se le ocurrió entonces aquella idea tonta: si lees con suficiente rapidez, y lo lees todo, quizá quede en el tamiz algo de arena. Comenzó a leer, pero las palabras pasaban del otro lado, y pensó: «Dentro de unas horas allí estará Beatty, y aquí estaré yo, tratando de no perder ninguna frase, de recordar todas las líneas. Tengo que hacerlo».

Apretó el libro en los puños.

Se oyó el sonido de unas trompetas.

–El dentífrico Denham.

«Cállate –pensó Montag–. Mirad los lirios del campo.»

–El dentífrico Denham.

Ellos no trabajan...

–Denham.

«Mirad los lirios del campo, cállate, cállate.»

–¡Dentífrico!

Montag abrió bien el libro y alisó las páginas y las tocó como si fuese ciego siguiendo la forma de las letras, sin parpadear.

–¡Denham! Se deletrea: D-E-N...

Ellos no trabajan ni...

El murmullo de la arena caliente a través de un tamiz vacío.

–*¡Denham lo hace!*

Mirad los lirios, los lirios, los lirios...

–El detergente dental Denham.

–¡Cállate, cállate, cállate!

Fue un ruego, un grito tan terrible que Montag se puso de pie. Los sorprendidos pasajeros lo miraban fijamente, se apartaban de aquel hombre de cara hastiada, de boca seca, que farfullaba algo incomprensible, que llevaba en la mano un libro aleteante. Gente que hasta hacía un momento había estado tranquilamente sentada, siguiendo con los pies el ritmo del Dentífrico Denham, del Detergente Dental Denham, del Dentífrico Dentífrico Dentífrico Denham, uno dos, uno dos tres, uno dos, uno dos tres. Gente que había estado masticando débilmente las palabras Dentífrico Dentífrico Dentífrico. La radio del tren vomitó a trozos sobre Montag una enorme carga de música de latón, cobre, plata, cromo y bronce. La gente era triturada hasta la sumisión; no escapaban, no había adónde escapar; el tren neumático hundía su cabeza en la tierra.

–Lirios del campo.

–Denham.

–¡*Lirios*, he dicho!

La gente miró fijamente a Montag.

–Llamen al guardia.

–Este hombre se ha vuelto...

–¡Estación La Cumbre!

El tren se detuvo siseando.

Un grito:

–¡Estación La Cumbre!

Un suspiro:

–Denham.

La boca de Montag apenas se movía.

–Lirios...

La puerta del tren se abrió con un silbido. Montag no se movió. La puerta emitió un sonido entrecortado, y comenzó a cerrarse. Sólo entonces Montag saltó hacia delante, atropellando a otros pasajeros, gritando en su interior. Salió justo a tiempo. Corrió por el suelo de losas blancas, a través de los túneles, sin prestar atención a las escaleras, pues quería sentir cómo se le movían los pies, cómo se le balanceaban los brazos, se le dilataban y encogían los pulmones, se le secaba la garganta. Una voz flotaba allá abajo:

–Denham Denham Denham.

El tren silbaba como una serpiente. El tren desapareció en su agujero.

–¿Quién es?

–Montag.

–¿Qué quiere?

–Déjeme entrar.

–¡No he hecho nada!

–Estoy solo, ¡maldita sea!

–¿Lo jura?

–¡Lo juro!

La puerta se abrió lentamente. Faber sacó la cabeza. Parecía muy viejo a la luz, y muy frágil, y con mucho miedo. Parecía no haber salido de la casa durante años. No era muy distinto de las paredes de yeso del interior de la casa. Tenía las mejillas y los labios blancos, y el pelo era blanco también, y los ojos se le habían apagado, y en el vago azul de las pupilas había algo de blanco. Y luego, de pronto, vio el libro bajo el brazo de Montag y ya no pareció tan viejo ni tan frágil. Poco a poco se le fue borrando aquella expresión de miedo.

–Lo siento. Pero hay que tener cuidado. –Miró el libro–. Así que es cierto.

Montag entró en la casa. La puerta se cerró.

–Siéntese.

Faber retrocedió de espaldas, como si temiera que el libro se desvaneciese si le quitaba los ojos de encima. Detrás de él se abría la puerta de una alcoba, y en ese cuarto unas piezas de maquinaria y unas herramientas de acero se amontonaban en desorden sobre un escritorio. Montag apenas pudo echar una ojeada antes que Faber, advirtiendo su distracción, se diera la vuelta rápidamente y cerrase la puerta. El viejo se quedó allí unos instantes, inmóvil, aferrando el pestillo con una mano temblorosa. Luego volvió una mirada intranquila a Montag, que ahora estaba sentado, y con el libro en el regazo.

–El libro... ¿Dónde...?

–Lo robé.

Faber, por primera vez, alzó los ojos y miró directamente a Montag.

–Es usted valiente.

–No –le dijo Montag–. Mi mujer está muriéndose. Una amiga mía murió hace unos días. Alguien que pudo haber sido una amiga murió carbonizada no hace más de veinticuatro horas. Sólo usted, entre quienes conozco, puede ayudarme. A ver. A ver...

Las manos le picaban a Faber en las rodillas.

–¿Puedo?

–Perdón –dijo Montag, y le alcanzó el libro.

–Han pasado tantos años. No soy un hombre religioso. Pero han pasado tantos años. –Faber volvió las páginas, deteniéndose aquí y allá a leer–. Es tan bueno como en mis recuerdos. Señor, cómo lo han transformado en nuestras «salas de recibo». Cristo es ahora de la «familia». Me pregunto a menudo si Dios reconocería a su hijo, vestido de etiqueta. O quizá sea un traje de calle. En fin, sólo una barra de menta, de buen tamaño. Azúcar cristalizado y sacarina. Cuando no nos hablan veladamente de ciertos productos comerciales indispensables para todo devoto. –Faber olió el libro–. ¿Sabe que los libros huelen a nuez moscada o a especias de países lejanos? Me gustaba mucho olerlos cuando era joven. Señor, había un montón de hermosos libros en aquel tiempo, antes de permitir que se perdieran. –Faber volvió las páginas–. Señor Montag, está usted ante un cobarde. Vi el camino que tomaban las cosas, hace tiempo. No dije nada. Soy un inocente que pudo haber hablado cuando nadie quería escuchar al «culpable»; pero no hablé, y me convertí así en otro culpable más. Y cuando al fin organizaron la quema de libros, con la ayuda de los bomberos, lancé unos gruñidos y callé. No había otros que gruñesen o gritasen conmigo. Ahora es tarde. –Faber cerró la Biblia–. Bueno... ¿Por qué no me dice qué lo trajo aquí?

–Nadie escucha a nadie. No puedo hablarles a las paredes. Las paredes me gritan. No puedo hablar con mi mujer; ella escucha las paredes. Quiero que alguien oiga lo que tengo que decir. Y quizá, si hablo bastante, adquiera sentido. Y quiero que usted me enseñe a comprender lo que leo.

Faber estudió la cara alargada y azul de Montag.

–¿Cómo despertó? ¿Qué le sacó la antorcha de las manos?

–No sé. Tenemos lo necesario para ser felices, y no lo somos.

Algo falta. Busqué a mi alrededor. Sólo conozco una cosa que haya desaparecido: los libros que quemé durante diez o doce años. Pensé entonces que los libros podían ser una ayuda. –Es usted un romántico incurable –dijo Faber–. Sería gracioso si no fuese serio. No son libros lo que usted necesita, sino algunas de las cosas que hubo en los libros. Lo mismo *podría* verse hoy en las «salas». Radios y televisores podrían proyectar los mismos infinitos detalles y el mismo conocimiento, pero no. No, no, no son libros lo que usted busca. Puede encontrarlo en muchas otras cosas: viejos discos de fonógrafo, viejas películas, y viejos amigos; búsquelo en la naturaleza, y en su propio interior. Los libros eran sólo un receptáculo donde guardábamos algo que temíamos olvidar. No hay nada de mágico en ellos, de ningún modo. La magia reside solamente en aquello que los libros dicen; en cómo cosen los harapos del universo para darnos una nueva vestidura. Por supuesto, no conoce usted estas cosas, no sabe de qué hablo. Pero usted tiene intuitivamente razón. Eso es lo que cuenta. Tres cosas faltan.

»Primero: ¿Sabe usted por qué un libro como éste es tan importante? Porque tiene calidad. ¿Y qué significa esta palabra? Calidad, para mí, significa textura. Este libro tiene *poros*. Tiene rasgos. Si lo examina usted con un microscopio, descubrirá vida bajo la lente; una corriente de vida abundante e infinita. Cuantos más poros, cuantos más pormenores vivos y auténticos pueda usted descubrir en un centímetro cuadrado de una hoja de papel, más «letrado» es usted. Ésa es *mi* definición, por lo menos. Narrar pormenores. Frescos pormenores. Los buenos escritores tocan a menudo la vida. Los mediocres la rozan rápidamente. Los malos la violan y la abandonan a las moscas.

»¿Comprende ahora por qué los libros son temidos y odiados? Revelan poros en la cara de la vida. La gente cómoda sólo quiere ver rostros de cera, sin poros, sin vello, inexpresivos. Éste es un tiempo en que las flores crecen a costa de otras flores, en vez de vivir de la lluvia y la tierra. Los mismos fuegos de artificio, tan hermosos, proceden de la química de la tierra. Y sin embargo, queremos nutrirnos de flores y fuegos de artificio, sin completar el ciclo que nos llevaría de vuelta a la realidad. Conocerá usted la leyenda de Hércules y Anteo, el luchador gigante, de fuerza increíble mientras pisase la tierra. Pero cuando Hércules, abrazándolo, lo alzó en el aire, pereció fácilmente. Si no hay algo en esa leyenda que se refiere a nosotros, nuestra ciudad, nuestro tiempo, entonces estoy loco. Bueno, eso es lo primero que necesitamos, me parece. Calidad, textura de información.

–¿Y lo segundo?

–Ocio.

–Oh, pero disponemos de muchas horas libres.

–Horas libres, sí. ¿Pero tiempo para pensar? Cuando no conducen a ciento cincuenta kilómetros por hora, y entonces no se puede pensar en otra cosa que en el peligro, se entretienen con algún juego, o en una sala donde no es posible discutir con el televisor de cuatro paredes. ¿Por qué? El televisor es real. Es algo inmediato, tiene dimensiones. Le dice a uno lo que debe pensar, y de un modo contundente. Ha de tener razón. Parece tener razón. Lo arrastra a uno con tanta rapidez a sus propias conclusiones que no hay tiempo de protestar, o decir: «¡Qué tontería!».

–Sólo la «familia» es «gente».

–¿Cómo dice?

–Mi mujer dice que los libros no son «reales».

–Gracias a Dios. Uno puede cerrarlos, decir: «Espérate aquí un momento». Uno se siente Dios con los libros. Pero ¿quién ha escapado a esas garras que se apoderan de uno en el mismo instante en que se enciende la televisión? Le dan a uno la forma que quieren. Es un ambiente tan real como el mundo. Se convierte en la realidad, y *es* la realidad. Los libros pueden ser atacados con razones. Pero, a pesar de mis conocimientos y mi escepticismo, no he podido discutir con una orquesta sinfónica de cien instrumentos, a todo color, tridimensional. Como usted ve, mi sala de recibo no es más que cuatro paredes de yeso. Y mire esto. –Mostró dos conitos de goma–. Para mis oídos cuando viajo en el tren subterráneo.

–Dentífrico Denham, no trabajan, ni hilan –entonó Montag

con los ojos cerrados–. ¿Adónde iremos ahora? ¿Nos ayudarán los libros?

–Sólo si conseguimos la tercera cosa necesaria. La primera, como dije, es calidad de información. La segunda: ocio para digerirla. La tercera: el derecho a obrar de acuerdo con lo que nos ha enseñado la interacción de las otras dos. Y me parece muy difícil que un hombre muy viejo y un bombero descontento logren algo a estas alturas.

–Puedo *conseguir* esos libros.

–Se arriesga usted demasiado.

–Eso es lo bueno de estar muriéndose. Cuando ya no hay nada que perder, se puede correr cualquier riesgo.

–Bueno, ha dicho usted algo interesante –rió Faber–. ¡Y sin haberlo leído!

–¿En los libros hay cosas como *ésa*? ¡Pero si la dije sin pensar!

–Mejor aún. No la preparó para mí ni para nadie, ni siquiera para usted mismo.

Montag se inclinó hacia delante.

–Esta tarde pensé que si los libros eran en verdad algo de valor, podríamos buscar una imprenta e imprimir algunos ejemplares...

–¿Podríamos?

–Usted y yo.

Faber se enderezó en su silla.

–¡Oh, no!

–Pero permítame que le explique mi plan...

–Si insiste en eso, tendré que pedirle que se vaya.

–Pero ¿no le interesa?

–No si me habla usted de esas cosas. No quiero que me quemen. Sólo podría hacerle caso si consiguiéramos, de algún modo, que los bomberos se quemasen a sí mismos. Si sugiriese usted que imprimiésemos libros y los ocultáramos luego en las casas de los bomberos, a lo largo del país, sembrando así la semilla de la sospecha entre esos incendiarios, ¡bravo! le diría entonces.

–Introducir los libros, poner en marcha la alarma, y ver

cómo se queman las casas de los bomberos, ¿es eso lo que quiere decir?

Faber alzó las cejas y miró a Montag como si estuviese viendo a otro hombre.

—Era una broma.

—Si usted cree que el plan vale la pena, tengo que tomarle la palabra.

—¡No es posible garantizar estas cosas! Al fin y al cabo, cuando teníamos *todos* los libros, nos pasábamos el tiempo eligiendo los acantilados más altos para tirarnos de cabeza. Pero, es verdad, necesitamos acantilados más bajos. Los libros nos recuerdan que somos unos asnos y unos tontos. Son la guardia pretoriana del César, que murmura mientras los desfiles pasan ruidosamente por las avenidas: «Recuerda, César, que eres mortal». La mayoría de nosotros no puede correr de un lado a otro, hablar con toda la gente, visitar todas las ciudades. Nos falta tiempo, o amigos, o dinero. Las cosas que usted busca, Montag, están en el mundo; pero el noventa y nueve por ciento de los hombres sólo puede verlas en los libros. No pida garantías. Y no busque la salvación en una sola cosa: persona, máquina o biblioteca. Ayúdese a sí mismo, y si se ahoga, muera sabiendo por lo menos que estaba acercándose a la orilla.

Faber se puso de pie y comenzó a pasearse por el cuarto.

—¿Y bien? —preguntó Montag.

—¿Habla en serio?

—Muy en serio.

—Es un plan insidioso. Ésa es mi opinión por lo menos. —Faber miró nerviosamente la puerta del dormitorio—. Ver arder los cuarteles de bomberos, destruidos como focos de traición. ¡La salamandra devorándose la cola! ¡Oh, Dios!

—Tengo una lista de todas las residencias de bomberos. Con un trabajo subterráneo...

—No se puede confiar en la gente, eso es lo peor. Usted y yo, pero ¿quién más para encender los fuegos?

—¿No hay profesores como usted, viejos escritores, historiadores, lingüistas?

–Muertos o viejos.

–Cuanto más viejos, mejor. Pasarán inadvertidos. ¡Conoce a docenas, admítalo!

–Oh, hay muchos actores que no representaron durante años a Pirandello o Shaw o Shakespeare porque en las obras se *decía* demasiado del mundo. Podríamos utilizar su odio. Podríamos utilizar asimismo el justo rencor de los historiadores. No han escrito una línea durante cuarenta años. Podríamos también organizar clases de lectura y meditación.

–¡Sí!

–Pero eso sólo suavizará los bordes. La cultura entera está traspasada de parte a parte. Hay que fundir el esqueleto, y modelarlo de nuevo. Buen Dios, no basta alzar un libro que se dejó caer hace cincuenta años. No olvide que los bomberos trabajan poco. El público mismo abandonó la lectura espontáneamente. Ustedes los bomberos dan de cuando en cuando su espectáculo de circo, quemando las casas y atrayendo a una muchedumbre que quiere ver el bonito resplandor; pero es en verdad un número sin importancia, y apenas necesario para conservar el orden de las cosas. Son tan pocos los que piensan en rebelarse. Y la mayoría de ellos se asusta como yo fácilmente. ¿Puede bailar con mayor rapidez que el Payaso Blanco, gritar más alto que «el señor Risita» y las «familias» de la sala? Si puede hacerlo, se ganará a la gente, Montag. Si no, hará el papel de tonto. Recuerde que están *divirtiéndose*.

–¡Suicidándose! ¡Asesinando!

Mientras hablaban, una escuadrilla de bombarderos había cruzado el cielo hacia el este. Los dos hombres callaron y escucharon, sintiendo dentro del cuerpo el estruendo de las turbinas.

–Paciencia, Montag. Deje que la guerra apague las «familias». La civilización se resquebraja. Apártese de la máquina centrífuga.

–Alguien debe estar preparado cuando el mundo estalle.

–¿Quién? ¿Hombres que citen a Milton? ¿Hombres que digan: «Me acuerdo de Sófocles»? ¿Que les recuerden a los supervivientes que el hombre tiene su lado bueno? La gente amontonará piedras para arrojárselas a su vecino. Montag, váyase a su casa. Váyase a dormir. ¿Por qué negar en esas últimas horas, mientras sigue corriendo dentro de la jaula, su condición de ardilla?

–Entonces ¿no le importa?

–Me importa tanto que me pone enfermo.

–¿Y no me ayudará?

–Buenas noches, buenas noches.

Las manos de Montag recogieron la Biblia. Advirtió lo que acababa de hacer y pareció sorprendido.

–¿Le gustaría quedarse con esto?

–Daría mi mano derecha –dijo Faber.

Montag, inmóvil, esperó lo que iba a ocurrir. Sus manos, ellas solas, como dos hombres que trabajan juntos, comenzaron a desgarrar las hojas del libro. Las manos arrancaron la guarda, y luego la primera hoja, y luego la segunda.

–¡Idiota, qué está haciendo!

Faber se incorporó de un salto, como si hubiera recibido un golpe. Cayó sobre Montag. Montag lo apartó y dejó que sus manos continuaran. Seis hojas más cayeron al suelo. Recogió las hojas y las arrugó bajo los ojos de Faber.

–¡No! Oh, no –dijo el viejo.

–¿Quién puede detenerme? Soy un bombero. ¡Puedo quemarlo a usted!

El viejo se quedó mirando a Montag.

–No lo haría.

–¡Puedo hacerlo!

–El libro. No arranque más hojas. –Faber se dejó caer en una silla, con el rostro muy pálido, los labios temblorosos–. No me haga sentir todavía más cansado. ¿Qué quiere?

–Necesito aprender.

–Bueno, bueno.

Montag dejó el libro. Comenzó a desarrugar la bola de papeles, y los alisó. El viejo lo miraba con un aire de fatiga. Sacudió la cabeza como si de pronto estuviese despertando.

–Montag, ¿tiene usted algún dinero?

–Alguno. Cuatrocientos, quinientos dólares. ¿Por qué?

–Tráigalo. Conozco a un hombre que imprimía el periódico de la universidad hace medio siglo. Fue el año que llegué a clase, al comenzar otro semestre, y descubrí que en el curso de drama, de Esquilo a O'Neill, sólo se había inscrito un alumno. ¿Ve? Era como una hermosa estatua de hielo que se derritiese al sol. Recuerdo que los periódicos morían como enormes mariposas. Nadie deseaba volverlos a ver. Nadie los echó de menos. Y entonces el gobierno, comprendiendo que reducir el tema de las lecturas a labios apasionados y puñetazos en el estómago era muy ventajoso, completó el círculo con sus lanzallamas. Pues bien, Montag, ahí está ese impresor desocupado. Comenzaremos con unos pocos libros, y esperaremos a que la guerra destruya el orden actual y nos dé el impulso que falta. Algunas bombas, y las «familias» de todos los muros, como ratones arlequines, ¡callarán para siempre! En el silencio, quizá alguien oiga nuestro murmullo.

Los dos hombres se quedaron mirando el libro que había en la mesa.

–He tratado de recordar –dijo Montag–. Pero, diablos, se me olvida al mover la cabeza. Dios, cómo me hubiese gustado decirle algo al capitán. Ha leído bastante, así que conoce todas las respuestas, o parece conocerlas. Tiene una voz mantecosa. Temo que vuelva a lanzarme otro discurso, recordándome mi vida anterior. Hace sólo una semana, mientras empuñaba una manguera de queroseno, yo pensaba: «Dios, ¡qué divertido!».

El viejo movió afirmativamente la cabeza.

–Los que no construyen deben quemar. Es algo tan viejo como la historia y la delincuencia juvenil.

–Entonces soy eso.

–Todos lo somos un poco.

Montag se encaminó hacia la puerta de la calle.

–¿No puede darme un consejo para cuando me encuentre esta noche con el capitán? Necesito un paraguas que me proteja del chaparrón. Tengo tanto miedo que me ahogaré si me habla otra vez.

El viejo no dijo nada, pero volvió a mirar nerviosamente hacia el dormitorio, Montag notó la mirada.

−¿Bien?

El viejo respiró profundamente, retuvo el aliento, y lo dejó salir. Volvió a aspirar, con los ojos cerrados, la boca apretada, y al fin suspiró:

−Montag... −Y dándose la vuelta, dijo−: Venga. No puedo permitir que se marche de ese modo. Soy un viejo cobarde.

Abrió la puerta de la alcoba y guió a Montag hasta un cuartito en el que había una mesa, donde se amontonaban unas herramientas de metal, unos alambres microscópicos, bobinas diminutas, y cristales.

−¿Qué es eso? −preguntó Montag.

−La prueba de mi terrible cobardía. He vivido solo tantos años, proyectando con mi imaginación figuras en las paredes. Los dispositivos electrónicos y los transmisores de radio fueron mi entretenimiento. Mi cobardía es una pasión tan intensa, y complemento del espíritu revolucionario que vive a su sombra, que tuve que proyectar esto.

Faber mostró un pequeño objeto verde, metálico, no mayor que una bala de calibre 22.

−Sólo queda este refugio para los peligrosos intelectuales sin trabajo. Construí todo esto, y esperé. Esperé, temblando, durante media vida, a que alguien me hablara. No me atrevía a hablar con nadie. Aquella vez en el parque, cuando nos sentamos en el mismo banco, supe que usted vendría, con llamas o amistad, era difícil saberlo. Tengo este aparatito preparado desde hace meses, y casi lo dejo ir sin él. ¡A tanto llega mi miedo!

−Parece una radio-caracol.

−Y algo más. ¡El aparatito *escucha*! Si se lo pone en el oído, Montag, puedo quedarme en casa cómodamente, calentándome los huesos asustados, y escuchar y analizar el mundo de los bomberos, descubrir sus debilidades, sin peligro. Seré la reina del panal, a salvo en la colmena. Usted sería el zángano, la oreja ambulante. Podría distribuir orejas, si fuese necesario, por toda la ciudad, con varios hombres, y escuchar y saber. Si el zángano muere, yo seguiré vivo en mi casa, cuidando mi terror con un máximo de comodidad y un mínimo de peligro. ¿Ve qué prudente soy, qué despreciable?

Montag se colocó la bala verde en la oreja. El viejo Faber se metió una bala similar en la suya y movió los labios.

–¡Montag!

La voz del viejo resonó en el interior de la cabeza de Montag.

–¡Lo oigo!

El viejo se rió.

–A usted también se le oye muy bien. –Faber murmuraba, pero la voz resonaba claramente en la cabeza de Montag–. Vaya al cuartel cuando sea la hora. Escucharemos juntos al capitán Beatty. Puede ser uno de nosotros. Sabe Dios. Le diré a usted qué puede decir. Le ofreceremos un hermoso espectáculo. ¿Me odia usted por esta cobardía electrónica? Aquí estoy, enviándole a usted afuera, a la noche, mientras me quedo en la retaguardia, escuchando con mis malditas orejas y esperando a que lo degüellen.

–Haremos lo que hay que hacer –dijo Montag. Puso la Biblia en manos del viejo–. Tome. Trataré de conseguir otro ejemplar. Mañana...

–Veré al impresor que está sin trabajo. Por lo menos haré eso.

–Buenas noches, profesor.

–No, buenas noches, no. Estaré con usted el resto de la noche. Un murciélago avinagrado que le hará cosquillas en el oído cada vez que me necesite. Pero buenas noches, y buena suerte, de todos modos.

La puerta se abrió y se cerró. Montag estaba otra vez en la calle oscura, mirando el mundo.

Uno podía sentir, aquella noche, que la guerra se preparaba en el cielo. Las nubes se apartaban y volvían; un millón de estrellas se deslizaban entre las nubes, como discos enemigos; y parecía que el cielo podía caer sobre la ciudad, y que entonces la ciudad sería un polvo de tiza, y que la luna se alzaría en un fuego rojo.

Montag salió del tren subterráneo con el dinero en el bolsillo (había ido al banco que permanecía abierto toda la noche y todas las noches, atendido por empleados robots), y mientras caminaba escuchaba la radio-caracol que llevaba en una oreja...

–Hemos movilizado un millón de hombres. Si se declara la guerra, nuestra victoria será rápida...

Una música ahogó rápidamente la voz.

–Diez millones de hombres movilizados –murmuró Faber en la otra oreja–. Pero *diga* un millón, se sentirá más contento.

–¿Faber?

–¿Sí?

–No estoy pensando. Estoy haciendo lo que me dicen, como siempre. Usted me dijo que consiguiese el dinero y lo conseguí. Yo no pensé en eso. ¿Cuándo empezaré a actuar con independencia?

–Ya ha empezado al decir lo que dijo. Tiene que confiar en mí.

–¡Confiaba en los demás!

–Sí, y vea adónde nos llevaron. Tiene que actuar a ciegas, al menos durante un tiempo. Apóyese en mi hombro.

–No quiero que esto se reduzca a cambiar de acompañante, y que me digan qué hay que hacer. No hay razón para cambios si hago eso.

–¡Ya ha aprendido mucho!

Montag sintió que los pies lo llevaban por la acera, hacia su casa.

–Siga hablando.

–¿Quiere que lea? Le leeré para que no se olvide. Sólo duermo cinco horas por noche. No tengo nada que hacer. Le leeré mientras duerme. Dicen que aun entonces es posible aprender, si alguien le habla a uno al oído.

–Sí.

–Bueno. –Muy lejos, en la noche, al otro lado de ciudad, el débil susurro de una hoja al volverse–. El libro de Job.

La luna se alzó en el cielo mientras Montag caminaba, moviendo apenas los labios.

Estaba cenando ligeramente a las nueve, cuando la voz de la puerta de la calle resonó en el vestíbulo. Mildred dejó corriendo la sala como un nativo que huyese de una erupción del Vesubio. La señora Phelps y la señora Bowles cruzaron la puerta y se desvanecieron en la boca del volcán con martinis en la mano. Montag dejó de comer. Las mujeres parecían un monstruoso candelero de cristal, que tintineaba con mil sonidos. Montag vio sus sonrisas gatunas reflejadas en todas las paredes. Ahora se gritaban unas a otras por encima del estrépito.

Montag se encontró en la puerta de la sala, con la boca llena.

–¿No tenéis todas un magnífico aspecto?

–Magnífico.

–¡Tú estás muy bien, Millie!

–Muy bien.

–Todas estáis muy elegantes.

–Muy elegantes.

Montag las miraba fijamente.

–Paciencia –murmuró Faber.

–Yo no tendría que estar aquí –susurró Montag, casi para sí mismo–. Tendría que estar yendo a su casa con el dinero.

–Hay tiempo hasta mañana. ¡Cuidado!

–¿No es ésta una función realmente maravillosa? –gritó Mildred.

–¡Maravillosa!

En una pared una mujer sonreía y bebía simultáneamente un oscuro zumo de naranja. «Cómo puede hacer las dos cosas al mismo tiempo», pensó Montag, insensatamente. En las otras paredes una radiografía de la misma mujer revelaba la palpitante trayectoria del refresco hacia el deleitado estómago. De pronto, la sala se transformó en un cohete que se elevaba hacia las nubes, y se hundía luego en un mar de barro verde donde unos peces azules devoraban a unos peces rojos y amarillos. Un minuto después, tres payasos blancos se arrancaban unos a otros brazos y piernas acompañados por inmensas mareas de risa. Dos minutos más tarde, la sala abandonaba la ciudad y reflejaba las enloquecidas carreras de unos automóviles movidos por turbinas. Los coches chocaban y retrocedían y volvían a chocar. Montag vio unos cuerpos que saltaban en el aire.

–Mildred, ¿has visto eso?

–¡Lo he visto, lo he visto!

Montag buscó en la pared de la sala y apretó el interruptor. Las imágenes se apagaron, como si les hubieran arrojado el agua de una gigantesca pecera de peces histéricos.

Las tres mujeres se volvieron lentamente. Miraron a Montag con evidente irritación, y casi en seguida con desagrado.

–¿Cuándo creen que estallará la guerra? –dijo Montag–. Veo que sus maridos no han venido esta noche.

–Oh, vienen y van, vienen y van –dijo la señora Phelps–. El ejército llamó ayer a Pete. Volverá la semana que viene. Así dijo el ejército. Guerra rápida. Sólo cuarenta y ocho horas, dijeron, y todos de vuelta. Eso dijo el ejército. Guerra rápida. Ayer llamaron a Pete, y dijeron que la semana que viene estará de vuelta. Guerra...

Las tres mujeres se movieron, inquietas, y miraron nerviosamente las paredes vacías de color de barro.

–No estoy muy preocupada –dijo la señora Phelps–. Dejo las preocupaciones a Pete. –Soltó una breve risita–. Dejo que Pete se preocupe. Yo no. Yo no me preocupo.

–Sí –dijo Millie–. Dejemos las preocupaciones al viejo Pete.

–Dicen que es siempre el marido de otra el que muere.

–Yo también lo he oído. Nunca he conocido a ningún hombre que muriese en la guerra. Que se hubiera tirado desde el techo de algún edificio, sí, como el marido de Gloria la semana pasada. Pero ¿muerto en la guerra? Ninguno.

–No, no en la guerra –dijo la señora Phelps–. De cualquier modo, Pete y yo siempre decimos: «Nada de lágrimas, nada de esas cosas». Es para los dos el tercer matrimonio, y somos independientes. «Seamos independientes», decimos siempre. «Si me matan –me dice Pete–, sigue adelante y no llores. Cásate otra vez, y no pienses en mí.»

–Eso me recuerda algo –dijo Mildred–. ¿Visteis la novela de cinco minutos con Clara Dove la otra noche? Bueno, era de una mujer que...

Montag no decía nada. Miraba fijamente los rostros de las dos mujeres, así como había mirado en su infancia las caras de los santos en una iglesia. Las caras de aquellas criaturas esmaltadas nada habían significado para él, aunque les había hablado y se había quedado en la iglesia mucho tiempo, tratando de sentir aquella religión, tratando de averiguar qué religión era, tratando de meterse en los pulmones bastante incienso húmedo y aquel polvo especial del lugar, para incorporarlo así a su cuerpo, y sentirse tocado por aquellos hombres y mujeres de colores y ojos de porcelana y labios rojos como el rubí o la sangre. Pero no pasó nada, nada; fue como haber entrado en una tienda donde no admitían su extraño dinero, y aunque tocó la madera, y el yeso, y la arcilla, nada animó su pasión. Así era ahora, en su propia sala, con esas mujeres que se retorcían en sus asientos, bajo su mirada fija, encendiendo cigarrillos, echando humo, tocándose el pelo del color del sol, y examinándose las uñas brillantes, como si éstas estuviesen ardiendo a causa de la mirada de Montag. Los rostros de las mujeres parecían fascinados por el silencio. Al oír el ruido que hacía Montag al tragar el último trozo de comida, se inclinaron hacia delante. Escucharon atentamente su respiración febril. Las tres paredes vacías eran como los párpados pálidos de gigantes dormidos, sin sueños. Montag sintió que si tocaba aquellos párpados, un fino sudor salado le humedecería las puntas de los dedos. El sudor aumentaba con el silencio y el inaudible temblor que crecía cerca y dentro de las tensas mujeres. En cualquier momento exhalarían un largo y chisporroteante siseo, estallando en pedazos.

Montag abrió la boca.

–Charlemos.

Las mujeres se sobresaltaron y se quedaron mirándolo, fijamente.

–¿Cómo están sus hijos, señora Phelps? –preguntó.

–¡Sabe muy bien que no tengo ninguno! ¡Sólo a un loco se le podría ocurrir tener hijos! –dijo la señora Phelps sin saber muy bien por qué se sentía enfadada con aquel hombre.

–Yo no diría eso –dijo la señora Bowles–. Yo tuve *dos* hijos con operación de cesárea. No vale la pena pasar por todo ese sufrimiento. El mundo debe reproducirse, ya se sabe, debe seguir su curso. Además, los hijos son a veces iguales a uno, y eso es hermoso. Dos cesáreas solucionaron el asunto, sí señor. Oh, dijo mi médico, las cesáreas no son indispensables; usted tiene una buena pelvis, todo es normal, pero yo *insistí.*

–Con cesáreas o sin ellas, los hijos son una ruina. Tienes poca cabeza –dijo la señora Phelps.

–Nueve días de cada diez los chicos están en el colegio. Vienen a casa tres veces al mes; no está mal. Los metes en la sala y aprietas un botón. Es como lavar la ropa; metes las prendas dentro y cierras la tapa. –La señora Bowles rió un rato entre dientes–. Tan pronto me besan como me patean. ¡Por suerte yo también sé patear!

Las mujeres se rieron mostrando la lengua.

Mildred calló un momento, y luego, dándose cuenta de que Montag estaba todavía en el umbral, batió palmas.

–¡Hablemos de política para complacer a Guy!

–Muy bien –dijo la señora Bowles–. En la última elección voté, como todos, por el presidente Noble. Uno de los hombres más guapos que haya llegado a la presidencia.

–Oh, pero ¿quién se presentó contra él?

–No valía mucho, ¿eh? Bastante bajito y con ese aspecto doméstico, y además no sabía afeitarse ni peinarse.

–¿Cómo la oposición apoyó a aquel hombre? Un hombre bajito como ése no puede rivalizar con un hombre alto. Además tartamudeaba. La mayor parte del tiempo yo no oía lo que decía. ¡Y cuando oía algo, no entendía!

–Gordo también, y no lo disimulaba con la ropa. No es raro que todo el país votase por Noble. Hasta los nombres ayudaban. Comparen a Winston Noble con Hubert Hoag durante diez segundos y ya pueden imaginar el resultado.

–¡Maldita sea! –gritó Montag–. ¿Qué saben ustedes de Hoag y Noble?

–Bueno, estaban ahí en las paredes de la sala no hace más de seis meses. Uno de ellos no paraba de tocarse la nariz. Yo no podía aguantarlo.

–Pues bien, señor Montag –dijo la señora Phelps–, ¿quería usted que votásemos a un hombre como ése?

Mildred sonrió, resplandeciente.

–Sal de la puerta, Guy, y no nos pongas nerviosas.

Pero Montag desapareció y volvió en seguida con un libro en la mano.

–¡Guy!

–¡Maldita sea, y maldita sea, y maldita sea!

–Lo que tiene ahí, ¿no es un libro? Creía que hoy se instruía a la gente con películas. –La señora Phelps parpadeó–. ¿Está leyendo acerca de la teoría de los bomberos?

–Teoría, demonios –dijo Montag–. Esto es poesía.

Un murmullo.

–Montag.

–¡Déjenme tranquilo!

Montag sintió como si estuviese girando en un torbellino de rugidos y zumbidos.

–Montag, conserve la serenidad, no...

–¿No las ha oído? ¿No ha oído a estos monstruos que hablan de monstruos? Oh, Dios, cómo disparataban hablando de la gente y de sus hijos y de sí mismas, y de cómo hablan con sus maridos y de cómo hablan de la guerra. Maldita sea, aquí estaba yo, y no podía creerlo.

–No dije una sola palabra de ninguna guerra. Lo sabe usted muy bien –dijo la señora Phelps.

–En cuanto a la poesía, la odio –concluyó la señora Bowles.

–¿Ha escuchado alguna vez poesía?

–Montag. –La voz de Faber insistía, airadamente–. Lo echará todo a perder. ¡Cállese, loco!

Las tres mujeres se habían puesto de pie.

–¡Siéntense!

Las mujeres se sentaron.

–Yo me voy a casa –gorgoteó la señora Bowles.

–Montag, Montag, por favor, en nombre de Dios, ¿qué pretende? –rogó Faber.

–Pues bien, ¿por qué no nos lee algún poema de su librito? La señora Phelps hizo un signo afirmativo.

–Sería interesante.

–Eso no está bien –gimió la señora Bowles–. ¡No podemos hacer eso!

–Bueno, mire al señor Montag, desea leernos algo. Y si escuchamos bien, el señor Montag, se quedará contento, y quizá entonces podamos hacer otra cosa.

La señora Phelps miró nerviosamente el inmenso vacío de las paredes.

–Montag, si sigue con eso, me retiro, me voy. –El escarabajo mordía el oído de Montag–. ¡Para qué sirve eso, qué quiere probar!

–Asustarlas como todos los diablos, eso quiero, ¡darles una lección!

Mildred miró el aire vacío.

–Pero, Guy, ¿con quién estás hablando?

Una aguja de plata le traspasó el cerebro a Montag.

–Montag, escuche. Sólo hay un modo de salir de esto. Diga que es un juego, finja, pretenda que no está enojado. Luego... diríjase al incinerador, ¡y deshágase del libro!

Mildred ya había previsto todo esto con una voz chillona:

–Señoras, una vez al año todo bombero puede llevar a su casa un libro, de los viejos tiempos, para mostrar a la familia qué tontería eran los libros, cómo pueden atacarle a uno los nervios. Guy les reservaba esta sorpresa para que vean qué confusión había entonces. De ese modo nuestras cabecitas podrán olvidar para siempre esas cosas inútiles. ¿No es así, querido?

–Diga «sí».

Montag apretó el libro entre las manos.

La boca de Montag se movió como la de Faber.

–Sí.

Mildred arrancó el libro de las manos de Montag, con una carcajada.

–¡Aquí está! Lee. No te preocupes, voy a devolvértelo. Éste tan gracioso fue el que leíste en voz alta el otro día. Señoras, no entenderéis una palabra. Repeticiones, ñoñerías. Adelante, Guy. Esta página, querido.

Montag miró la página abierta.

Una mosca estiró las alas dentro de su oreja.

–Lea.

–¿Cuál es el título, querido?

–*La bahía de Dover.*

Montag sentía la boca entumecida.

–Bueno, lee con voz clara, y *despacio.*

En el cuarto hacía un calor sofocante. Montag era un frío, una llama. Las mujeres esperaban sentadas en medio de un desierto vacío, y Montag, de pie, se balanceaba esperando a que la señora Phelps dejara de alisarse el vestido y a que la señora Bowles se apartara la mano del pelo. Luego comenzó a leer con su voz grave, tropezando, una voz que se hacía más firme a medida que pasaba de una línea a otra; y la voz cruzó el desierto, se internó en la blancura, y envolvió a las tres mujeres sentadas en aquel vacío inmenso y ardiente.

> –*Las aguas de la fe*
> *alguna vez también las costas rodearon*
> *como una clara túnica plegada.*
> *Pero ahora sólo oigo*
> *su largo y melancólico rugido*
> *al retirarse, al hálito*
> *del viento de la noche, desnudando*
> *los tristes y afilados pedruscos de la tierra.*

Las sillas crujieron bajo las tres mujeres. Montag concluyó:

> –*Ah, amor, ¡seamos siempre fieles!*
> *Pues en el mundo*

que parece extenderse ante nosotros
como un país de sueños,
tan diverso, tan nuevo, tan hermoso,
no hay en verdad ninguna luz, alegría o amor,
verdad o paz, o alivio de amarguras.
Y aquí estamos como en un llano oscuro
con alarmas confusas de luchas y de huidas
donde ejércitos ciegos se acometen de noche.

La señora Phelps estaba llorando.

Las otras, en medio del desierto, miraban cómo lloraba, cada vez más alto, y cómo la cara se le arrugaba y descomponía. La miraban, sin tocarla, confusas ante la escena. La mujer sollozaba sin poderse dominar. Montag mismo se sentía aturdido, y débil.

–Vamos, vamos –dijo Mildred–. No pasa nada, Clara. ¡Clara, por favor! ¿Qué te ocurre?

–Yo... yo... –sollozó la señora Phelps–. No sé. No sé de veras. Oh, oh...

La señora Bowles se incorporó y miró con ojos brillantes a Montag.

–¿Ve usted? Ya lo sabía, ¡esto es lo que yo quería probar! ¡Sabía que pasaría esto! Siempre lo he dicho, poesía y lágrimas, poesía y suicidios y llantos y sentimientos horribles, poesía y enfermedades; ¡todo lo mismo! Y aquí tengo ahora la prueba. Es usted odioso, señor Montag, ¡odioso!

–Ahora... –dijo Faber.

Montag sintió que se volvía y se encaminaba hacia la pared y arrojaba el libro por la puerta de bronce a las llamas que esperaban.

–Palabras tontas, palabras tontas, palabras tontas y dañinas –dijo la señora Bowles–. ¿Por qué hay gente que desea hacer daño a la gente? Como si no hubiese bastante mal en el mundo, ¡tienen que atormentar a la gente con cosas como éstas!

–Clara, vamos, Clara –imploró Mildred, tirando del brazo de la mujer–. Vamos, anímate, ahora vamos a ver la «familia».

Ánimo. Ríamos y seamos felices. Deja de llorar. ¡Tendremos una fiesta!

–No –dijo la señora Bowles–. Ahora mismo me vuelvo a casa. Tú puedes venir a visitarme y ver mi «familia» cuando quieras. ¡Pero yo no volveré jamás a esta disparatada casa de bombero!

–Váyase a su casa –dijo Montag mirando a la mujer serenamente–. Váyase a su casa y piense en su primer marido, divorciado, y en su segundo marido, muerto en un automóvil, y en su tercer marido, que se pegó un tiro. Váyase a su casa y piense en su docena de abortos. Váyase a su casa y piense en sus malditas cesáreas, también, y en sus hijos, que la odian. Váyase a su casa y piense cómo pasó todo eso, qué hizo usted para que no se repitiera. ¡Váyase a su casa! ¡Váyase! –aulló Montag–. ¡Antes que le dé un golpe y la saque de aquí a puntapiés!

Un ruido de puertas y las mujeres se fueron. Montag se quedó en la sala, sintiendo el frío invernal, entre unos muros del color de la nieve sucia.

En el cuarto de baño corrió el agua. Montag oyó a Mildred que sacudía las tabletas de dormir que tenía en la mano.

–Tonto, Montag. Tonto, tonto, tonto. Oh, Dios, qué tonto...

–¡Cállese!

Montag se sacó la bala verde y se la metió en un bolsillo.

La bala siseó débilmente: tonto... tonto...

Montag revisó la casa y encontró los libros detrás del refrigerador, donde Mildred los había escondido. Algunos faltaban, y comprendió que su mujer había iniciado el lento proceso de dispersar la dinamita por la casa, cartucho a cartucho. Pero no estaba enojado ahora, sólo cansado y asombrado de sí mismo. Llevó los libros al patio de atrás y los escondió bajo los matorrales, al lado de la cerca. Sólo por esa noche, pensó, para que Mildred no siga quemando.

Volvió a la casa.

–¿Mildred? –llamó desde la puerta del oscurecido dormitorio. No hubo respuesta.

Fuera, cruzando el jardín, camino del trabajo, trató de no ver qué oscura y vacía estaba la casa de Clarisse McClellan...

Mientras iba calle abajo, se encontró tan totalmente a solas con su terrible error que recurrió a la calidez y bondad, tan raras, de aquella voz dulce y familiar que le hablaba por la noche. Ya, aunque habían pasado unas pocas horas, le parecía haber conocido a Faber toda una vida. Ahora sabía que él, Montag, era dos personas. Era, sobre todo, el Montag que no sabía nada, para quien su propia tontería era sólo una sospecha. Pero era también el viejo que le hablaba y le hablaba mientras el tren era succionado de un extremo a otro de la ciudad nocturna, en un único, largo, enfermizo y móvil jadeo. En los días siguientes, en noches sin luna, y en noches en que una luna muy brillante iluminaría la tierra, el viejo continuaría hablando y hablando, gota a gota, granizo a granizo, copo a copo. La mente se le colmaría al fin, y él ya no sería Montag, así le había dicho el viejo, eso le había asegurado, le había prometido. Sería entonces Montag más Faber, y entonces, un día, cuando todo se hubiese mezclado y hervido y transformado en silencio, no habría fuego, ni agua, sino vino. De las dos cosas, distintas y opuestas, nacería una tercera. Y un día miraría al tonto por encima del hombro, y conocería al tonto. Ahora mismo podía sentir que ya había comenzado el largo viaje, la partida, el alejamiento del ser que había sido.

Era bueno escuchar el canturreo del escarabajo, el zumbido somnoliento del mosquito, y el delicado murmullo de filigrana de la voz del viejo, que lo acusaba al principio y luego lo consolaba, a aquella alta hora de la noche, mientras salía del tren humeante al mundo del cuartel.

–Piedad, Montag, piedad. Nada de regaños y sermones. Hasta hace muy poco tiempo era usted uno de ellos. Creen que seguirán así siempre. Pero no seguirán. No saben que todo esto es sólo un enorme y ardiente meteoro que ilumina el espacio, pero que algún día tiene que *chocar*. Sólo ven la luz, el fuego, como usted antes.

»Montag, los viejos que se quedan en casa, temerosos, cuidándose los huesos quebradizos como cáscaras de cacahuete, no tienen derecho a criticar. Pero usted casi estropeó las cosas desde un comienzo. ¡Cuídese! Estoy con usted, recuérdelo. Comprendo qué le pasó. Hasta he de admitir que la furia ciega de usted me vigorizó la mente. Dios, qué joven me sentí. Pero ahora... quiero que usted se sienta viejo, quiero que un poco de mi cobardía entre en usted esta noche. En las próximas horas, cuando vea al capitán Beatty, paséese a su alrededor, déjeme oírlo, déjeme sentir la situación. Sobrevivir es nuestro fin inmediato. Olvide a esas tontas y pobres mujeres...

–Las hice desgraciadas como nunca lo habían sido, creo –dijo Montag–. Me asombró ver llorar a la señora Phelps. Quizá ellas tengan razón, quizá sea mejor no afrontar las cosas, tratar de divertirse. No sé. Me siento culpable...

–¡No, no debe sentirse así! Si no hubiera guerra, si hubiera paz en el mundo, yo diría magnífico, diviértanse. Pero, Montag, no debe usted volver a su papel de bombero. No todo está bien en el mundo.

Montag sudaba.

–Montag, ¿me escucha?

–Mis pies –dijo Montag–. No puedo moverlos. Me siento tan tonto. ¡No puedo mover los pies!

–Escuche. Calma ahora –murmuró el viejo–. Ya sé. Teme cometer algún error. No tema. Los errores pueden ser provechosos. Cuando yo era joven, *echaba* mi ignorancia a la cara de la gente. La gente me apaleaba. Cuando llegué a los cuarenta, ya había logrado afilar mi instrumento. Si oculta su ignorancia, nadie le pegará, y no aprenderá nunca. Bueno, adelante con los pies, y entre en el cuartel de bomberos. Somos gemelos, ya no estamos solos, no estamos ya en salas separadas, sin contacto. Si necesita ayuda cuando Beatty lo sondee, allí estaré yo, en la oreja de usted, tomando notas.

Montag sintió que movía el pie derecho, luego el izquierdo.

–Viejo –dijo–, no se vaya.

El Sabueso Mecánico había salido. La casilla estaba vacía, y el cuartel se alzaba alrededor con un silencio de yeso. La Sala-

mandra anaranjada dormía con el estómago lleno de queroseno y los lanzallamas a los lados. Montag entró en aquel silencio
y tocó la barra de bronce y subió deslizándose en el aire oscuro,
mirando por encima del hombro la casilla abandonada. El corazón le latía, descansaba, latía. Faber, por el momento, era sólo
una mariposa gris que dormía en su oreja.

Beatty esperaba de pie cerca del agujero de la barra, pero de
espaldas, como si no estuviese esperando.

–Bueno –dijo a los hombres que jugaban a los naipes–,
aquí viene un bicho muy raro que en todos los idiomas se llama
tonto.

Extendió de costado una mano, con la palma hacia arriba.
Montag puso en ella el volumen. Sin siquiera echarle una ojeada, Beatty lo dejó caer al cesto de papeles y encendió lentamente un cigarrillo.

–«Aun en el más rematado de los tontos hay algo de sabiduría.» Bienvenido, Montag. Ahora que se fue la fiebre y te curas-
te, te quedarás con nosotros, espero. ¿Te sientas para una partida de póquer?

Los hombres se sentaron y se repartieron las cartas. Montag
sintió, en los ojos de Beatty, la culpa de sus manos. Los dedos,
como hurones que hubieran hecho algo malo, nunca descansaban, se movían continuamente, y se le metían en los bolsillos,
escondiéndose de la mirada de alcohol encendido de Beatty. Si
Beatty echara el aliento sobre ellas, sentía Montag, estas manos
se marchitarían, se retorcerían, y nunca volverían a vivir. Pasa-
rían el resto de la vida metidas en las mangas de la chaqueta, ol-
vidadas. Pues éstas eran las manos que habían obrado por cuenta propia, independientemente; en ellas se había manifestado
por vez primera el deseo de robar libros, de escapar con Job, y
Ruth, y Willie Shakespeare. Y ahora, en el cuartel de bomberos,
estas manos parecían tener guantes de sangre.

Dos veces en media hora, Montag tuvo que dejar el juego e
ir al cuarto de baño a lavarse las manos. Al volver, escondió las
manos bajo la mesa.

Beatty se rió.

–Muestra las manos, Montag. No es que desconfiemos de ti, compréndelo, pero...

Todos se rieron.

–Bueno –dijo Beatty–, la crisis ha pasado y todo está bien; la oveja vuelve al rebaño. Todos somos ovejas que alguna vez se descarrían. La verdad es la verdad, y no cambia, hemos dicho. Nunca está solo quien va acompañado por nobles pensamientos, nos hemos gritado. «El dulce alimento de la sabiduría, dulcemente expresada», dijo sir Philip Sidney. Pero, por otra parte: «Las palabras son como hojas, y donde ellas abundan suelen faltar los frutos del sentido común». Alexander Pope. ¿Qué te parece   eso,   Montag?

–No sé.

–Cuidado –murmuró Faber, desde otro mundo, muy lejos.

–¿Y esto? «Un poco de conocimiento es peligroso. Bebe mucho, o no pruebes la fuente pieriana. Unos pocos sorbos intoxican el cerebro, pero si sigues bebiendo recobras la sobriedad.» Pope. El mismo ensayo. ¿Qué efecto te causa?

Montag se mordió los labios.

–Te lo diré –dijo Beatty, sonriéndole a sus naipes–. Esto te emborracha un poco. Lee unas pocas líneas y te tirarás de cabeza al abismo. Estás dispuesto a volar el mundo, arrancar cabezas, golpear a niños y mujeres, destruir la autoridad. Conozco el asunto. He pasado por eso.

–Yo estoy muy bien –dijo Montag, nervioso.

–No te pongas colorado. No insinúo nada, no, de veras. Sabes, hace una hora tuve un sueño. Me acosté para descansar un rato, y soñé que tú y yo discutíamos terriblemente sobre libros. Tú estabas furioso, me gritabas citas. Yo paraba serenamente todos los golpes. *Poder*, dije y me citaste al doctor Johnson: «El conocimiento es superior a la fuerza». Y yo dije: «Bueno, el doctor Johnson escribió también, mi querido muchacho, estas palabras: «No es hombre sabio el que deja algo cierto por algo incierto». Quédate con nosotros, Montag. Fuera sólo hay un triste caos.

–No escuche –murmuró Faber–. Está tratando de confundirlo. Es un hombre astuto. ¡Cuidado!

Beatty se rió entre dientes.

–Y tú dijiste, citando: «¡La verdad saldrá a la luz, el crimen no se ocultará mucho tiempo!». Y yo grité, con buen humor: «Oh, Dios, ¡sólo está hablando de su caballo!». Y «El diablo puede citar las Escrituras para su propio beneficio». Y tú me gritaste: «¡Hoy se prefiere al tonto bien vestido antes que al santo desharrapado de la escuela de los sabios!». Y yo murmuré: «La dignidad de la verdad se pierde cuando las protestas son excesivas». Y tú aullaste: «¡La carroña sangra a la vista del asesino!», y con un chillido: «¡Un enano subido a los hombros de un gigante es el que ve más lejos!». Y yo resumí mis argumentos con una rara serenidad: «La locura de confundir una metáfora con una prueba, un torrente de palabras con una fuente de verdades capitales, y a uno mismo con un oráculo, es innata en nosotros». Lo dijo el señor Valéry una vez.

La cabeza le daba vueltas a Montag. Sentía que lo golpeaban sin piedad en la frente, los ojos, la nariz, los labios, las mejillas, los hombros, los brazos. Quería gritar: «¡No! ¡No! Cállese. Está confundiendo las cosas. ¡Cállese!».

Los ágiles dedos de Beatty le apretaron de pronto la muñeca.

–¡Dios, qué pulso! Y por mi culpa, ¿no, Montag? Jesucristo, tienes un pulso como el día del armisticio. ¡Sirenas y campanas por todas partes! ¿Hablaré un poquito más? Me gusta tu mirada de pánico. Swahili, hindi, inglés, puedo hablar cualquier idioma. ¡Un excelente discurso mudo, Willie!

–Montag, ¡manténgase sereno! –La polilla rascaba la oreja de Montag–. ¡Ese hombre lo enturbia todo!

–Oh, estabas de veras asustado –dijo Beatty–. Te parecía terrible que yo usara tus libros para rebatir todos los puntos, todos los argumentos. ¡Qué traicioneros pueden ser los libros! Creías que te apoyaban, y se volvían contra ti. Otros podían usarlos también, y ahí estabas tú, perdido en medio del páramo, en una gran ciénaga de sustantivos, verbos y adjetivos. Y hacia el fin de mi sueño, yo salí con la Salamandra y dije: «¿Vienes conmigo?». Y tú y yo volvimos a los cuarteles en beatífico silencio, y todo recobró su paz. –Beatty soltó la muñeca de Montag, dejando que la mano cayese floja sobre la mesa. Bien está lo que bien acaba.

Silencio. Montag parecía una estatua labrada en piedra. El eco del último martillazo moría lentamente en esa caverna oscura donde Faber esperaba a que los ecos se apagasen. Y luego, cuando en la mente de Montag el polvo levantado volvió a su sitio, Faber comenzó a decir, susurrando:

—Muy bien, ha dicho lo que tenía que decir. No lo olvide. Yo diré lo mío en las próximas horas. Y usted me atenderá también. Y luego tratará de juzgarnos a ambos y decidirá qué camino tomará, o en qué camino caerá. Quiero que su decisión sea solamente suya, no mía, ni de Beatty. Pero recuerde que el capitán pertenece al grupo de los más peligrosos enemigos de la verdad y la libertad, el sólido y terco rebaño de la mayoría. Oh, Dios, la terrible tiranía de la mayoría. Todos tocamos nuestra arpa. Y a usted le toca decidir con qué oreja escuchará la música.

Montag abrió la boca para responder a Faber. El sonido de la campana evitó que cometiera ese error. La voz de la alarma cantaba en el techo. Se oyó un seco golpeteo. El teléfono escribía la dirección en el otro extremo del cuarto. El capitán Beatty, con sus cartas de póquer en la mano rosada, caminó con exagerada lentitud hacia el teléfono. Esperó el fin del informe, arrancó el trozo de papel. Lo miró descuidadamente, se lo metió en el bolsillo, volvió, y se sentó. Los otros lo miraron.

—Puede esperar cuarenta segundos, mientras les saco todo el dinero —dijo Beatty alegremente.

Montag dejó sus cartas.

—¿Cansado, Montag? ¿Abandonas el juego?

—Sí.

—Espera un momento. Bueno, si lo pensamos un poco, podemos terminar esta mano más tarde. Deja los naipes cara abajo, sobre la mesa, y prepara los equipos. Vamos, de prisa. —Y Beatty volvió a levantarse—. Montag, ¿no te encuentras bien? No me gustaría que volvieses a caer en otra de esas fiebres.

—En seguida estaré bien.

–Te sentirás magníficamente. Éste es un caso especial. Vamos, ¡rápido!

Dieron un salto en el aire y se asieron a la barra de bronce, que parecía asomar por encima de una inmensa ola capaz de arrastrarlos a todos. Y entonces la barra, ante el desaliento de los hombres, los llevó abajo, ¡a la oscuridad, las ráfagas y toses y succiones del dragón gaseoso que rugía despertando a la vida!

–¡Eh!

Doblaron una esquina con truenos y silbidos de sirena, chirridos de frenos, chillidos de gomas; con un gorgoteo de queroseno en el brillante tanque de bronce, como una comida en el estómago de un gigante; con la barandilla de plata sacudida por las manos de Montag, manos que se agitaban en el espacio frío de la noche; con un viento que le levantaba el pelo, un viento que le silbaba en los oídos, mientras él no dejaba de pensar en las mujeres, las mujeres fisgonas de mentes arrastradas por un viento de neón, que habían estado esa noche en su sala. ¡Aquella tonta y condenada lectura! Como tratar de apagar un fuego con pistolas de agua, qué disparate, qué insensatez. Una furia que se transformaba en otra. Una cólera que desplazaba a otra. ¿Cuándo dejaría esa locura y se quedaría quieto, realmente quieto?

–¡Allá vamos!

Montag alzó los ojos. Beatty nunca conducía, pero aquella noche lo hacía tomando las curvas muy cerradas en las esquinas, inclinándose hacia delante en su trono de conductor. La gran capa negra flotaba detrás y Beatty parecía un enorme murciélago que volaba en el viento, sobre la máquina, sobre los números de bronce.

–¡Allá vamos, a hacer felices a los hombres, Montag!

Las mejillas rosadas y fosforescentes de Beatty brillaban en la profunda oscuridad. Sonreía salvajemente.

–¡Allá vamos!

La Salamandra se detuvo con un estampido, despidiendo a los hombres que resbalaron y saltaron torpemente. Montag se quedó mirando con aire de cansancio la barandilla brillante y fría que apretaba entre los dedos.

Beatty estaba ya junto a Montag, oliendo el viento que acababa de atravesar rápidamente.

–Muy bien, Montag.

Los hombres corrían como tullidos en sus incómodas botas, silenciosos como arañas.

Al fin Montag alzó los ojos y se volvió.

Beatty estaba estudiándole la cara.

–¿Pasa algo, Montag?

–Pero cómo –dijo Montag lentamente–, nos hemos detenido frente a *mi* casa.

3

Fuego brillante

Se encendieron luces, y las puertas de las casas se abrieron a lo largo de toda la calle, para asistir a la preparación del espectáculo. Montag y Beatty, uno con una seca satisfacción, el otro con incredulidad, miraban fijamente la casa, esa pista central donde se harían juegos malabares con antorchas, y donde los hombres tragarían fuego.

–Bueno –dijo Beatty–, ahí está. El viejo Montag quería volar cerca del sol y ahora que se le han quemado las malditas alas, se pregunta por qué. ¿No estaba yo en lo cierto cuando envié el Sabueso a que espiara la casa?

El rostro de Montag parecía entumecido e informe; sintió que volvía la cabeza, como una piedra esculpida, hacia la oscuridad de la casa de al lado, rodeada por una brillante frontera de flores.

Beatty lanzó un bufido.

–Oh, no. No habrás caído en la rutina de aquella pequeña idiota, ¿no? Flores, mariposas, hojas, crepúsculos, ¡oh, diablos! Está todo en el archivo. Maldición. He dado en el blanco. Mírenle la cara. Unas pocas briznas de hierba y unos cuartos de luna. Ñoñerías. ¿De qué le sirvió a ella todo eso?

Montag se sentó en el frío guardafuegos del Dragón, moviendo la cabeza un centímetro a la izquierda, un centímetro a la derecha, a la izquierda, a la derecha, a la izquierda, a la derecha, a la izquierda...

–Ella veía todas las cosas. No le hizo nada a nadie. Dejaba en paz a los demás.

–¡En paz, demonios! No te dejó un minuto tranquilo, ¿no es cierto? Uno de esos malditos benefactores, con esos silencios ensimismados siempre más profundos que los de uno, con un único talento: hacer que los demás se sientan culpables. Maldita sea, ¡aparecen como el sol de medianoche para hacernos sudar en la cama!

La puerta de calle se abrió de par en par. Mildred bajó corriendo los escalones, llevando rígidamente una maleta en la mano, como en una pesadilla, mientras un taxi se acercaba a la acera.

–¡Mildred!

La mujer pasó rápidamente junto a Montag, con el cuerpo tieso, la cara cubierta de polvo, sin que se viera la boca, sin pintura en los labios.

–¡Mildred, no habrás dado tú la alarma!

Mildred metió la maleta en el coche, subió, y se sentó murmurando:

–Pobre familia, oh pobre familia, oh todo perdido, todo, todo perdido ahora...

Beatty tomó a Montag por el hombro mientras el coche partía, alcanzaba los cien kilómetros por hora, y desaparecía en el extremo de la calle.

Se sintió un estrépito como si un sueño hecho de vidrios, espejos y prismas de cristal cayera hecho trizas. Montag dio unos pocos pasos, tambaleándose, como si otra incomprensible tormenta lo hubiese mareado, y vio que Stoneman y Black, armados de hachas rompían los vidrios de las ventanas para facilitar la ventilación.

El roce de la cabeza de una polilla muerta contra una pantalla negra y fría.

–Montag, Faber le habla. ¿Me está escuchando? ¿Qué ocurre?

–Esto me ocurre a mí –dijo Montag.

–Qué horrible sorpresa –dijo Beatty–. Pues todos saben, con

absoluta certeza, que nunca nada me ocurrirá a mí. Otros mueren, yo sigo viviendo. No hay consecuencias ni responsabilidades. Aunque las hay. Pero no hablemos de eso, ¿eh? Cuando las consecuencias lo alcanzan a uno, ya es demasiado tarde, ¿no es cierto, Montag?

Montag se adelantó, pero sin sentir que sus pies pisaban el cemento y luego las hierbas nocturnas. Beatty apretó el encendedor junto a Montag y miró fascinado la llamita anaranjada.

–¿Qué tiene el fuego que nos parece tan hermoso? No importa qué edad tengamos. Siempre nos atrae. –Beatty apagó la llama y volvió a encenderla–. Un movimiento perpetuo. Algo que el hombre siempre quiso inventar. O casi el movimiento perpetuo. Si uno lo dejase arder, duraría toda la vida. ¿Qué es el fuego? Un misterio. Los hombres de ciencia charlan y charlan acerca de moléculas y fricciones. Pero nada saben realmente. Es hermoso porque destruye la responsabilidad y las consecuencias. ¿Un problema se convierte en una carga demasiado pesada? Al horno con él. Y ahora, Montag, tú eres una carga. Y el fuego me quitará ese peso de los hombros, de un modo limpio, rápido y seguro; nada que pueda pudrirse con el tiempo. Antibiótico, estético, práctico.

Montag miraba ahora esa casa rara, extraña a causa de la hora, los murmullos de los vecinos, los vidrios rotos, y allí, en el suelo, con las cubiertas arrancadas y desparramadas como plumas de cisne, los increíbles libros que ahora parecían tan tontos, cosas que no merecían ninguna atención, pues eran sólo letras negras y papel amarillo y tapas deshilachadas.

Mildred, por supuesto. Vio seguramente que escondía los libros en el jardín y volvió a meterlos en la casa. Mildred. Mildred.

–Quiero que hagas este trabajo tú solo, Montag. No con queroseno y un fósforo, sino poco a poco, con un lanzallamas. Es tu casa, tu limpieza.

–¡Montag! ¿No puede correr, escapar?

–¡No! –gritó Montag sin esperanza–. ¡El Sabueso! ¡A causa del Sabueso!

Beatty, pensando que Montag le hablaba a él, comentó:

–Sí, el Sabueso está por aquí cerca. Así que no intentes nada. ¿Listo?

Montag movió el seguro de su lanzallamas.

–Listo.

–¡Fuego!

Un chorro de fuego saltó hacia los libros arrinconándolos contra la pared. Montag entró en el dormitorio y disparó dos veces, y las camas gemelas se alzaron en un hirviente y enorme murmullo, con una pasión, un calor y una luz que Montag nunca hubiese imaginado en ellas. Montag quemó luego las paredes del cuarto y el armario de cosméticos, pues quería cambiarlo todo; las sillas, las mesas, y en el comedor la vajilla de plata labrada y material plástico, todo lo que podía decir que había vivido aquí, en esta casa vacía, con una mujer extraña que lo olvidaría muy pronto, que ya lo había olvidado escuchando su radio-caracol que vertía y vertía sonidos mientras ella, sola, cruzaba velozmente la ciudad. Y como antes, era bueno quemar. Montag se sintió hundido en el fuego, arrebatado, desgarrado, partido en dos por las llamas, y libre del insensato problema. Si no había solución, bueno, entonces no había problema. ¡El fuego era lo mejor para todo!

–¡Los libros, Montag!

Los libros saltaron y bailaron como pájaros calcinados, abrasadas las alas de plumas rojas y amarillas.

Y luego entró en la sala donde los enormes monstruos idiotas dormían con pensamientos blancos y sueños de nieve. Y lanzó un chorro de llamas a cada uno de los tres muros, y el vacío absorbió el aire con un silbido aún más vacío, un chillido insensato. Montag trató de pensar en ese vacío, donde la nada había representado sus obras, pero no pudo. Retuvo el aliento para que el vacío no le entrara en los pulmones. Se apartó del abismo terrible, retrocedió, y entregó al cuarto el regalo de una enorme, brillante y encendida flor amarilla. La cubierta incombustible de material plástico se abrió de arriba abajo, y la casa comenzó a estremecerse con el fuego.

–Cuando hayas concluido –dijo Beatty detrás de él–, preséntate arrestado.

La casa se deshizo en carbones rojos y cenizas negras. Apoyó en el suelo unas brasas somnolientas, rosadas y grises, y un penacho de humo creció elevándose y oscilando, lentamente, hasta cubrir el cielo. Eran las tres y media. La gente se había metido otra vez en sus casas; las grandes tiendas del circo eran ahora carbón y escombros. La función había terminado.

Montag, inmóvil, sostenía aún flojamente el lanzallamas. Grandes islas de sudor le mojaban las axilas; tenía la cara cubierta de hollín. Los otros bomberos esperaban detrás, con los rostros iluminados débilmente por los escombros humeantes.

Montag comenzó a hablar, dos veces, y al fin preguntó:

–¿Fue mi mujer?

Beatty asintió.

–Pero sus amigas ya me habían avisado antes. Lo dejé pasar. De un modo o de otro, estabas atrapado. Fue bastante tonto eso de leer poesía. Acto digno de un condenado esnob. Dale a un hombre unas pocas líneas de poesía, y se creerá dueño de la Creación. Creerá que con los libros podrá caminar por encima del agua. Bueno, el mundo puede marchar muy bien sin ellos. Mira adónde te han llevado. El barro te llega a la boca. Si yo tocara ese barro, con el dedo meñique, desaparecerías.

Montag no podía moverse. Un gran terremoto había derribado su casa, y Mildred estaba bajo los escombros, en alguna parte, y su propia vida estaba también bajo los escombros, y él no podía moverse. La tierra se sacudía aún, y se abría y temblaba en el interior de Montag, que inmóvil, con las rodillas algo dobladas por el peso del cansancio, el asombro y el ultraje, dejaba que Beatty lo golpeara sin levantarle la mano.

–Montag, idiota. Montag, condenado tonto, ¿*por qué* lo hiciste?

Pero Montag no oía, estaba muy lejos, corría mentalmente, se había ido, dejando que ese cuerpo muerto y todo cubierto de hollín se tambalease ante la furia de otro tonto.

–¡Montag, escápese!

Montag escuchó.

Beatty le lanzó un golpe a la cabeza y Montag retrocedió, trastabillando. La bala verde, donde aún murmuraba y gritaba la voz de Faber, cayó al pavimento. Beatty la recogió rápidamente, con una sonrisa. Se la llevó a la oreja.

Montag escuchó la voz lejana que llamaba.

–Montag, ¿está usted bien?

Beatty apagó la bala y se la metió en el bolsillo.

–Bueno, así que aún había más. Vi cómo torcías la cabeza, escuchando. Al principio pensé que tenías un caracol. Pero cuando más tarde te mostraste más despierto, comencé a dudar. Seguiremos la onda y encontraremos a tu amigo.

–¡No! –gritó Montag, y abrió el seguro del lanzallamas.

Beatty miró rápidamente los dedos de Montag y se le abrieron un poco los ojos, aunque de un modo casi imperceptible. Montag advirtió el gesto de sorpresa y se miró un momento las manos. ¿Qué otra cosa habían hecho? Más tarde nunca pudo decir si el impulso final que lo llevó al crimen había venido de las manos o de la reacción de Beatty. El último trueno del derrumbe pasó con un ruido de piedras junto a sus oídos, sin alcanzarlo.

Beatty sonrió mostrando los dientes con la más encantadora de sus sonrisas.

–Bueno, un modo de tener un auditorio. Apuntas a un hombre con un arma y lo obligas a escuchar tu discurso. Habla. ¿Qué será esta vez? ¿Por qué no me vomitas un poco de Shakespeare, esnob chapucero? «No temo, Casio, tus amenazas. Me protege de tal modo la honestidad que tus palabras me acarician como un viento ocioso, al que no presto atención.» ¿Qué te parece? Adelante, literato de segunda mano, aprieta el gatillo.

Beatty dio un paso adelante. Montag sólo dijo:

–Nunca quemamos con razón...

–Dame eso, Guy –le dijo Beatty con una sonrisa de hielo.

Y, de pronto, Beatty fue un resplandor que chillaba, un maniquí saltarín que caía con los brazos y piernas abiertos, una llama retorcida en el césped mientras Montag le lanzaba continuamente un chorro de fuego líquido. Se sintió un siseo, como el de un salivazo en una estufa al rojo, un burbujeo espumante como si hubiesen arrojado sal sobre un monstruoso caracol negro, provocando una terrible licuefacción, y un hervor de espumas amarillas. Montag cerró los ojos, gritó, gritó, y se llevó las manos a los oídos para no oír. Beatty se sacudió una y otra vez, y al fin se retorció sobre sí mismo, como una calcinada muñeca de cera, y quedó tendido en silencio.

Los otros dos bomberos no se habían movido.

Montag se sintió enfermo, pero se dominó y apuntó con el lanzallamas.

—¡Daos la vuelta!

Los bomberos se dieron la vuelta, con rostros como carne escaldada, sudando a chorros. Montag les golpeó las cabezas y los cascos rodaron por el suelo. Los hombres cayeron y allí se quedaron, inmóviles.

El susurro de una única hoja en el otoño.

Montag se volvió. El Sabueso Mecánico estaba en mitad del jardín, saliendo de las sombras, moviéndose o deslizándose con tal facilidad que parecía una nube sólida de humo negro y grisáceo que iba hacia él empujada por un viento silencioso.

Al fin el Sabueso dio un salto en el aire, hasta un metro por encima de la cabeza de Montag, y cayó sobre él abriendo sus patas de araña, y mostrando el fiero y único diente de la aguja de procaína. Montag lo recibió con una flor de fuego, un único y asombroso capullo que se abrió en pétalos amarillos, azules y anaranjados, y envolvió al perro metálico en una caparazón nueva. El Sabueso golpeó a Montag y lo arrojó con su lanzallamas contra el tronco de un árbol. Montag sintió que el animal le buscaba y aferraba la pierna y le clavaba la aguja un momento antes de que el fuego lo hiciese saltar en el aire, quemándole los huesos metálicos, y destrozándole las entrañas en una corola de fuego rojo, como un cohete del espacio que no pudiese dejar la calle. Montag, tendido en el césped, esperó a que aquella cosa viva y muerta jugara en el aire y muriese. Aún ahora parecía querer volverse hacia él, y terminar de darle la inyección que estaba invadiéndole la pierna. Sintió todo el alivio y horror de haber retrocedido justo a tiempo, de modo que el guardabarros del coche –que había pasado a ciento cincuenta kilómetros por hora– sólo le había tocado la rodilla. Tenía miedo de levantarse, miedo de no poder tenerse en pie con una pierna anestesiada. Un entumecimiento dentro de un entumecimiento que se ahondaba en un entumecimiento...

¿Y ahora...?

La calle desierta, la casa quemada como una vieja escenografía, las otras casas en la sombra, el Sabueso aquí, Beatty allí, los tres bomberos en otro lugar, y la Salamandra... Miró la máquina enorme. Eso tenía que desaparecer también.

«Bueno –pensó–, veamos cómo estoy. De pie. Despacio, despacio... así.»

Estaba de pie sobre una sola pierna. La otra era un quemado madero de pino que arrastraba como una penitencia por algún oscuro pecado. Se apoyó sobre el madero y una corriente de agujas de plata le subió por la pierna y se le clavó en la rodilla. Montag sollozó. ¡Vamos! ¡Vamos, no puedes quedarte aquí!

Unas pocas luces se encendían ahora en las casas de la calle, ya fuese por los incidentes que acababan de ocurrir, o por el silencio anormal que había sucedido a la lucha. Montag lo ignoraba. Caminó tambaleándose entre las ruinas, y cogiéndose la pierna dolorida cuando ésta se le quedaba atrás, hablando y quejándose y rogándole que trabajara para él. Oyó gente que lloraba y gritaba en la oscuridad. Llegó al patio de detrás de la casa y salió al callejón. «Beatty –pensó–, ya no eres un problema. Tú mismo lo decías, no enfrentes los problemas, quémalos. Bueno, hice las dos cosas. Adiós, capitán.»

Y se perdió trastabillando en el callejón oscuro.

Cada vez que apoyaba la pierna, una carga de pólvora le estallaba dentro, y pensaba: «Eres un tonto, un condenado tonto, un

terrible tonto, un idiota, un terrible idiota, un condenado idiota, y un tonto, un condenado tonto. Mira lo que has hecho, y no
sabes dónde está el estropajo. Mira lo que has hecho. Orgullo,
maldita sea, y mal humor, y lo ensuciaste todo. Desde un principio vomitaste sobre los demás y sobre ti mismo. Y todo de una
vez, una cosa sobre otra. Beatty, las mujeres, Mildred, Clarisse,
todo. No hay excusas, no hay excusas. Un tonto, un condenado
tonto. Puedes darte por vencido».

«No, salvaremos lo que se pueda, haremos lo que quede por
hacer. Si tenemos que quemar, arrastremos a unos pocos más
con nosotros. ¡Ah!»

Recordó los libros y regresó. Por si acaso,

Encontró unos pocos donde los había dejado, junto a la cerca. Mildred, bendita fuese, los había pasado por alto. Cuatro libros estaban aún en su sitio. Unas voces sollozaban en la noche,
y los rayos de unas linternas se paseaban por las cercanías. Otras
Salamandras rugían, muy lejos, y las sirenas de los coches poli-
ciales atravesaban la ciudad.

Montag cogió los cuatro libros que quedaban y se fue cojean-
do, sacudiéndose, callejón abajo. De pronto cayó, como si le hubiesen cortado la cabeza, y sólo el cuerpo estuviese allí tendido
en el callejón. Algo en su interior lo había obligado a detenerse, arrojándolo al suelo. Se quedó donde había caído y sollozó,
con las piernas recogidas, la cara apretada ciegamente contra la
grava.

Beatty quería morir.

En medio del llanto, Montag supo que así era. Beatty había
querido morir. Se había quedado allí, sin moverse, sin tratar
realmente de salvarse, bromeando, charlando, pensó Montag.
Ese pensamiento bastó para que dejara de llorar y se detuviese a
tomar aliento. Qué extraño, qué extraño, tener tantas ganas
de morir. Permitir que un hombre vaya armado, y luego, en vez de
callarse y tener cuidado, seguir gritando y burlándose, y luego...

A lo lejos, unos pies que corrían.

Montag se sentó. «Salgamos de aquí. Vamos, levántate, levántate, ¡no puedes quedarte sentado!» Pero lloraba de nuevo

y había que acabar con eso de una vez por todas. Ya estaba mejor. No había querido matar a nadie, ni siquiera a Beatty. Las carnes se le retorcieron y encogieron, como si se las hubiesen metido en un ácido. Sintió náuseas. Veía aún a Beatty, una antorcha que se agitaba en la hierba. Se mordió los nudillos. Lo siento, lo siento, oh Dios, lo siento...

Trató de volver a unir todas las cosas, de regresar a la vida normal de hacía unos días, antes del tamiz y la arena, el dentífrico Denham, aquella mariposa en el oído, las luciérnagas, las alarmas y los viajes. Demasiado para tan pocos días, demasiado en verdad para una vida entera.

Unos pies corrían en el extremo del callejón.

–¡Levántate! –se dijo a sí mismo–. ¡Maldita seas, levántate! –le dijo a la pierna.

Se incorporó. El dolor era ahora unos clavos en la rodilla, y luego sólo unas agujas de zurcir, y luego sólo unos alfileres de gancho, y después de cojear y saltar otras cincuenta veces, llenándose la mano de astillas en la cerca de madera, el cosquilleo se transformó en un rocío de agua hirviente. Y la pierna era al fin su propia pierna. Había temido que si corría podía romperse aquel tobillo suelto. Ahora, absorbiendo la noche por la boca, y devolviéndola con un color pálido, metiéndose en el cuerpo toda aquella pesada negrura, logró caminar con lentitud y serenidad. Llevaba los libros en las manos.

Recordó a Faber.

Faber quedaba allá en el humeante montón de alquitrán sin identidad ni nombre. Había quemado también a Faber. La idea lo sacudió de tal modo que sintió que Faber estaba realmente muerto, cocinado como una cucaracha en aquella capsulita verde, en el bolsillo de un hombre que ahora era sólo un esqueleto, atado por tendones de asfalto.

«No debes olvidarlo, quémalos o te quemarán –pensó–. Eso es todo.»

Buscó en sus bolsillos. El dinero estaba allí, en un bolsillo, y en el otro encontró el caracol donde la ciudad se hablaba a sí misma en la madrugada desapacible y negra.

–Alerta, policía. Un fugitivo en la ciudad. Culpable de asesinato y crímenes contra el Estado. Nombre: Guy Montag. Ocupación: Bombero. Visto por última vez en...

Montag corrió sin detenerse durante seis manzanas, y al fin el callejón se abrió en una avenida, ancha como diez calles. Parecía un río sin embarcaciones, helado bajo la luz fría de las grandes lámparas de arco. Uno puede ahogarse si intenta cruzarla, pensó; es demasiado ancha; es demasiado abierta. Un vasto escenario sin decorados, que lo invitaba a cruzar, a correr, a ser visto fácilmente bajo aquella iluminación deslumbrante, a ser fácilmente apresado, fácilmente derribado por una bala.

El caracol le zumbó en el oído.

–... atención a un hombre que corre... atención a un hombre solo... a pie... atención...

Montag retrocedió a las sombras. Delante de él se alzaba una estación de gas, una brillante construcción de porcelana blanca.

Dos coches plateados entraban en la estación. Si quería caminar, no correr, atravesar tranquilamente la ancha avenida, tenía que estar limpio y presentable. Estaría un poco más seguro si se lavaba y peinaba antes de ir a...

«Sí –pensó–, ¿adónde voy?»

A ninguna parte. No había a donde ir, ningún amigo a quien buscar. Excepto Faber. Y entonces comprendió que iba, de veras, a casa de Faber, instintivamente. Sin embargo, Faber no podía esconderlo. Sólo intentarlo sería un suicidio. Pero supo que iría a ver a Faber de todos modos, por un rato. La casa de Faber sería el lugar donde recuperaría la fe, cada vez menor, en su propia capacidad para sobrevivir. Quería saber por lo menos que había un hombre como Faber en el mundo. Quería ver al hombre vivo, y no quemado como un cuerpo encerrado en otro cuerpo. Y debía dejarle un poco de dinero a Faber, naturalmente, para que lo gastase mientras él, Montag, huía. Quizá pudiese llegar al campo y vivir cerca de los ríos o las carreteras, en las colinas y prados.

Alzó los ojos. Algo giraba en el cielo.

Los helicópteros de la policía se elevaban allá lejos, como las motas de una grisácea flor de cactus. Eran dos docenas que oscilaban, indecisos, a cinco kilómetros de distancia, como mariposas aturdidas por el otoño, y luego caían como plomadas a tierra, uno a uno, aquí, allá, rozando suavemente el suelo donde, transformados en coches, corrían chillando por las avenidas o, con la misma rapidez, volvían a saltar al aire, y continuaban la búsqueda.

Y aquí estaba la estación de gas, y los empleados ocupados ahora con clientes. Acercándose por los fondos de la estación, Montag entró en el cuarto de baño. La voz de una radio atravesaba la pared de aluminio y decía: «Se ha declarado la guerra». Se oía el bombeo del gas. Los hombres hablaban en los coches, y los empleados hablaban también, de los motores, el gas, el dinero. Montag, inmóvil, trató de sentirse sacudido por aquel tranquilo anuncio, pero no ocurrió nada. La guerra tendría que esperarlo, una hora, dos horas.

Se lavó las manos y la cara y se secó con una toalla, sin hacer ruido. Salió del cuarto de baño y cerró con cuidado la puerta y caminó un rato en la oscuridad, y al fin se encontró otra vez al borde de la avenida desierta.

Allí estaba, una partida que tenía que ganar, la avenida como un ancho campo de bolos en la fresca madrugada. La avenida estaba tan limpia como la arena de un circo antes que apareciesen ciertas víctimas anónimas y ciertos asesinos anónimos. El aire que pesaba sobre el vasto río de cemento se estremecía con el calor del cuerpo de Montag. Increíble, pero Montag sentía que su temperatura hacía vibrar el mundo de alrededor. Era como un blanco fosforescente, lo sentía, lo sabía. Y ahora debía iniciar su paseíto.

Tres manzanas más allá, el resplandor de unos faros. Montag retuvo el aliento. Sentía los pulmones como escobas en llamas. La huida le había secado la boca. La garganta le sabía a hierro con sangre, y sus pies eran de acero herrumbrado.

¿Qué ocurría con aquellas luces? Cuando reiniciase la marcha, tenía que calcular cuánto tardarían aquellos coches en llegar hasta él. Bueno. ¿Cuánto faltaba hasta la acera? Unos cien metros, aproximadamente. Quizá no tantos, pero supongamos que yendo muy despacio, como en un paseo, tardemos en recorrerla treinta segundos, cuarenta segundos. ¿Y los coches? Podían recorrer unas tres manzanas en quince segundos. De modo que si a mitad de camino se pusiese a correr...

Alargó el pie derecho y luego el izquierdo y luego el derecho. Caminó por la avenida.

Por supuesto, aunque la calle estuviese totalmente desierta, no podía confiarse en un cruce seguro, pues un coche podía aparecer de repente a cuatro manzanas de distancia, y llegar aquí antes que uno respirase una docena de veces.

Decidió no contar los pasos. No miró ni a la izquierda ni a la derecha. La luz de las lámparas sobre la calle parecía tan brillante y reveladora como un sol de mediodía, y calentaba del mismo modo.

Escuchó el ruido del coche que tomaba velocidad a dos calles de distancia, a la derecha. Los faros móviles subieron y bajaron repentinamente e iluminaron a Montag.

«Sigue caminando.»

Montag vaciló, apretó con fuerza los libros, y se obligó a no detenerse. Dio, instintivamente, unos pasos rápidos, luego se habló a sí mismo en voz alta, y volvió al paso normal. Estaba ahora en medio de la calle. El ruido de los motores se hizo más alto, como si la velocidad del coche aumentase.

«La policía, por supuesto. Me han visto. Pero despacio ahora, despacio; no te vuelvas, no mires, no parezcas preocupado. Camina, eso es, camina, camina.»

El coche se acercaba velozmente. El coche rugía. El coche chillaba. El coche era un trueno ensordecedor. El coche venía deslizándose. El coche cubría silbando una recta trayectoria, como disparado por un rifle invisible. Ciento cincuenta kilómetros por hora. Ciento ochenta kilómetros por hora. Montag apretó las mandíbulas. Sintió como si el calor de los faros le quemase la cara, le retorciese las pestañas, y le bañase el cuerpo en sudor.

Comenzó a arrastrar los pies, como un idiota, y a hablarse a sí mismo. De pronto perdió la cabeza y echó a correr. Estiró las piernas hacia delante, todo lo que pudo, y hacia abajo, y luego volvió a estirarlas, hacia abajo, hacia atrás, hacia delante, y hacia abajo y hacia atrás, ¡Dios! ¡Dios! Se le cayó un libro, perdió el paso, casi se volvió, cambió de parecer, se precipitó hacia delante, gritando en aquella desierta superficie de cemento, con el coche que se abalanzaba sobre su presa, a cien metros, a cincuenta metros, cuarenta, treinta, veinte. Montag jadeaba, agitaba las manos, lanzaba las piernas hacia arriba, hacia abajo, hacia delante, hacia arriba, hacia abajo, hacia delante, más cerca, más cerca, aullando, llamando, con los ojos abrasados y en blanco, mientras doblaba la cabeza para enfrentarse con los faros resplandecientes. Ahora el coche se sumergía en su propia luz, ahora era sólo una antorcha que lanzaban contra él; sólo sonido; sólo luz. Ahora... ¡casi sobre él!

Montag trastabilló y cayó.

¡Esto es el fin! ¡Todo ha terminado!

Pero con la caída algo cambió. Un instante antes de alcanzarlo, el coche enfurecido se desvió, alejándose. Montag quedó tendido en la calle, boca abajo. Fragmentos de risa llegaron hasta él junto con los gases azules del coche.

La mano derecha, extendida, estaba apoyada en el cemento. En el extremo del dedo corazón vio, al alzar la mano, un hilo negro de un milímetro de ancho por donde había pasado la rueda del coche. Se puso de pie mirando con incredulidad esa línea.

«No era la policía», pensó.

Miró calle abajo. Estaba desierta ahora. Niños en un coche, niños de todas las edades, vaya a saber, de doce a dieciséis años, que silbaban, gritaban, lanzaban hurras y vivas. Habían visto un hombre, espectáculo realmente extraordinario, un hombre a pie, una rareza, y habían dicho, simplemente: «Alcancémoslo», sin saber que era el señor Montag, fugitivo. Simplemente unos cuantos niños que habían salido a dar un largo y ruidoso paseo, recorriendo ochocientos o mil kilómetros en unas pocas horas, a la luz de la luna, con los rostros helados por el viento, lanzados a una aventura, para volver o no volver luego a sus casas, vivos o no vivos. «Podían haberme matado», pensó Montag, tambaleándose. El aire todavía agitado y sacudido en nubes de polvo a su alrededor le tocaba la lastimada mejilla. «Sin ninguna razón, podían haberme matado.»

Caminó hacia la acera diciéndole a cada pie que se moviera y siguiera moviéndose. De algún modo había recogido los libros desparramados por la calle. No recordaba haberse agachado o haberlos tocado. Los pasó de una mano a otra, varias veces, como si fuesen una mano de póquer sobre la que no podía decidir.

«Me pregunto si serían los mismos que mataron a Clarisse.»

Se detuvo y volvió a repetirlo mentalmente, con mayor fuerza.

«¡Me pregunto si serían los mismos que mataron a Clarisse!»

Quiso correr detrás de ellos, gritando.

Se le humedecieron los ojos.

Lo había salvado la caída. El conductor, al ver tendido a Montag, consideró instantáneamente la posibilidad de que al pasar sobre un cuerpo a una velocidad tan alta el coche volcara haciendo saltar a sus ocupantes. Si Montag hubiese sido un blanco *vertical...*

Montag abrió la boca, sin aliento.

Allá abajo, en la avenida, a cuatro manzanas de distancia, el coche había aminorado la marcha, había girado en dos ruedas, y volvía ahora a todo correr.

Pero Montag había desaparecido, oculto en la oscuridad hacia donde había emprendido un largo viaje, hacía una hora, ¿o hacía un minuto? Se detuvo, estremeciéndose en la noche, mirando hacia atrás, mientras el coche pasaba corriendo y patinaba, precipitándose otra vez hacia el centro de la avenida, llenando el aire de carcajadas, desapareciendo.

Más allá, mientras se movía en las sombras, Montag pudo ver los helicópteros que descendían, descendían como los primeros copos de nieve del largo invierno próximo...

La casa estaba en silencio.

Montag se acercó por la parte de atrás, arrastrándose a través del perfume denso, húmedo y nocturno de los narcisos, las rosas y el césped cubierto de rocío. Tocó la puerta de alambre, descubrió que estaba abierta, y se deslizó por el porche, escuchando. «Señora Black, ¿duerme usted? –pensó–. Esto no está bien, pero su marido se lo hizo a otros, y nunca titubeó, y nunca se preocupó. Ahora, ya que es usted la mujer de un bombero, le toca el turno a su casa, por todas las cosas que quemó su marido y las gentes a las que hizo daño sin pensar.»

La casa no respondió.

Montag escondió los libros en la cocina y salió a la calle otra vez y volvió la cabeza y la casa estaba todavía en sombras, silenciosa, dormida.

Mientras atravesaba la ciudad, y los helicópteros revoloteaban en el cielo como papeles rotos, llamó desde una solitaria cabina de teléfono, frente a una tienda cerrada por la noche. Luego, de pie, inmóvil en el frío aire nocturno, se quedó esperando, y oyó a lo lejos las sirenas que comenzaban a sonar, y las Salamandras que se acercaban. Iban a quemar la casa de la señora Black, mientras Black estaba fuera, trabajando, e iban a sacar a la mujer al aire helado de la madrugada, mientras los techos desaparecían y caían en el fuego. Pero por ahora la mujer dormía aún.

«Buenas noches, señora Black», pensó.

–¡Faber!

Otro golpe seco, un murmullo, y una larga espera. Pasó un minuto y una lucecita se encendió en la casita de Faber. Otra pausa, y se abrió la puerta.

Se quedaron mirándose a la media luz, Faber y Montag, como si ninguno creyese en la existencia del otro. Al fin Faber se movió, alargó una mano, tomó a Montag por el brazo, lo metió en la casa, lo hizo sentar, y volvió a la puerta y se quedó allí, escuchando. Las sirenas gemían en la madrugada tranquila. El viejo entró y cerró la puerta.

–He sido un tonto rematado –le dijo Montag–. No puedo quedarme mucho tiempo. Me voy, Dios sabe adónde.

–Por lo menos fue un tonto en las cosas importantes –dijo Faber–. Pensé que había muerto. La cápsula que le di...

–Quemada.

–Oí que el capitán le hablaba, y de pronto silencio. Casi salí a buscarlo.

–El capitán murió. Encontró la cápsula, escuchó su voz, e iba a seguir la onda. Lo maté con el lanzallamas.

Faber se sentó y no habló durante un tiempo.

–Dios mío, ¿cómo ocurren estas cosas? –dijo Montag–. La otra noche todo era magnífico, y de pronto supe que me estaba ahogando. ¿Cuántas veces puede hundirse un hombre antes de morir? Me cuesta respirar. Ahí está Beatty, muerto, que una vez fue mi amigo. Y ahí está Millie, desaparecida. Pensé que era mi mujer, pero ahora no estoy seguro. Y la casa, incendiada. Y yo sin trabajo, un prófugo. Y en el camino dejé un libro en la casa de un bombero. ¡Jesucristo! ¡Las cosas que he hecho en una semana!

–Hizo lo que debía hacer. Algo que había empezado hace mucho tiempo.

–Sí, lo creo, aunque no crea en otra cosa. Era algo que tenía que haber ocurrido antes. Lo sentí, mucho tiempo. Yo hacía una cosa y pensaba en otra. Dios, todo estaba ahí. Es asombroso que los demás no lo viesen. Y aquí estoy ahora, implicándolo también a usted. Pueden haberme seguido.

–Me siento vivo por primera vez en años –dijo Faber–. Siento que estoy haciendo lo que debí haber hecho hace toda una vida. Por el momento no tengo miedo. Quizá sea porque hago al fin lo que se debe. Quizá sea porque he cometido un acto temerario y no quiero parecer cobarde ante usted. Supongo que tendré que hacer cosas aún más violentas, exponiendo mi propia vida, y no volver a caer y asustarme. ¿Cuáles son sus planes?

–Seguir huyendo.

–¿Sabe que ha estallado la guerra?

–Lo oí.

–Dios, ¿no es gracioso? –dijo el viejo–. Parece algo tan remoto sólo porque tenemos nuestros propios problemas.

–No he tenido tiempo de pensar –dijo Montag sacando cien dólares–. Quiero que usted se quede con esto. Úselo como le parezca cuando me vaya.

–Pero...

–Puedo estar muerto al mediodía, úselo.

Faber asintió.

–Será mejor que vaya hacia el río, si puede. Sígalo, y si puede llegar a las viejas vías de ferrocarril, sígalas también. Aunque todo es prácticamente aéreo en estos días, y las rutas terrestres están abandonadas, esas vías siguen todavía ahí, herrumbrándose. He oído que hay aún campamentos de vagabundos en todo el país, aquí y allá; campamentos ambulantes, los llaman, y si uno camina bastante y con los ojos bien abiertos dicen que es posible encontrar a viejos graduados de Harvard en los caminos. Algunos tienen la captura recomendada en las ciudades. Sobreviven en el campo. No son muchos, y el gobierno no cree, parece, que sean bastante peligrosos como para organizar una batida. Puede usted quedarse algún tiempo con ellos y reunirse conmigo en Saint Louis. Saldré esta mañana, en el autobús de las cinco, para ver a un impresor retirado que vive en esa ciudad. Haré algo, al fin. Este dinero será útil. Gracias, y Dios lo bendiga. ¿No quiere dormir unos minutos?

–Será mejor que me vaya.

–Examinemos antes la situación.

El viejo llevó a Montag al dormitorio, movió un cuadro, y reveló una pantalla de televisión del tamaño de una tarjeta postal.

–Siempre me gustaron las cosas muy pequeñas, las cosas que uno puede llevar consigo, que se pueden tapar con la palma de la mano, que no lo aplastan a uno, nada monstruosamente grande.

El viejo tocó el aparato.

–Montag –dijo la pantalla de TV, encendiéndose–. M-O-N-T-A-G. –Una voz deletreó el nombre–. Guy Montag. Todavía prófugo. Los helicópteros de la policía vuelan ya buscándolo. Se ha traído un nuevo Sabueso Mecánico de otro distrito...

Montag y Faber se miraron.

—El Sabueso Mecánico *nunca* falla. Este notable invento nunca ha cometido un error. Hoy, esta cadena de estaciones se complace en anunciar que tan pronto como el Sabueso comience a dirigirse hacia su blanco, una cámara de televisión lo seguirá desde un helicóptero...

Faber sirvió dos vasos de whisky.

—Necesitamos esto.

Los dos hombres bebieron.

—... un olfato tan sensible que el Sabueso Mecánico puede recordar e identificar diez mil olores de diez mil hombres sin necesidad de cambiar los circuitos.

Faber se estremeció levemente y miró a su alrededor, la casa, las paredes, la puerta, el pestillo, y la silla donde estaba sentado Montag. Montag vio la mirada. Los ojos de ambos recorrieron rápidamente la casa y Montag sintió que se le dilataban las narices. Supo que estaba tratando de rastrearse a sí mismo, y su olfato fue de pronto lo bastante fino como para seguir la senda que había abierto en el aire de esta habitación, y percibir el sudor de su mano en el pestillo; gotas de un sudor invisible, pero tan numerosas como los cristales de un pequeño candelero. Él, Montag, estaba en todas partes; en el interior, el exterior y los alrededores de todas las cosas. Era una nube brillante, un fantasma que cortaba la respiración. Vio que Faber mismo dejaba de respirar, temiendo quizá que aquel fantasma se le metiese en el cuerpo, temiendo contaminarse con aquellas exhalaciones espectrales, y los olores del prófugo.

—¡El Sabueso Mecánico desciende ahora en un helicóptero en el sitio del incendio!

Y allí, en la pantalla, aparecieron los restos de la casa de Montag y algo cubierto por una sábana. Y del cielo, revoloteando, bajó el helicóptero como una flor grotesca...

Montag miró la escena, fascinado, sin desear irse. Parecía algo tan remoto, tan ajeno a él. Era como una obra teatral, donde no participaba, un espectáculo asombroso, y hasta curiosamente agradable. «Todo eso es para mí –pensaba Montag–, todo eso ocurre sólo para *mí*, Señor.»

Montag hubiera deseado poder quedarse aquí, cómodamente, y seguir las diversas y rápidas fases de la cacería, por los pasadizos, por las calles, por las avenidas desiertas, por los terrenos baldíos y parques de juegos, con pausas aquí y allá para los anuncios comerciales, y por otras callejuelas hasta la casa incendiada del matrimonio Black, y así finalmente hasta la casa donde Faber y él mismo seguirían sentados bebiendo, mientras el Sabueso Mecánico husmeaba los últimos rastros, silencioso como un objeto flotante y a la deriva que traía consigo la muerte, y se deslizaba hasta detenerse aquí, bajo esa ventana. Y luego, si así lo quería, Montag podía levantarse, ir hasta la ventana, sin dejar de mirar la pantalla de televisión, abrir la ventana, asomarse a ella, mirar hacia atrás, y verse a sí mismo interpretado, descrito, rehecho, allí, retratado desde fuera en la brillante y diminuta pantalla de televisión, como un drama que podía ser observado objetivamente, sabiendo que en otras casas aparecía de tamaño natural, a todo color, ¡en tres perfectas dimensiones! Y si no perdía la cabeza hasta podría verse a sí mismo un instante antes del fin, mientras el Sabueso le daba la inyección en beneficio de quién sabe cuántas familias agrupadas en sus salas, y a quienes el frenético aullido de las sirenas de los muros había despertado para que asistiesen a la gran cacería, la persecución, el espectáculo de feria de un solo hombre.

¿Tendría tiempo de pronunciar un discurso? Cuando el Sabueso lo alcanzase ante diez, veinte, o treinta millones de espectadores, ¿podría resumir esa última semana en una sola frase o palabra que la gente no olvidase cuando el Sabueso se diese vuelta llevándolo entre sus quijadas metálicas, y se hundiese en la oscuridad, mientras la cámara inmóvil observaba a la criatura que se perdía a lo lejos, esfumándose espléndidamente como en un final de película? ¿Qué podía decir con una sola palabra, unas pocas palabras, que los golpease, despertándolos?

–Mire –murmuró Faber.

Del helicóptero surgió algo que no era una máquina, ni un animal, algo ni muerto ni vivo, envuelto en una pálida luz verdosa. Se detuvo junto a las ruinas humeantes de la casa de Montag y los hombres llevaron un abandonado lanzallamas y lo pusieron bajo las narices del Sabueso. Se oyó un chirrido, un zumbido, un ruidito metálico.

Montag negó con la cabeza y se bebió el resto de su bebida.

–Es hora. Lamento todo esto.

–¿Por qué lo lamenta? ¿Por mí? ¿Por mi casa? Lo merezco. Huya, por el amor de Dios. Quizá pueda retenerlos aquí un rato.

–Espere. No tienen por qué descubrirlo. Cuando me vaya, queme la colcha de esta cama. Queme la silla del vestíbulo en su incinerador. Frote los muebles con alcohol. Haga lo mismo con el pestillo. Queme la alfombra de la sala. Ponga en marcha el acondicionador de aire y échele naftalina, si tiene. Encienda luego las regaderas automáticas, y riegue los senderos. Con un poco de suerte, lograremos que pierdan el rastro.

Faber sacudió la mano de Montag.

–Lo intentaré. Buena suerte. Si nos salvamos, escríbame a Saint Louis. Lamento no poder acompañarlo con una de mis cápsulas. Nos hacía bien a los dos. Pero mi equipo es reducido. Pues verá, nunca pensé que llegaría a usarlo. Qué viejo tonto. Poco previsor. Estúpido, estúpido. De modo que no tengo otra bala verde, la correcta, para que se la ponga en el oído. ¡Váyase ahora!

–Algo todavía. Rápido. Una maleta, llénela con sus ropas más sucias, un traje viejo, cuanto más sucio mejor, una camisa, un par de viejos zapatos, y calcetines...

Faber desapareció y reapareció en un minuto. Sellaron la maleta de cartón con cinta adhesiva.

–Para guardar el viejo olor del señor Faber, por supuesto –dijo Faber sudando en la tarea.

Montag mojó el exterior de la maleta con whisky.

–No quiero que el Sabueso perciba dos olores. ¿Puedo llevarme este whisky? Lo necesitaré más tarde. Cristo, espero que esto resulte.

Volvieron a estrecharse la mano y yendo hacia la puerta miraron la pantalla. El Sabueso estaba ya en camino, seguido por las revoloteantes cámaras de los helicópteros, en silencio, husmeando el aire de la noche. Corría por el primero de los callejones.

—¡Adiós!

Y Montag salió por la puerta trasera, corriendo, llevando en la mano la maleta medio vacía. Detrás de él oyó que los aparatos de riego comenzaban a funcionar, llenando el aire oscuro con una lluvia que caía levemente, y que luego corría con serenidad por todas partes, lavando los senderos de piedra y escurriéndose hasta la calle. Unas pocas gotas le cayeron a Montag en la cara. Le pareció que el viejo le decía adiós, pero no estaba seguro.

Se alejó corriendo muy rápidamente, hacia el río.

Montag corría.

Podía sentir al Sabueso: iba como el otoño, frío y seco y rápido, como un viento que no movía las hierbas, que no golpeaba las ventanas ni turbaba las sombras de las hojas en la acera blanca. El Sabueso no tocaba el mundo. Llevaba consigo su silencio, y era posible sentir ese silencio como una presión detrás de uno, en toda la ciudad. Montag sentía crecer esa presión, y corría.

Se detenía a veces para tomar aliento, para espiar por las ventanas débilmente iluminadas de las casas, y veía las siluetas de la gente que miraba los muros, y allí, en los muros, el Sabueso Mecánico, una bocanada de vapores de neón, una araña que aparecía y desaparecía. Ahora estaba en el paseo de los Olmos, la calle Lincoln, la avenida de los Robles, el parque, ¡y el callejón que llevaba a la casa de Faber!

«Sigue —pensó Montag—, no te detengas, pasa de largo, ¡no entres!»

En la pared de aquella sala, la casa de Faber, con sus aparatos de riego, que latían en el aire nocturno.

El Sabueso se detuvo, estremeciéndose.

¡No! Montag se apoyó en el alféizar de la ventana. ¡Este otro camino! ¡Por aquí!

La aguja de procaína vacilaba, saliendo y entrando, saliendo y entrando. Una gota clara de aquel líquido de sueños cayó de la aguja, que desapareció en el hocico del Sabueso.

Montag retuvo el aliento, como un puño apretado.

El Sabueso Mecánico se dio la vuelta y se hundió otra vez en el callejón, alejándose de la casa de Faber.

Montag alzó los ojos al cielo. Los helicópteros estaban más cerca, como un enjambre de insectos que iba hacia un único foco de luz.

Con un esfuerzo, Montag se recordó a sí mismo que aquél no era un episodio ficticio que podía observar mientras huía hacia el río. Observaba ahora su propia partida de ajedrez, jugada a jugada.

Dio un grito como para tomar impulso y alejarse de aquella última ventana y la fascinadora escena. ¡Demonios!, gritó, y ya corría otra vez. El callejón, una calle, el callejón, una calle, y el olor del río. La pierna hacia delante, la pierna hacia abajo, hacia delante, hacia abajo. Veinte millones de Montags que corrían. Así sería pronto, si lo descubrían las cámaras. Veinte millones de Montags que corrían, corrían como en una vieja y borrosa comedia de la compañía Keystone; policías y ladrones, perseguidores y perseguidos, cazadores y caza, lo había visto mil veces. Detrás de él, ahora, veinte millones de sabuesos que ladraban en silencio, rebotando en las salas, como un almohadón que arrojasen de la pared de la izquierda a la pared del centro, a la pared de la derecha, y nada. Pared del centro, pared derecha, y nada.

Montag se metió el caracol en la oreja.

–La policía sugiere a la población del barrio Los Olmos lo que sigue: todos, en todas las casas, en todas las calles, miren por las ventanas o abran la puerta del frente o la de atrás. El fugitivo no podrá escapar si todos miran en el próximo minuto. ¡Preparados!

¡Por supuesto! ¡Cómo no lo habían hecho antes! ¡Por qué no habían probado hasta ahora ese juego! ¡Todos arriba! ¡Todos fuera! Montag no podía pasar inadvertido. ¡El único hombre solitario que corría en la ciudad nocturna, el único hombre que corría con sus piernas!
    —¡Cuando contemos diez! *¡Uno! ¡Dos!*
    Montag sintió que la ciudad entera se ponía de pie.
    —¡Tres!
    Montag sintió que toda la ciudad se volvía hacia miles de puertas.
    ¡Más rápido! ¡La pierna abajo, la pierna arriba!
    —¡Cuatro!
    La gente caminaba somnolienta por los vestíbulos.
    —¡Cinco!
    ¡Las manos tocaban los pestillos!
    El aroma del río era fresco y como una lluvia sólida. De tanto correr, la garganta de Montag era herrumbre quemada, y los ojos, lágrimas secas. Gritó como si el grito pudiese empujarlo hacia delante, hacerle recorrer de un salto los últimos cien metros.
    —¡Seis, siete, ocho!
    Los pestillos giraron en cinco mil puertas.
    —¡Nueve!
    Montag corrió alejándose de la última hilera de casas, por una pendiente que llevaba a una negrura sólida y móvil.
    —¡Diez!
    Las puertas se abrieron.
    Montag imaginó miles y miles de caras que espiaban los patios, los callejones y el cielo, caras ocultas por cortinas, caras pálidas y vencidas por terrores nocturnos, animales grises que espiaban desde cuevas eléctricas, caras con ojos grises y descoloridos, lenguas grises y pensamientos grises que se asomaban a la carne entumecida de las caras.
    Pero ya estaba en el río.
    Lo tocó, sólo para asegurarse de que era real. Se metió en el agua y se quitó toda la ropa, golpeándose el cuerpo, los brazos, las piernas y la cabeza con aquel licor frío. Lo bebió y lo respiró.

Luego se puso las ropas y los zapatos viejos de Faber. Arrojó sus propias ropas al río y miró cómo se hundían alejándose. Luego, con la maleta en una mano, caminó en el agua hasta que no hubo fondo, y se dejó ir en la oscuridad.

Se hallaba a trescientos metros aguas abajo, cuando el Sabueso llegó al río. Allá arriba revoloteaban los abanicos ruidosos de los helicópteros. Una tormenta de luz cayó sobre el río, como si el sol hubiese hendido las nubes. Montag se sumergió en las aguas. Sintió que el río lo llevaba más lejos, a la sombra. Luego las luces iluminaron otra vez la tierra, y los helicópteros giraron sobre la ciudad, como si hubiesen encontrado otro rastro. Desaparecieron. El Sabueso desapareció. Ahora el mundo era aquel río frío, y Montag flotaba en una paz repentina, alejándose de la ciudad y las luces y la caza, alejándose de todo.

Sintió como si hubiese abandonado un escenario con muchos actores. Sintió como si hubiese abandonado una sesión de espiritismo y todos los murmullos fantasmales. Dejaba algo irreal y terrible por una realidad irreal, nueva.

La costa oscura pasaba deslizándose, y Montag se internaba en el campo, entre las colinas. Por primera vez en doce años las estrellas aparecían sobre él, como procesiones de fuego giratorio. Vio una enorme rueda de estrellas que se formaba allá arriba, en el cielo, y amenazaba con ir hacia él y aplastarlo.

Montag flotaba de espaldas cuando la maleta se llenó de agua y se hundió. El río, sereno y ocioso, se alejaba de las gentes que desayunaban sombras, almorzaban humo y cenaban vapores. El río era algo real; lo sostenía cómodamente y le daba tiempo, ocio para pensar en ese mes, ese año, y toda una vida. Montag escuchó cómo se le calmaba el corazón. Los pensamientos dejaron de apresurársele, junto con la sangre.

Vio la luna baja en el cielo. La luna, y la luz de la luna. ¿Que venía de dónde? Del sol, naturalmente. ¿Y la luz del sol? Nacía de su propio fuego. Y así seguía el sol, día tras día, con fuego y fuego. El sol y el tiempo. El sol y el tiempo y el fuego. El fuego. El río lo balanceaba suavemente. El fuego. El sol y todos los relojes de la tierra. Todo se unió transformándose en algo muy simple. Luego de haber flotado mucho tiempo en la tierra, y poco tiempo en el río, Montag supo por qué no volvería a quemar.

El sol ardía continuamente. Quemaba el tiempo. El mundo corría describiendo un círculo y giraba sobre su eje, y el tiempo quemaba los años y los hombres, de algún modo. Y si él, Montag, quemaba junto con los bomberos, y el sol quemaba el tiempo, nada quedaría sin quemar.

Alguien tenía que dejar de quemar. No lo haría el sol, ciertamente. Así que, parecía, tendría que ser Montag, y la gente que había trabajado con él hasta hacía unas horas. En alguna parte alguien tendría que empezar a guardar y conservar las cosas, en libros, discos, en la cabeza de la gente, de cualquier manera con tal que estuviesen seguras, libres de polillas, moho y podredumbre, y hombres con fósforos. El mundo estaba lleno de incendios, de todas formas y tamaños. El sindicato de tejedores de telas de amianto tendría que abrir muy pronto sus puertas.

Montag sintió que su talón golpeaba algo sólido, tocaba pedruscos y rocas, rozaba la arena. El río lo había llevado hacia la orilla.

Miró la enorme y negra criatura sin ojos ni luz, informe, sólo una masa de miles de kilómetros de largo, inconmensurable, con bosques y colinas verdes que lo esperaban.

Titubeó antes de dejar aquella tranquilizadora corriente. Temía que el Sabueso estuviese allí. De pronto los árboles comenzarían a agitarse bajo el viento de los helicópteros.

Pero sólo el viento normal del otoño pasaba entre los árboles, como otro río. ¿Por qué no corría por allí el Sabueso? ¿Por qué los cazadores habían dejado las orillas? Montag escuchó. Nada. Nada.

«Millie —pensó—. Toda esta tierra aquí. Escucha. Nada y nada. Tanto silencio, Millie. Me pregunto qué dirías tú. ¿Gritarías "cállate, cállate"? Millie, Millie.»

Millie no estaba aquí, y el Sabueso no estaba aquí, pero el aroma seco del heno que provenía de algún campo distante llevó a Montag a tierra. Recordó una granja que había visitado cuando era muy joven. Había descubierto entonces que en alguna parte, detrás de los siete velos de la irrealidad, detrás de las paredes de las salas de recibo y los muros ciudadanos de latón, las vacas pastaban, y los cerdos dormían al sol, en los charcos tibios, y los perros ladraban corriendo detrás de ovejas blancas por las lomas.

Ahora, el aroma seco del heno, el movimiento de las aguas, lo hacían pensar en el heno fresco de un granero solitario, alejado de las ruidosas carreteras, en los fondos de una pacífica granja, y bajo un viejo molino de viento que chirriaba como el paso de los años sobre su cabeza. Se quedaría en el desván del granero toda la noche, escuchando los animales lejanos, los insectos y los árboles, los movimientos minúsculos.

Durante la noche, pensó, oiría quizá bajo el desván el sonido de unos pasos. Se sentaría, sobresaltado. El sonido se perdería a lo lejos. Volvería a acostarse y miraría hacia fuera y vería que en la granja se apagarían las luces, y una mujer muy joven y hermosa se asomaría a una ventana oscura y se trenzaría el cabello. Le costaría verla, pero su rostro sería como el rostro de la muchacha que hacía tanto tiempo, en el pasado, conocía el lenguaje de las nubes y no temía que la quemasen las luciérnagas, y sabía qué significaba una flor de diente de león frotada bajo la barbilla. Luego, la muchacha desaparecería de la ventana y volvería a aparecer en el primer piso, en una habitación iluminada por la luna. Y entonces, bajo el sonido de la muerte, el sonido de los aviones que cortaban el cielo en dos negros pedazos de horizonte, yacería en el desván, oculto y a salvo, observando aquellas nuevas y raras estrellas en el borde de la tierra, estrellas que huían del suave color del alba.

Y por la mañana no tendría sueño, pues los olores cálidos y las escenas de la noche campesina le habrían quitado todo cansancio y lo habrían hecho dormir con los ojos abiertos, y la boca que esbozaba una sonrisa.

Y allí, al pie de la escalera del desván, esperándolo, estaría aquella cosa increíble. Descendería cuidadosamente, en la luz rosada del amanecer, sintiendo tan intensamente el mundo que tendría miedo, y se detendría junto al pequeño milagro, y al fin se inclinaría y lo tocaría.

Un vaso de leche fresca y unas pocas peras y manzanas esperaban al pie de la escalera.

Esto era todo lo que deseaba ahora. Una señal que le dijese que el mundo inmenso lo aceptaba y le dejaba tiempo para pensar en todas las cosas en que debía pensar.

Un vaso de leche, una manzana, una pera.

Montag salió del río.

La tierra se lanzó hacia él, como la ola de un maremoto. Montag fue aplastado por la oscuridad, la visión de la tierra y el millón de olores de aquel aire que le helaba el cuerpo. Cayó hacia atrás empujado por un frente de oscuridad, sonido y olor que le silbaba en los oídos. El mundo giró a sus pies. Las estrellas caían sobre él como encendidos meteoros. Sintió deseos de arrojarse otra vez al río y dejarse ir aguas abajo hasta un sitio seguro. Esta tierra oscura que se alzaba ante él le recordaba aquel día de su infancia, cuando se bañaba en el mar, y de pronto, de alguna parte, vino la ola más grande en la historia de sus recuerdos, envolviéndolo en barro salado y sombras verdes, con un agua que le quemaba en la garganta y la nariz, dándole náuseas y obligándolo a gritar: «¡Demasiada agua!».

Demasiada tierra.

De la pared oscura que se extendía ante él surgió un murmullo. Una forma. En la forma dos ojos. La noche que lo miraba. El bosque que lo veía.

¡El Sabueso!

Luego de la huida, la carrera, el sudor y la zambullida en el río, luego de haber llegado tan lejos, de haberse esforzado tanto, creerse a salvo, suspirar con alivio y salir a la orilla, encontrar sólo...

¡El Sabueso!

Montag emitió un último grito de agonía, como si aquello fuese demasiado para un solo hombre.

La forma estalló desapareciendo. Los ojos se borraron. Las

hojas amontonadas en el suelo se alzaron como un rocío seco. Montag estaba solo en medio del campo.

Un ciervo. Montag respiró aquel pesado almizcle, como un perfume mezclado con sangre, y el resinoso aliento del animal, de cardamomo, musgo y malezas, en esa noche inmensa en que los árboles corrían hacia él, se apartaban, corrían, se apartaban, junto con el corazón, que le latía en los ojos.

Había un billón de hojas en el suelo. Montag vadeó las hojas como un río seco que olía a especias calientes y polvo tibio. ¡Y los otros olores! De la tierra entera surgía un olor a patata cortada, fresco y húmedo y blanco, pues la luna la iluminaba casi toda la noche. Había un olor a botella de salmuera y un olor a perejil en una fuente. Había un olor débil y amarillo, como el de un frasco de mostaza. Había un olor a claveles que venía del jardín de la casa de al lado. Montag bajó la mano y sintió que una planta se alzaba hacia él, como un niño, y lo rozaba con suavidad. Los dedos le olían a regaliz.

Montag se quedó allí, inmóvil, aspirando, y cuanto más aspiraba los olores de la tierra, más lo colmaba la riqueza de la tierra. No se sentía vacío. Había allí más que suficiente para que no se sintiese vacío. Habría siempre más que suficiente.

Montag entró en aquel bajo océano de hojas, tambaleándose.

Y en medio de aquel mundo extraño, algo familiar.

Tropezó y se oyó una vibración sorda.

Montag tocó el suelo con la mano, un metro hacia este lado, un metro hacia este otro.

Las vías del ferrocarril.

Las vías que salían de la ciudad y cruzaban oxidadas el campo, los bosques, ahora desiertos, las tierras junto al río.

Éste era su camino, fuese a donde fuese ahora. Éste era el objeto familiar, el talismán mágico que necesitaría durante un tiempo, que necesitaría tocar, sentir bajo los pies mientras caminaba entre las zarzas y aquellos lagos donde olía, sentía y tocaba; entre los murmullos y la lenta caída de las hojas.

Montag caminó entre los rieles.

Y le sorprendió estar tan seguro, repentinamente, de algo que no podía probar.

Una vez, hacía mucho, Clarisse había caminado por aquí, por donde él caminaba ahora.

Media hora después, con frío, mientras caminaba con cuidado por los rieles, totalmente consciente del cuerpo, la cara, la boca, los ojos colmados de oscuridad, los oídos colmados de sonido, las piernas cubiertas de picaduras de espinas y ortigas, Montag vio el fuego.

El fuego desapareció y volvió como un guiño. Montag se detuvo, temiendo apagarlo con su aliento. Pero el fuego estaba allí, aunque distante, y Montag, fatigado, se acercó a él. Tardó por lo menos un cuarto de hora en acercarse de veras, y luego se quedó mirándolo, desde las sombras. Aquel leve movimiento, el color rojo y blanco; un fuego extraño, pues significaba para él algo nuevo y distinto.

No quemaba, *calentaba.*

Montag vio muchas manos que buscaban ese calor, manos sin brazos, que se ocultaban en la oscuridad. Sobre las manos, caras inmóviles que sólo la luz del fuego animaba, movía, agitaba. Montag no había pensado nunca que el fuego pudiese dar, y no sólo tomar. Hasta el olor era diferente.

Nunca supo cuánto tiempo estuvo allí, inmóvil, pero tenía la sensación, tonta y sin embargo deliciosa, de que era un animal que había venido del bosque, atraído por el fuego. Era un ser salvaje, de ojos húmedos, con piel y hocico y cascos, un ser con cuernos, y sangre que tenía el olor del otoño. Montag se quedó allí mucho tiempo, escuchando el cálido chisporroteo de las llamas.

Había silencio alrededor de aquel fuego, el silencio de las caras de los hombres, y había tiempo allí, tiempo para sentarse junto a estos rieles oxidados, bajo los árboles, y mirar el mundo, y hacerlo girar con los ojos, como si su centro fuese esta hoguera, un eje de acero que estos hombres sostenían. Pero no sólo el fuego era diferente. También el silencio. Montag se acercó a ese silencio especial que parecía armonizar con el mundo.

Y luego se alzaron las voces, y las voces hablaban, y Montag no podía oír qué decían, pero los sonidos subían y bajaban, serenamente, y las voces tocaban el mundo y lo miraban; las voces conocían la tierra y los árboles y la ciudad que se extendía vía abajo, junto al río. Las voces hablaban de todo. Al oír la cadencia, el movimiento y el continuo estremecimiento de curiosidad y maravilla de aquellas voces, Montag supo que podían hablar de cualquier cosa.

Y entonces uno de los hombres alzó los ojos y lo vio, por primera o por séptima vez, y una voz le dijo a Montag:

–Muy bien, ya puede salir ahora.

Montag retrocedió hacia las sombras.

–Todo está bien –dijo la voz–. Bienvenido.

Montag se acercó lentamente al fuego y a los cinco viejos que estaban allí, sentados, con pantalones azules y chaquetas y camisas del mismo color. No sabía qué decirles.

–Siéntese –dijo el hombre que parecía ser el jefe–. ¿Un poco de café?

Montag observó cómo vertían el líquido humeante y oscuro en una taza de estaño. Bebió lentamente y sintió que todos lo miraban con curiosidad. Se le quemaron los labios, pero no le importó. Todas las caras de alrededor tenían barba, unas barbas limpias y bien cortadas, y las manos eran también limpias. Se habían puesto de pie, como para dar la bienvenida a un huésped, y habían vuelto a sentarse. Montag bebió el último sorbo.

–Gracias –dijo–. Muchas gracias.

–Bienvenido, Montag. Me llamo Granger. –El hombre le ofreció una botella de líquido incoloro–. Beba esto también. Le cambiará la composición química del sudor. Dentro de media hora usted olerá como otras dos personas. Con el Sabueso detrás de usted, lo mejor es un brindis.

Montag bebió aquel líquido amargo.

–Olerá un tiempo a gato mojado –dijo Granger–, pero no importa.

–Usted me conoce –dijo Montag.

Granger, con un movimiento de cabeza, señaló un aparato portátil de televisión junto al fuego.

–Seguimos la cacería. Imaginamos que había ido hacia el sur, a lo largo del río. Cuando oímos que andaba por el bosque, parecido a un duende borracho, no nos escondimos como de costumbre. Las cámaras de los helicópteros volvieron a enfocar la ciudad y supusimos que usted se había metido en el río. Pasa algo gracioso allá. La cacería sigue aún. Aunque por otro camino.

–¿Otro camino?

–Miremos.

Granger encendió el aparato portátil. La imagen en la pantalla era una pesadilla, condensada, que pasaba fácilmente de mano en mano, en el bosque, con colores y vuelos confusos. Una voz gritó:

–¡La caza continúa en el norte de la ciudad! ¡Los helicópteros de la policía convergen hacia la avenida 87 y el parque de Los Olmos!

Granger asintió con la cabeza.

–Están fingiendo. Perdieron la pista en el río. No pueden admitirlo. Saben que no pueden mantener mucho tiempo el interés de los espectadores. La función va a terminar en seguida, ¡rápido! Si siguen buscando en el condenado río, pasará toda la noche. Con un chivo expiatorio terminarán de una vez. Atención. Cazarán a Montag en los próximos cinco minutos.

–Pero cómo...

–Atención.

La cámara, desde el vientre de un helicóptero, enfocó una calle vacía.

–¿Ve eso? –murmuró Granger–. Ahora aparecerá usted. Justo en el extremo de esa calle está nuestra víctima. Mire cómo se acerca la cámara. Prepara la escena. Suspenso. Inmovilidad. En este momento un pobre hombre ha salido a dar un paseo. Un individuo singular. Una rareza. La policía no ignora las costumbres de estos hombres, seres que se pasean de madrugada sin ningún motivo, simplemente para vencer el insomnio. Lo vienen observando desde hace meses, años. Nunca se sabe cuándo habrá que recurrir a esa información. Y hoy al fin ha llegado el día, y será muy útil por cierto. Salvará las apariencias. Oh, Dios, ¡miren!

Los hombres sentados junto al fuego se inclinaron hacia delante.

En la pantalla, un hombre dobló una esquina. El Sabueso Mecánico irrumpió de pronto en la escena. Las luces de los helicópteros lanzaron una docena de brillantes pilares que enjaularon al hombre.

Una voz gritó:

—¡Allí está Montag! ¡La búsqueda ha terminado!

El hombre inocente se detuvo, sorprendido, con un cigarrillo encendido en la mano. Se quedó mirando al Sabueso, sin saber de qué se trataba. Nunca lo había sabido quizá. Alzó los ojos al cielo, donde gemían las sirenas. La cámara descendió rápidamente. El Sabueso saltó en el aire. Fue un salto rítmico y regular, increíblemente hermoso. Surgió la aguja, y se quedó allí, en el aire, suspendida un momento, como para que el auditorio no perdiera detalle de la escena: el rostro inexpresivo de la víctima, la calle desierta, el animal de acero: una bala apuntada hacia su blanco.

—¡Montag, no se mueva! —gritó una voz desde el cielo.

La cámara cayó sobre la víctima, junto con el Sabueso. Ambos la alcanzaron simultáneamente. La víctima fue tomada por la cámara y el Sabueso como entre las patas enormes de una araña. El hombre gritó. Gritó. ¡Gritó!

Oscuridad.

Silencio.

Montag gritó en el silencio, dándose la vuelta.

Silencio.

Los hombres se quedaron sentados alrededor del fuego, con rostros inexpresivos, y luego de un rato, una voz dijo en la pantalla oscurecida:

—La persecución ha terminado. Montag ha muerto. Un crimen contra la sociedad ha tenido su castigo.

Oscuridad.

–Pasaremos ahora al Salón Celestial del Hotel Lux, en el programa de «Media hora antes del alba», que...

Granger apagó el aparato.

–No enfocaron bien la cara del hombre. ¿Lo notó? Ni sus mejores amigos podrán afirmar que no era usted. Lo mostraron de un modo confuso, dejando margen suficiente a la imaginación. Demonios –murmuró–. Demonios.

Montag no dijo nada, pero, vuelto otra vez hacia el aparato, clavaba los ojos en la pantalla desierta, estremeciéndose.

Granger le tocó el brazo.

–Bienvenido de entre los muertos. –Montag hizo un signo afirmativo. Granger continuó–: Le voy a presentar a todos. Éste es Fred Clement, antiguo ocupante de la cátedra Thomas Hardy, en Cambridge, antes que se transformase en la Escuela de Ingeniería Atómica. Este otro es el doctor Simmons, especialista en Ortega y Gasset. El profesor West, aquí presente, era una autoridad en ética, materia ahora abandonada, en la Universidad de Columbia. El reverendo Pandover, que hace unos treinta años dio unas conferencias y entre un domingo y otro perdió todo su rebaño, a causa de sus puntos de vista. Está haraganeando con nosotros desde hace un tiempo. En cuanto a mí, he escrito un libro titulado *Los dedos en el guante. Estudio de la relación entre el individuo y la sociedad,* ¡y aquí estoy! Bienvenido, Montag.

–Yo no soy como ustedes –dijo Montag al fin, lentamente–. He sido un idiota toda mi vida.

–Estamos acostumbrados a eso. Todos hemos cometido los mismos y adecuados errores, o no estaríamos aquí. Cuando vivíamos como individuos aislados, todo lo que teníamos era rabia. Golpeé a un bombero cuando vino a quemar mi biblioteca, hace años. He estado deambulando desde entonces. ¿Quiere unirse a nosotros, Montag?

–Sí.

–¿Qué puede ofrecernos?

–Nada. Pensé que sabía una parte del Eclesiastés y quizá un poco del Apocalipsis, pero no me acuerdo ni siquiera de eso.

–El libro del Eclesiastés sería realmente magnífico. ¿Dónde lo tenía?

Montag se tocó la cabeza.

–Aquí.

–Ah. –Granger sonrió, asintiendo.

–¿Qué pasa? ¿No está bien? –dijo Montag.

–Mejor que bien, perfecto –Granger se volvió hacia el reverendo–. ¿Tenemos un libro del Eclesiastés?

–Uno. Un hombre llamado Harris, en Youngstown.

–Montag. –Granger tomó firmemente el hombro de Montag–. Camine con cuidado. Cuide su salud. Si algo le ocurre a Harris, usted será el Eclesiastés. ¡Advierta qué importancia ha adquirido usted en este último minuto!

–¡Pero me he olvidado!

–No, nada se pierde. Tenemos métodos para sacarle lo que sea.

–¡Pero he tratado ya de recordar!

–No lo intente. Saldrá a la luz cuando sea necesario. Todos tenemos una memoria fotográfica, pero nos pasamos la vida aprendiendo a olvidar. Simmons, aquí presente, se ha ocupado del asunto durante más de veinte años. Con la ayuda de su método podemos acordarnos de cualquier cosa que hayamos leído una vez. ¿Le gustaría, Montag, leer algún día *La República* de Platón?

–¡Por supuesto!

–Yo soy *La República* de Platón. ¿Le gustaría leer a Marco Aurelio? El señor Simmons es Marco Aurelio.

–¿Cómo está usted? –dijo el señor Simmons.

–Hola –dijo Montag.

–Quiero presentarle también a Jonathan Swift, autor de ese malvado libro político, *¡Los viajes de Gulliver!* Y este otro señor es Charles Darwin, y este otro es Schopenhauer, y éste Einstein, y este que está a mi lado el señor Albert Schweitzer, un filósofo muy amable por cierto. Aquí estamos todos, Montag. Aristófanes, y Mahatma Gandhi y Gautama Buda, y Confucio y Thomas Love Peacock y Thomas Jefferson y el señor Abraham Lincoln, si gusta. Somos también Mateo, Marcos, Lucas y Juan.

Todos rieron calladamente.

–No puede ser –dijo Montag.

–Es –replicó Granger con una sonrisa–. Somos quemadores de libros también. Los leemos y los quemamos, temiendo que los descubran. Los microfilms no sirven. Viajamos continuamente. Tendríamos que enterrar las películas y volver a buscarlas. Y siempre podrían sorprendernos. Mejor guardar los libros en las viejas cabezotas, donde nadie puede verlos o sospechar su existencia. Somos trozos de fragmentos de historia, y literatura, y derecho internacional, y Byron, Tom Paine, Maquiavelo o Cristo. Es tarde. Y la guerra ha comenzado. Y estamos aquí, y la ciudad está allí, envuelta en su vieja túnica de mil colores. ¿Qué piensa usted, Montag?

–Pienso que estaba ciego con mis métodos: poner libros en las casas de los bomberos y después dar la alarma.

–Hizo usted lo que tenía que hacer. Llevado a una escala nacional, hubiese dado un resultado maravilloso. Pero nuestro método es más simple, y, creemos, mejor. Sólo pretendemos conservar los conocimientos imprescindibles, intactos y a salvo. No queremos por ahora incitar las iras de nadie. Pues si nos destruyen, el conocimiento muere con nosotros, quizá para siempre. Somos ciudadanos modelos, a nuestro modo. Caminamos por los viejos rieles, dormimos de noche en las colinas, y la gente de las ciudades nos deja en paz. Nos detienen y registran a veces, pero de nada pueden acusarnos. La organización es flexible, fragmentaria y dispersa. Algunos nos hemos cambiado la cara o las impresiones digitales con ayuda de la cirugía. En este preciso momento nuestra tarea es horrible. Estamos esperando a que estalle la guerra, y que, con la misma rapidez, llegue a su fin. No es nada agradable, pero no gobernamos las cosas. Somos la rara minoría que clama en el desierto. Cuando la guerra termine, quizá podamos ser útiles al mundo.

–¿Creen ustedes que los escucharán entonces?

–Si no, sólo nos quedará esperar. Les pasaremos los libros a nuestros niños, de viva voz, y ellos esperarán a su vez y se los pasarán a otras gentes. Mucho se perderá de ese modo, es cierto. Pero no se puede obligar a la gente a que escuche. Se acercarán a nosotros cuando llegue la hora, cuando se pregunten qué ha pasado y por qué el mundo estalló en pedazos. No puede tardar mucho.

−¿Cuántos son ustedes?

−Miles en los caminos, las vías de ferrocarril abandonadas. Vagabundos por fuera, bibliotecas por dentro. No lo planeamos en un principio. Siempre había alguien que quería recordar un libro, y así lo hacía. Luego, después de veinte años, nos encontramos, fuimos de un lado a otro, unimos los hilos sueltos e ideamos un plan. No debíamos olvidar lo más importante: no éramos importantes. Debíamos evitar toda pedantería. No debíamos sentirnos superiores a nadie en el mundo. No éramos más que cubiertas protectoras de libros; ése era nuestro único significado. Algunos de nosotros viven en pueblos. El capítulo primero de *Walden* de Thoreau en Green River; el capítulo segundo en Willow Farm, Maine. Hasta hay una aldea en Maryland, de veintisiete habitantes, que es los ensayos completos de un hombre llamado Bertrand Russell. Ninguna bomba tocará esa aldea. Uno puede, casi, tomarla en la mano, y pasar las páginas, tantas páginas por persona. Y cuando la guerra termine, algún día, algún año, podrán escribirse los libros otra vez; se llamará a la gente, una a una para que recite lo que sabe, y los guardaremos impresos hasta que llegue otra Edad de las Tinieblas, y tengamos que rehacer enteramente nuestra obra. Pero eso es lo maravilloso en el hombre; nunca se descorazona o disgusta tanto como para no empezar de nuevo. Sabe muy bien que su obra es importante y valiosa.

−¿Qué haremos hoy, esta noche? −les preguntó Montag.

−Esperar −dijo Granger−. Y caminar un poco río abajo, por si acaso.

Comenzó a arrojar polvo y basura al fuego.

Los otros hombres ayudaron, y Montag ayudó, y allí en medio del campo, todos los hombres se movieron para apagar el fuego, juntos.

Se detuvieron junto al río, a la luz de las estrellas.

Montag miró la esfera luminosa de su reloj sumergible. Las cinco. Las cinco de la mañana. Otro año pasaba en una sola hora, y el alba esperaba más allá de la lejana orilla del río.

–¿Por qué confían en mí? –preguntó Montag.

Un hombre se movió en la sombra.

–Basta mirarlo. No se ha visto usted en un espejo últimamente. Además, la ciudad nunca pensó en organizar una verdadera cacería. Unos pocos mentecatos con versos en la cabeza no pueden hacer daño a la gente de la ciudad. Ellos lo saben y nosotros también. Todo el mundo lo sabe. Mientras a la mayoría de la población no se le ocurra empezar a citar la Constitución y la Carta Magna, todo andará bien. Basta para eso con la vigilancia de los bomberos. No, las ciudades no nos molestan. Y usted tiene un aspecto de todos los diablos.

Caminaron a lo largo del río, rumbo al sur. Montag trataba de ver las caras de los hombres, las viejas caras que el fuego había iluminado, cansadas y arrugadas. Buscaba una luz, una resolución, un triunfo sobre el futuro, algo que, aparentemente, no estaba allí. Quizá había esperado que aquellas caras ardiesen y brillasen, encendidas por el conocimiento, resplandecientes como linternas, con una luz interior. Pero la luz que había visto antes era la del fuego, y estos hombres no eran diferentes de cualquier otro que hubiese recorrido un largo camino, realizado una larga búsqueda, visto las cosas buenas destruidas y ahora, muy tarde, se uniese a sus semejantes para esperar el fin de la fiesta y ver cómo se apagaban las lámparas. No podían asegurar que las cosas que llevaban en la cabeza diesen a todo futuro amanecer una luz más pura, no estaban seguros de nada, salvo que los libros estaban archivados detrás de los ojos serenos, que los libros estaban esperando, con los cuadernillos sin abrir, a los clientes que quizá viniesen años más tarde, algunos con manos limpias, y otros con manos sucias.

Montag miró de soslayo a uno y otro mientras caminaban.

–No juzgue a un libro por su cubierta –dijo alguien.

Todos se rieron quedamente, siguiendo el curso del río.

Se oyó un chillido y los aviones de la ciudad desaparecieron sobre la cabeza de los hombres antes que éstos alzaran la vista. Montag se volvió hacia la ciudad. Allá abajo, en el río, era ahora un débil resplandor.

–Mi mujer está allí.

–Lo siento. Las ciudades no serán nada bueno en los próximos días –dijo Granger.

–Es raro, no la extraño. No siento en realidad casi nada de nada –dijo Montag–. Creo que ni siquiera la muerte de mi mujer podría entristecerme. No está bien. Algo malo me pasa.

–Escuche –dijo Granger tomándolo por el brazo y caminando con él, apartando los matorrales para que pasara–. Mi abuelo murió cuando yo era niño. Era escultor. Era además un hombre muy bondadoso, dispuesto a querer a todo el mundo. Ayudaba a limpiar la casa de vecindad, hacía juguetes para los niños, y un millón de cosas. Tenía siempre las manos ocupadas. Y cuando murió, comprendí que yo no lloraba por él, sino por todas las cosas que hacía. Lloraba porque nunca volvería a hacerlas. Nunca volvería a labrar otro trozo de madera, ni nos ayudaría a criar palomas y pichones en el patio, ni tocaría el violín de aquel modo, ni nos contaría aquellos chistes. Era parte de nosotros, y, cuando murió, todos los actos se detuvieron, y nadie podía reemplazarlo. Era un individuo. Era un hombre importante. Nunca pensé en su muerte. Sí en cambio en todos los objetos labrados que nunca nacieron a causa de esa muerte. Cuántas bromas faltan ahora en el mundo, cuántas palomas que sus manos nunca tocaron. Mi abuelo modelaba el mundo. Hacía cosas en el mundo. Con su muerte el mundo perdió diez millones de actos hermosos.

Montag siguió caminando en silencio.

–Millie, Millie –suspiró–. Millie.

–¿Qué?

–Mi mujer, mi mujer. Pobre Millie, pobre, pobre Millie. No recuerdo nada. Pienso en sus manos, pero no hacen nada. Sólo

le cuelgan a los costados, o le descansan en el regazo, o sostie-
nen un cigarrillo. Eso es todo.

Montag se volvió y echó una mirada a la ciudad. «¿Qué le dis-
te a la ciudad, Montag?»

«Cenizas.»

«¿Qué le dieron los otros?»

«Nada.»

Granger miró junto con Montag.

–Todos deben dejar algo al morir, decía mi abuelo. Un niño
o un libro o un cuadro o una casa o una pared o un par de zapatos. O un jardín. Algo que las manos de uno han tocado de algún modo. El alma tendrá entonces adonde ir el día de la muerte, y cuando la gente mire ese árbol, o esa flor, allí estará uno.
No importa lo que se haga, decía, mientras uno cambie las
cosas. Así, después de tocarlas, quedará en ellas algo de uno. La
diferencia entre un hombre que sólo corta el césped y un jardinero depende del uso de las manos, decía mi abuelo. La
cortadora de césped pudo no haber estado allí; el jardinero se
quedará en el jardín toda una vida. –Granger movió una
mano–. Mi abuelo me mostró unas películas tomadas desde un
cohete V-2 hace medio siglo. ¿Vio usted alguna vez el hongo
atómico desde trescientos kilómetros de altura? Es un pinchazo
de alfiler, nada. Con el campo alrededor.

»Mi abuelo pasó una docena de veces esa película, y pensó
que algún día las ciudades deberían abrirse un poco más y dejar entrar la vegetación y el campo. La gente recordaría que aún
quedaba un poco de espacio en la tierra, y que podía sobrevivir
en ese campo, que devuelve lo que se le da tan fácilmente como
si nos echara el aliento o nos mostrara el mar para decirnos que
no somos tan grandes. Si olvidamos qué cerca está el campo de
noche, decía mi abuelo, algún día vendrá a recordarnos su terrible realidad. ¿Comprende? El abuelo murió hace muchos
años, pero si usted mira dentro de mi cabeza, por Dios, en las
circunvalaciones del cerebro verá las huellas digitales del pulgar del abuelo. El abuelo me tocó una vez. Como dije antes, era
escultor: "Odio a un romano llamado Statu Quo –me decía–,

Llénate los ojos de asombro, vive como si fueses a morir en los próximos diez segundos. Observa el universo. Es más fantástico que cualquier sueño construido o pagado en una fábrica. No pidas garantías, no pidas seguridad, nunca hubo un animal semejante. Y si alguna vez lo hubo, debe de ser pariente del perezoso, que se pasa los días cabeza abajo, colgado de una rama, durmiendo toda la vida. Al diablo con eso –decía–. Sacude el árbol, y que el perezoso caiga de cabeza".

–¡Mire! –gritó Montag.

Y la guerra comenzó y terminó en ese instante.

Más tarde, los hombres que rodeaban a Montag no pudieron decir si había habido algo realmente. Quizá una luz y un movimiento en el cielo. Quizá los bombarderos habían estado allí, y los cazas a diez kilómetros, a cinco kilómetros, a un kilómetro de altura, durante un único instante, como semilla arrojada en el cielo por la mano de un gigantesco sembrador, y los bombarderos pasaron, terriblemente veloces, y repentinamente lentos, sobre la ciudad en sombras. El bombardeo concluyó, indudablemente, una vez que los cazas avistaron el objetivo y alertaron a los bombarderos a ocho mil kilómetros por hora. La guerra sólo había sido el rápido susurro de una guadaña. Una vez descargadas las bombas, nada quedaba por hacer. Ahora, tres segundos más tarde, en lo que era todo el tiempo de la historia, antes que las bombas tocasen el suelo, las naves enemigas ya habían dado media vuelta al mundo, como balas en las que el isleño salvaje no puede creer pues son invisibles, y sin embargo el corazón estalla repentinamente, y los cuerpos vuelan en pedazos sueltos, y la sangre se sorprende de verse libre y en el aire; el cerebro derrocha sus escasos y preciosos recuerdos y, perplejo, muere.

No podía creerse. No había sido más que un gesto. Montag vio el enorme puño de metal, que se había alzado sobre la ciudad lejana, y supo que en seguida oiría el chillido de las turbinas. El chillido, diría, luego del acto: «Desintegraos, que no quede piedra sobre piedra, pereced. Morid».

Montag sostuvo las bombas en el cielo durante un único momento, extendiendo desesperadamente las manos.

–¡Corra! –le gritó a Faber–. ¡Corre! –a Clarisse–. ¡Vete, escápate! –a Mildred.

Pero Clarisse, recordó, había muerto. Y Faber había dejado la ciudad. Allí, por alguno de los valles profundos, el autobús de las cinco de la mañana corría de una desolación a otra. Aunque la desolación no había llegado aún (estaba todavía en el aire), ya no tardaría mucho. Antes que el autobús hubiese recorrido otros cincuenta metros, su destino no tendría sentido, y su punto de partida dejaría de ser una metrópolis para transformarse en un montón de escombros.

Y Mildred...

¡Huye, corre!

Montag la vio en su cuarto de hotel, en alguna parte, en ese medio segundo en que las bombas estaban a un metro, a treinta centímetros, a un centímetro del edificio. La vio inclinada hacia las brillantes paredes de colores donde la familia le hablaba, donde la familia parloteaba y charlaba y pronunciaba su nombre, y le sonreía y no le decía nada de la bomba que estaba a un centímetro, a medio centímetro, a un cuarto de centímetro del techo del hotel. Mildred se inclinaba hacia la pared como si el ansia de mirar pudiera ayudarla a encontrar el secreto de su agitado insomnio. Mildred se inclinaba ansiosamente, nerviosa, como si quisiera hundirse, perderse, caer en aquel inmenso torbellino de colores, como si quisiera ahogarse en su brillante felicidad.

La primera bomba alcanzó su objetivo.

–¡Mildred!

Quizá –pero ¿quién podía saberlo?–, quizá las grandes estaciones transmisoras, con sus rayos de color, luz, palabras y charla fueron lo primero en desaparecer.

Montag, arrojándose al suelo, cayendo hacia delante, vio o sintió, o imaginó que veía o sentía, cómo las paredes se oscurecían ante Millie; y escuchó su grito, pues en esa millonésima fracción de tiempo que todavía quedaba, Mildred vio su rostro reflejado en la pared, en un espejo, no en una esfera de cristal, y era aquél un rostro tan tristemente vacío, tan solo en el cuarto, tan sin ataduras –satisfacía su hambre devorándose a sí mismo–, que Mildred al fin se reconoció y alzó rápidamente los ojos al techo, mientras éste y todo el hotel se derrumbaban sobre ella, arrastrándola con un millón de kilos de ladrillos, metales, yeso y madera, a reunirse con la gente que vivía en los cubículos inferiores, todos en camino hacia el sótano donde la explosión se libraría de ellos con su propio e insensato método.

«Recuerdo –se dijo Montag apretado contra la tierra–. Recuerdo. Chicago hace mucho tiempo. Millie y yo. Allí nos conocimos. Recuerdo ahora. Chicago. Hace mucho tiempo.»

La explosión golpeó el aire sobre el río, derribó a los hombres como una hilera de piezas de dominó, alzó el agua en cortinas de espuma, alzó el polvo, e hizo que los árboles se quejasen agitados por un viento que pasaba hacia el sur. Montag se encogió, empequeñeciéndose, con los ojos cerrados. Parpadeó una vez. Y en ese instante vio la ciudad, en vez de las bombas, en el cielo. Se habían desplazado mutuamente. Durante otro de esos imposibles instantes la ciudad se alzó, reconstruida e irreconocible, más alta de lo que había esperado o intentado ser, más alta que las construcciones del hombre, erigida al fin en gotas de cemento y chispas metálicas, como un mural similar a un alud invertido, de un millón de colores, de un millón de rarezas con una puerta donde debía abrirse una ventana, con un tejado en el lugar de los cimientos, con un costado por fondo. Y luego la ciudad giró sobre sí misma, y cayó, muerta.

El sonido de esa muerte llegó más tarde.

Montag, tendido en el suelo con los ojos cerrados por el polvo, un fino y húmedo cemento de polvo en la boca cerrada, jadeando y llorando, pensó otra vez. «Recuerdo. Recuerdo. Recuerdo algo más. ¿Qué es? Sí, sí, parte del Eclesiastés. Parte del Eclesiastés y el Apocalipsis. Parte de aquel libro, una parte. Rápido, rápido ahora, antes que se borre, antes que la conmoción desaparezca, antes que muera el viento. El libro del Eclesiastés. Aquí está.» Se lo recitó a sí mismo en silencio. Echado boca abajo sobre la tierra temblorosa, repitió sin esfuerzo las palabras, una y otra vez, y eran perfectas y no aparecía el dentífrico Denham por ninguna parte. Sólo estaba allí el predicador, de pie en su mente, mirándolo...

–Ya pasó –dijo una voz.

Los hombres jadeaban como peces sobre la hierba. Se apretaban contra el suelo como niños que no quieren soltar las cosas familiares, no importa que estén frías o muertas, no importa qué haya ocurrido o pueda ocurrir. Clavaban los dedos en el polvo, y gritaban para que no se les rompieran los tímpanos, para conservar la cordura, con la boca abierta. Montag gritó con ellos, como una protesta contra el viento que les arrugaba la cara y les torcía la boca y les hacía sangrar la nariz.

Montag observó el polvo que volvía a depositarse en el suelo y oyó el enorme silencio que cubría el mundo. Y allí, acostado, le pareció que veía todas las motas de polvo, y todas las briznas de hierba, y escuchaba todos los llantos, gritos y murmullos que recorrían el mundo. El silencio cayó sobre aquel polvo matizado, junto con el ocio que los hombres necesitaban para mirar alrededor, para conservar en la mente la realidad de aquel día.

Montag miró el río. «Caminaremos junto al río. –Miró las viejas vías del ferrocarril–. O marcharemos por las carreteras ahora, y tendremos tiempo de aprender cosas nuevas. Y algún día, cuando estas cosas lleven un tiempo con nosotros, saldrán a nuestras bocas o nuestras manos. Y muchas de esas cosas no servirán, pero sí otras, y en número suficiente. Comenzaremos a marchar hoy mismo, y veremos el mundo, y cómo el mundo se pasea y habla, y cómo es realmente. Quiero verlo todo ahora. Y aunque nada de esto me pertenezca, mientras lo miro pasará el tiempo, y se irá depositando en mí, y al fin todo será yo mismo. Mira el mundo allí fuera, Dios mío, Dios mío, míralo allí fuera, fuera de mí, más allá de mi cara. Sólo hay un modo de tocarlo: hacerlo finalmente mío, metérmelo en la sangre, donde latirá diez veces, diez mil veces en un día. Lo tendré siempre conmigo para que nunca se me escape. Lo tendré conmigo algún día. Por ahora lo he rozado con la punta de los dedos. Es un comienzo.»

El viento murió.

Los otros hombres yacían aún, en el borde gris del sueño, no preparados todavía para levantarse e iniciar las obligaciones cotidianas, los fuegos y las comidas, la interminable tarea de adelantar un pie y otro pie, una mano y otra mano. Los hombres yacían agitando las pestañas polvorientas. Uno podía oír cómo respiraban con rapidez, y luego más lentamente, más lentamente...

Montag se sentó.

No llegó a ponerse de pie sin embargo. Los otros hombres hicieron lo mismo. El sol rozaba el horizonte negro con un dedo levemente rojizo. El aire era frío, y olía a lluvia.

En silencio, Granger se incorporó, extendió brazos y piernas, maldiciendo, maldiciendo una y otra vez en voz baja, el rostro bañado en lágrimas. Se arrastró hasta el río y miró aguas arriba.

–Arrasada –dijo al fin–. La ciudad parece un pozo de levadura. Ha bajado. –Y tiempo después preguntó–: ¿Cuántos sabían lo que iba a ocurrir? ¿Cuántos fueron los sorprendidos?

«Y en el resto del mundo –pensó Montag–, ¿cuántas otras ciudades murieron? ¿Y cuántas aquí en nuestro país? ¿Cien, un millar?»

Alguien encendió un fósforo y lo acercó a un trozo de papel que sacó del bolsillo, y metió el papel bajo unas hierbas y hojas, y luego añadió unas ramitas que estaban húmedas y chisporroteaban, pero que al fin comenzaron a arder, y el fuego creció en la mañana mientras el sol subía en el cielo, y los hombres, cabizbajos, se volvían lentamente y dejaban de mirar aguas arriba y se acercaban al fuego, sin saber qué decir, y el sol les coloreaba la nuca.

Granger desplegó un papel encerado con un poco de tocino.

–Comeremos un poco. Después iremos aguas arriba. Allá pueden necesitarnos.

Alguien sacó una sartén pequeña y pusieron la sartén y el tocino al fuego. Un rato después el tocino comenzó a agitarse y bailar en la sartén, y el chisporroteo llenó con su aroma el aire de la mañana. Los hombres asistían silenciosos al ritual.

Granger miró el fuego.

–Fénix.

–¿Qué?

–Había un tonto y condenado pájaro antes de Cristo llamado Fénix. Cada tantos centenares de años construía una pira y se arrojaba a las llamas. Debió de haber sido primo hermano del hombre. Pero cada vez que se quemaba a sí mismo surgía intacto de las cenizas, volvía a nacer. Y parece ahora como si estuviésemos haciendo lo mismo, una y otra vez; pero sabemos algo que Fénix nunca supo. Sabemos qué tonterías hemos hecho. Conocemos todas las tonterías que hemos hecho en estos últimos mil años, y mientras no lo olvidemos, mientras lo tengamos ante nosotros, es posible que un día dejemos de preparar la pira funeraria y de saltar a ella. En cada generación seremos unos pocos más para recordar.

Granger sacó la sartén del fuego y esperó a que el tocino se enfriara y luego todos comieron, lenta, pensativamente.

–Bueno, vamos río arriba –dijo Granger–. Y no olviden esto. Ustedes no son importantes, no son nadie. Algún día nuestra carga puede ser una ayuda. Pero recuerden que cuando teníamos los libros a mano, hace mucho tiempo, no utilizábamos lo que ellos nos daban. Continuamos con nuestros insultos a los muertos. Continuamos escupiendo sobre las tumbas de todos los desgraciados que murieron antes que nosotros. Encontraremos a muchos solitarios la semana próxima, y el mes próximo, y el año próximo. Y cuando esta gente nos pregunte qué hacemos, podemos responder: «Recordamos». Así triunfaremos en última instancia. Y algún día recordaremos tanto que construiremos la más grande excavadora de la historia y cavaremos la tumba más grande de todos los tiempos y echaremos allí la guerra, y cubriremos la tumba. Vamos. Construiremos ante todo una fábrica de espejos, y durante un año no haremos más que espejos, y nos miraremos largamente.

Los hombres terminaron de comer y apagaron el fuego. El día brillaba alrededor como si hubiesen alimentado una lámpara. Los pájaros que habían huido rápidamente volvían ahora a los árboles.

Montag echó a caminar, y un rato después descubrió que los otros se habían retrasado. Se detuvo, sorprendido, y se apartó para dejar pasar a Granger, pero Granger lo miró y con un movimiento de cabeza le indicó que no se detuviera. Montag siguió adelante. Miró el río y el cielo y los rieles oxidados que retrocedían hacia las granjas, con sus graneros repletos, a donde había ido mucha gente, durante la noche, alejándose de la ciudad. Más tarde, dentro de un mes o seis meses, por lo menos antes de un año, volvería a caminar por aquí, solo, y seguiría caminando hasta unirse a ellos.

Pero ahora había que caminar toda la mañana hasta el mediodía, y si los hombres guardaban silencio era porque había que pensar en todo, y muchas cosas que recordar. Quizá más tarde en la mañana, cuando el sol estuviese alto y los hubiese calentado, comenzarían a hablar, o a recitar las cosas que recordaban, para estar seguros de que estaban allí, para tener la certeza de que ciertas cosas estaban a salvo. Montag sintió el lento movimiento de las palabras, la lenta ebullición. Y cuando le llegara el turno, ¿qué diría, qué podría ofrecer en un día como éste para hacer más llevadero el viaje? Para todas las cosas hay un tiempo de sazón. Sí. Tiempo de destruir y tiempo de edificar. Sí. Tiempo de callar y tiempo de hablar. Sí, todo eso. Pero algo más. ¿Qué más? Algo, algo...

Y al otro lado del río se alzaba el árbol de la vida con doce clases de frutos, y daba sus frutos todos los meses. Y las hojas del árbol eran la salud de las naciones.

«Sí –pensó Montag–, ése es el fragmento que guardaré para el mediodía. Para el mediodía...

»Cuando lleguemos a la ciudad.»

Fuego brillante

Posfacio de Ray Bradbury, febrero de 1993

Cinco pequeños brincos y luego un gran salto.

Cinco petardos y luego una explosión.

Eso describe poco más o menos la génesis de *Fahrenheit 451*.

Cinco cuentos cortos, escritos durante un período de dos o tres años, hicieron que invirtiera nueve dólares y medio en monedas de diez centavos en alquilar una máquina de escribir en el sótano de una biblioteca, y acabara la novela corta en sólo nueve días.

¿Cómo es eso?

Primero, los saltitos, los petardos:

En un cuento corto, «Bonfire», que nunca vendí a ninguna revista, imaginé los pensamientos literarios de un hombre en la noche anterior al fin del mundo. Escribí unos cuantos relatos parecidos hace unos cuarenta y cinco años, no como una predicción, sino como una advertencia, en ocasiones demasiado insistente. En «Bonfire», mi héroe enumera sus grandes pasiones. Algunas dicen así:

«Lo que más molestaba a William Peterson era Shakespeare y Platón, y Aristóteles y Jonathan Swift y William Faulkner, y los poemas de, bueno, Robert Frost, quizá, y John Donne y Robert Herrick. Todos arrojados a la Hoguera. Después imaginó las cenizas (porque en eso se convertirían). Pensó en las esculturas colosales de Michelangelo, y en El Greco y Renoir y en tantos

otros. Mañana estarían todos muertos, Shakespeare y Frost junto con Huxley, Picasso, Swift y Beethoven, toda aquella extraor-
dinaria biblioteca y el bastante común propietario...»

No mucho después de «Bonfire» escribí un cuento más ima-
ginativo, pienso, sobre el futuro próximo, «Bright Phoenix»: el
patriota fanático local amenaza al bibliotecario del pueblo a
propósito de unos cuantos miles de libros condenados a la hoguera. Cuando los incendiarios llegan para rociar los volúme-
nes con queroseno, el bibliotecario los invita a entrar, y en lugar
de defenderse, utiliza contra ellos armas bastante sutiles y abso-
lutamente obvias. Mientras recorremos la biblioteca y encontramos a los lectores que la habitan, se hace evidente que detrás
de los ojos y entre las orejas de todos hay más de lo que podría
imaginarse. Mientras quema los libros en el césped del jardín
de la biblioteca, el Censor Jefe toma café con el bibliotecario
del pueblo y habla con un camarero del bar de enfrente, que
viene trayendo una jarra de humeante café.

–Hola, Keats –dije.

–Tiempo de brumas y fruta madura –dijo el camarero.

–¿Keats? –dijo el Censor Jefe–. ¡No se llama Keats!

–Estúpido –dije–. Éste es un restaurante griego. ¿No es así,
Platón?

El camarero volvió a llenarme la taza.

–El pueblo tiene siempre algún campeón, a quien enaltece
por encima de todo... Ésta y no otra es la raíz de la que nace un
tirano; al principio es un protector.

Y más tarde, al salir del restaurante, Barnes tropezó con un
anciano que casi cayó al suelo. Lo agarré del brazo.

–Profesor Einstein –dije yo.

–Señor Shakespeare –dijo él.

Y cuando la biblioteca cierra y un hombre alto sale de allí,
digo:

–Buenas noches, señor Lincoln...

Y él contesta:

–Cuatro docenas y siete años...

El fanático incendiario de libros se da cuenta entonces de

que todo el pueblo ha escondido los libros memorizándolos. ¡Hay libros por todas partes, escondidos en la cabeza de la gente! El hombre se vuelve loco, y la historia termina.

La siguen otras historias similares: «The Exiles», que trata de los personajes de los libros de Oz y Tarzán y Alicia, y de los personajes de los extraños cuentos escritos por Hawthorne y Poe, exiliados todos en Marte; uno por uno estos fantasmas se desvanecen y vuelan hacia una muerte definitiva cuando en la Tierra arden los últimos libros.

En «Usher II» mi héroe reúne en una casa de Marte a todos los incendiarios de libros, esas almas tristes que creen que la fantasía es perjudicial para la mente. Los hace bailar en el baile de disfraces de la Muerte Roja, y los ahoga a todos en una laguna negra, mientras la Segunda Casa Usher se hunde en un abismo insondable.

Ahora el quinto brinco antes del gran salto.

Hace unos cuarenta y dos años, año más o año menos, un escritor amigo mío y yo íbamos paseando y charlando por Wilshire, Los Ángeles, cuando un coche de policía se detuvo y un agente salió y nos preguntó qué estábamos haciendo.

—Poniendo un pie delante del otro —le contesté en tono arrogante.

Ésa no era la respuesta apropiada.

El policía repitió la pregunta.

Con más altanería, respondí:

—Respirando el aire, hablando, conversando, paseando.

El oficial frunció el entrecejo. Me expliqué.

—Es ilógico que nos haya abordado. Si hubiéramos querido asaltar a alguien o robar en una tienda, habríamos conducido hasta aquí, habríamos asaltado o robado, y nos habríamos ido en coche. Como usted puede ver, no tenemos coche, sólo nuestros pies.

—¿Paseando, eh? —dijo el oficial—. ¿Sólo paseando?

Asentí y esperé a que la evidente verdad le entrara al fin en la cabeza.

—Bien —dijo el oficial—. Pero ¡que no se repita!

Y el coche patrulla se alejó.

Atrapado por este encuentro al estilo de *Alicia en el país de las maravillas*, corrí a casa a escribir «El peatón» que hablaba de un tiempo futuro en el que estaba prohibido caminar, y los peatones eran tratados como criminales. El relato fue rechazado por todas las revistas del país y acabó en el *Reporter*, la espléndida revista política de Max Ascoli.

Doy gracias a Dios por el encuentro con el coche patrulla, la curiosa pregunta, mis respuestas estúpidas, porque si no hubiera escrito «El peatón» no habría podido sacar a mi criminal paseante nocturno para otro trabajo en la ciudad, unos meses más tarde. Cuando lo hice, lo que empezó como una prueba de asociación de palabras o ideas se convirtió en una novela de 25.000 palabras titulada *The Fireman*, que me costó mucho vender, pues era la época del Comité de Investigaciones de Actividades Antiamericanas, aunque mucho antes de que Joseph McCarthy saliera a escena con Bobby Kennedy al alcance de la mano para organizar nuevas pesquisas.

En la sala de mecanografía, en el sótano de la biblioteca, gasté la fortuna de nueve dólares y medio en monedas de diez centavos; compré tiempo y espacio junto con una docena de estudiantes sentados ante otras tantas máquinas de escribir.

Era relativamente pobre en 1950 y no podía permitirme una oficina. Un mediodía, vagabundeando por el campus de la UCLA, me llegó el sonido de un tecleo desde las profundidades y fui a investigar. Con un grito de alegría descubrí que, en efecto, había una sala de mecanografía con máquinas de escribir de alquiler donde por diez centavos la media hora uno podía sentarse y crear sin necesidad de tener una oficina decente.

Me senté, y tres horas después advertí que me había atrapado una idea, pequeña al principio pero de proporciones gigantescas hacia el final. El concepto era tan absorbente que esa tarde me fue difícil salir del sótano de la biblioteca y tomar el autobús de vuelta a la realidad: mi casa, mi mujer y nuestra pequeña hija.

No puedo explicarles qué excitante aventura fue, un día tras
otro, atacar la máquina de alquiler, meterle monedas de diez
centavos, aporrearla como un loco, correr escaleras arriba para
ir a buscar más monedas, meterse entre los estantes y volver a salir a toda prisa, sacar libros, escudriñar páginas, respirar el mejor polen del mundo, el polvo de los libros, que desencadena
alergias literarias. Luego correr de vuelta abajo con el sonrojo
del enamorado, habiendo encontrado una cita aquí, otra allá,
que metería o embutiría en mi mito en gestación. Yo estaba,
como el héroe de Melville, enloquecido por la locura. No podía
detenerme. Yo no escribí *Fahrenheit 451*, él me escribió a mí.
Había una circulación continua de energía que salía de la página y me entraba por los ojos y me recorría el sistema nervioso
antes de salirme por las manos. La máquina de escribir y yo éramos hermanos siameses, unidos por las puntas de los dedos.

Fue un triunfo especial porque yo llevaba escribiendo relatos cortos desde los doce años, en el colegio y después, pensando siempre que quizá nunca me atrevería a saltar al abismo de
una novela. Aquí, pues, estaba mi primer intento de salto, sin
paracaídas, a una nueva forma. Con un entusiasmo desmedido
a causa de mis carreras por la biblioteca, oliendo las encua-
dernaciones y saboreando las tintas, pronto descubrí, como he
explicado antes, que nadie quería *The Fireman*. Fue rechazado
por todas las revistas y finalmente fue publicado por la revista
Galaxy, cuyo editor, Horace Gold, era más valiente que la mayoría en aquellos tiempos.

¿Qué despertó mi inspiración? ¿Fue necesario todo un sistema de raíces de influencia, sí, que me impulsaran a tirarme de
cabeza a la máquina de escribir y a salir chorreando de hipér-
boles, metáforas y símiles sobre fuego, imprentas y papiros?

Por supuesto: Hitler había quemado libros en Alemania en
1934, y se hablaba de los cerilleros y yesqueros de Stalin. Y además, mucho antes, hubo una caza de brujas en Salem en 1680,
en la que mi diez veces tatarabuela Mary Bradbury fue condenada pero escapó a la hoguera. Y sobre todo fue mi formación
romántica en mitología romana, griega y egipcia, que empezó

cuando yo tenía tres años. Sí, cuando yo tenía tres años, tres, sacaron a Tut de su tumba y lo mostraron en el suplemento semanal de los periódicos envuelto en toda una panoplia de oro, ¡y me pregunté qué sería aquello y se lo pregunté a mis padres! De modo que era inevitable que acabara oyendo o leyendo sobre los tres incendios de la biblioteca de Alejandría; dos accidentales, y el otro intencionado. Tenía nueve años cuando me enteré y me eché a llorar. Porque, como niño extraño, yo ya era habitante de los altos áticos y los sótanos encantados de la biblioteca Carnegie de Waukegan, Illinois.

Puesto que he empezado, continuaré. A los ocho, nueve, doce y catorce años, no había nada más emocionante para mí que correr a la biblioteca cada lunes por la noche, mi hermano siempre delante para llegar primero. Una vez dentro, la vieja bibliotecaria (siempre fueron viejas en mi niñez) sopesaba los libros que yo llevaba y mi propio peso, y desaprobando la desigualdad (más libros que chico), me dejaba correr de vuelta a casa donde yo lamía y pasaba las páginas.

Mi locura persistió cuando mi familia cruzó el país en coche en 1932 y 1934 por la carretera 66. En cuanto nuestro viejo Buick se detenía, yo salía del coche y caminaba hacia la biblioteca más cercana, donde tenían que vivir otros Tarzanes, otros Tik Toks, otras Bellas y Bestias que yo no conocía.

Cuando salí de la escuela secundaria, no tenía dinero para ir a la universidad. Vendí periódicos en una esquina durante tres años y me encerraba en la biblioteca del centro tres o cuatro días a la semana, y a menudo escribí cuentos cortos en docenas de esos pequeños tacos de papel que hay repartidos por las bibliotecas, como un servicio para los lectores. Emergí de la biblioteca a los veintiocho años. Años más tarde, durante una conferencia en una universidad, habiendo oído de mi total inmersión en la literatura, el decano de la facultad me obsequió con birrete, toga y un diploma, como «graduado» de la biblioteca.

Con la certeza de que estaría solo y necesitando ampliar mi formación, incorporé a mi vida a mi profesor de poesía y a mi profesora de narrativa breve de la escuela secundaria de Los

Ángeles. Esta última, Jennet Johnson, murió a los noventa años hace sólo unos años, no mucho después de informarse sobre mis hábitos de lectura.

En los últimos cuarenta años es posible que haya escrito más poemas, ensayos, cuentos, obras teatrales y novelas sobre bibliotecas, bibliotecarios y autores que cualquier otro escritor. He escrito poemas como *Emily Dickinson, Where Are You? Hermann Melville Called Your Name Last Night In His Sleep*. Y otro reivindicando a Emily y el señor Poe como mis padres. Y un cuento en el que Charles Dickens se muda a la buhardilla de la casa de mis abuelos en el verano de 1932, me llama Pip, y me permite ayudarlo a terminar *Historia de dos ciudades*. Finalmente, la biblioteca de *La feria de las tinieblas* es el punto de cita para un encuentro a medianoche entre el Bien y el Mal. La señora Halloway y el señor Dark. Todas las mujeres de mi vida han sido profesoras, bibliotecarias y libreras. Conocí a mi mujer, Maggie, en una librería en la primavera de 1946.

Pero volvamos a «El peatón» y el destino que corrió después de ser publicado en una revista de poca categoría. ¿Cómo creció hasta ser dos veces más extenso y salir al mundo?

En 1953 ocurrieron dos agradables novedades. Ian Ballantine se embarcó en una aventura arriesgada, una colección en la que se publicarían las novelas en tapa dura y rústica a la vez. Ballantine vio en *Fahrenheit 451* las cualidades de una novela decente si yo añadía otras 25.000 palabras a las primeras 25.000.

¿Podía hacerse? Al recordar mi inversión en monedas de diez centavos y mi galopante ir y venir por las escaleras de la biblioteca de la UCLA a la sala de mecanografía, temí volver a reencender el libro y recocer los personajes. Yo soy un escritor apasionado, no intelectual, lo que quiere decir que mis personajes tienen que adelantarse a mí para vivir la historia. Si mi intelecto los alcanza demasiado pronto, toda la aventura puede quedar empantanada en la duda y en innumerables juegos mentales.

La mejor respuesta fue fijar una fecha y pedirle a Stanley Kauffmann, mi editor de Ballantine, que viniera a la costa en agosto. Eso aseguraría, pensé, que en este libro Lázaro se levantara de entre los muertos. Eso además de las conversaciones que mantenía en mi cabeza con el jefe de Bomberos, Beatty, y la idea misma de futuras hogueras de libros. Si era capaz de volver a encender a Beatty, de dejarlo levantarse y exponer su filosofía, aunque fuera cruel o lunática, sabía que el libro saldría del sueño y seguiría a Beatty.

Volví a la biblioteca de la UCLA, cargando medio kilo de monedas de diez centavos para terminar mi novela. Con Stan Kauffmann abatiéndose sobre mí desde el cielo, terminé de revisar la última página a mediados de agosto. Estaba entusiasmado, y Stan me animó con su propio entusiasmo.

En medio de todo lo cual recibí una llamada telefónica que nos dejó estupefactos a todos. Era John Huston, que me invitó a ir a su hotel y me preguntó si me gustaría pasar ocho meses en Irlanda para escribir el guión de *Moby Dick.*

Qué año, qué mes, qué semana.

Acepté el trabajo, claro está, y partí unas pocas semanas más tarde, con mi esposa y mis dos hijas, para pasar la mayor parte del año siguiente en ultramar. Lo que significó que tuve que apresurarme a terminar las revisiones menores de mi brigada de bomberos.

En ese momento ya estábamos en pleno período macartista. McCarthy había obligado al ejército a retirar algunos libros «corruptos» de las bibliotecas en el extranjero. El antes general, y por aquel entonces presidente Eisenhower, uno de los pocos valientes de aquel año, ordenó que devolvieran los libros a los estantes.

Mientras tanto, nuestra búsqueda de una revista que publicara partes de *Fahrenheit 451* llegó a un punto muerto. Nadie quería arriesgarse con una novela que tratara de la censura, futura, presente o pasada.

Fue entonces cuando ocurrió la segunda gran novedad. Un joven editor de Chicago, escaso de dinero pero visionario, vio mi manuscrito y lo compró por cuatrocientos cincuenta dólares, que era todo lo que tenía. Lo publicaría en los números dos, tres y cuatro de la revista que estaba a punto de lanzar.

El joven era Hugh Hefner. La revista era *Playboy*, que llegó durante el invierno de 1953 a 1954 para escandalizar y mejorar el mundo. El resto es historia. A partir de ese modesto principio, un valiente editor en una nación atemorizada sobrevivió y prosperó. Cuando hace unos meses vi a Hefner en la inauguración de sus nuevas oficinas en California, me estrechó la mano y dijo: «Gracias por estar allí». *Sólo yo* supe a qué se refería.

Sólo resta mencionar una predicción que mi Bombero Jefe, Beatty, hizo en 1953, en medio de mi libro. Se refería a la posibilidad de quemar libros sin cerillas ni fuego. Porque no hace falta quemar libros si el mundo empieza a llenarse de gente que no lee, que no aprende, que no sabe. Si el baloncesto y el fútbol inundan el mundo a través de la MTV, no se necesitan Beattys que prendan fuego al queroseno o persigan al lector. Si la enseñanza primaria se disuelve y desaparece a través de las grietas y de la ventilación de la clase, ¿quién, después de un tiempo, lo sabrá, o a quién le importará?

No todo está perdido, por supuesto. Todavía estamos a tiempo si evaluamos adecuadamente y por igual a profesores, alumnos y padres, si hacemos de la calidad una responsabilidad compartida, si nos aseguramos de que al cumplir los seis años cualquier niño en cualquier país puede disponer de una biblioteca y aprender casi por osmosis; entonces las cifras de drogadictos, bandas callejeras, violaciones y asesinatos se reducirán casi a cero. Pero el Bombero Jefe en la mitad de la novela lo explica todo, y predice los anuncios televisivos de un minuto, con tres imágenes por segundo, un bombardeo sin tregua. Escúchenlo, comprendan lo que quiere decir, y entonces vayan a sentarse con su hijo, abran un libro y vuelvan la página.

Pues bien, al final lo que ustedes tienen aquí es la relación amorosa de un escritor con las bibliotecas; o la relación amorosa de un hombre triste, Montag, no con la chica de la puerta de al lado, sino con una mochila de libros. ¡Menudo romance! El hacedor de listas de «Bonfire» se convierte en el bibliotecario de «Bright Phoenix» que memoriza a Lincoln y Sócrates, se transforma en «El peatón» que pasea de noche y termina siendo Montag, el hombre que olía a queroseno y encontró a Clarisse. La muchacha le olió el uniforme y le reveló la espantosa misión de un bombero, revelación que llevó a Montag a aparecer en mi máquina de escribir un día hace cuarenta años y a suplicar que le permitiera nacer.

–Ve –dije a Montag, metiendo otra moneda en la máquina–, y vive tu vida, cambiándola mientras vives. Yo te seguiré.

Montag corrió. Yo fui detrás.

Ésta es la novela de Montag.

Le agradezco que la escribiera para mí.

El parque de juegos

El señor Charles Underhill ignoró mil veces el parque de juegos, antes y después de la muerte de su mujer. Pasaba ante él mientras iba hacia el tren suburbano, o cuando volvía a su casa. El parque ni le gustaba ni dejaba de gustarle. Apenas advertía su existencia.

Pero aquella mañana, su hermana Carol, que había ocupado durante seis meses el espacio vacío del otro lado de la mesa del desayuno, mencionó por primera vez el tema, serenamente.

–Jim va a cumplir tres años –dijo–. Así que mañana lo llevaré al parque de juegos.

–El parque de juegos? –dijo el señor Underhill.

Ya en su oficina, subrayó en un memorándum con tinta negra: *mirar el parque de juegos.*

Aquella misma tarde, con el estruendo del tren todavía en el cuerpo, el señor Underhill recorrió el acostumbrado trayecto de vuelta con el periódico doblado y apretado bajo el brazo para evitar la tentación de leer antes de pasar el parque. Así fue que, a las cinco y diez de aquel día, llegó a la verja de hierros fríos y la puerta abierta del parque, y se quedó allí mucho, mucho tiempo, petrificado, mirándolo todo...

Al principio parecía que no había nada que ver. Y luego, a medida que dejaba de atender a su acostumbrado monólogo interior, la escena gris y borrosa, como la imagen de una pantalla de televisión, fue aclarándose poco a poco.

Percibió ante todo unas voces confusas, débiles gritos suba-
cuáticos que emergían de unas líneas indistintas, rayas en zig-
zag y sombras. Luego, como si alguien hubiese puesto en marcha una máquina, las voces se convirtieron en gritos, las visiones
se le aclararon de pronto. ¡Y vio a los niños! Corrían velozmente por el césped del parque, peleando, golpeando, arañando, cayendo, con heridas que sangraban, o estaban a punto de sangrar, o habían sido vendadas hacía poco. Una docena de gatos
arrojados a unos perros dormidos no hubieran chillado de esa
manera. Con una claridad increíble, el señor Underhill vio las
minúsculas cortaduras y cicatrices en caras y rodillas.

Resistió parpadeando aquella primera explosión de sonido. La
nariz reemplazó a los ojos y oídos, que se retiraron dominados
por el pánico.

Aspiró el olor penetrante de los ungüentos, la tela adhesiva,
el alcanfor, y el mercuriocromo rosado, tan fuerte que se sentía su
gusto acre. Un viento de yodo pasó por entre los hierros de la verja, de reflejos opacos bajo la luz del día, nublado y gris. Los niños
corrían como demonios sueltos por un enorme campo de bolos, entrechocándose ruidosamente, y sumando golpes y heridas,
empujones y caídas hasta un incalculable total de brutalidades.

¿Estaba equivocado o la luz del parque era de una intensidad
peculiar? Todos los niños parecían tener cuatro sombras. Una oscura, y tres penumbras débiles que hacían estratégicamente imposible decir en qué dirección se precipitaban sus cuerpos para
alcanzar el blanco. Sí, la luz oblicua y deformante parecía trans-
formar el parque en algo lejano y remoto que Underhill no podía alcanzar. O se trataba quizá de la dura verja de hierro, no muy
distinta de las verjas de los zoológicos, donde cualquier cosa
puede ocurrir *del otro lado*.

Un corral de miserias, pensó Underhill. ¿Por qué insistirán
los niños en hacer insoportable la vida? Oh, la continua tortura. Se
oyó suspirar con un inmenso alivio. Gracias a Dios, para él la infancia había terminado, definitivamente. No más pinchazos, mo-
retones, pasiones insensatas y sueños frustrados.

Una ráfaga le arrancó el periódico. Corrió tras él bajando los escalones que llevaban al parque. Alcanzó el diario y se retiró de prisa. Pues durante un brevísimo momento, sumergido en aquella atmósfera, había sentido que el sombrero crecía y se hacía demasiado grande, la chaqueta demasiado pesada, el cinturón demasiado flojo, los zapatos demasiado sueltos. Durante un instante se había sentido como un niño que juega al hombre de negocios con la ropa de su padre; a sus espaldas la verja se había alzado hasta una altura imposible, mientras el cielo le pesaba en los ojos con su enorme masa gris, y el olor del yodo, como el aliento de un tigre, le agitaba los cabellos. Se volvió y corrió, tropezando, cayéndose casi.

Se detuvo, ya fuera del parque de juegos, como alguien que acaba de salir, estremeciéndose, de un mar terriblemente frío.

−¡Hola, Charlie!

Oyó la voz y se volvió para ver quién lo había llamado. Allá, en lo alto de un tobogán metálico, un niño de unos nueve años lo saludaba con un ademán.

−¡Hola, Charlie!

El señor Underhill alzó también una mano. «Pero no conozco a ese chico −pensó−. ¿Y por qué me llama por mi nombre?»

El niño sonreía abiertamente en el aire húmedo, y ahora, empujado por otras ruidosas criaturas, se arrojó chillando por el tobogán.

Underhill observó pensativo la escena. El parque era como una inmensa fábrica que producía, únicamente, pena, sadismo y dolor. Si uno observaba durante media hora, no había allí una sola cara que no se retorciese, llorase, enrojeciese de ira, empalideciera de miedo, en uno u otro momento. ¡Realmente! ¿Quién había dicho que la infancia era la mejor edad de la vida? Cuando en verdad era la más terrible, la más cruel, una época bárbara donde no hay policías que lo protejan a uno, sólo padres ocupados en sí mismos y en su mundo de allá arriba. No, si dependiera de él, pensó tocando la verja de hierros fríos, pondrían aquí un cartel nuevo: EL JARDÍN DE TORQUEMADA.

Y en cuanto a ese niño que lo había llamado... ¿quién sería? Había algo de familiar en él; quizá, escondido en los huesos, el eco de algún viejo amigo. El hijo, quizá, de un padre exitosamente ulcerado.

«Así que es éste el parque donde va a jugar mi hijo –pensó el señor Underhill–. Así que es éste.»

Colgando el sombrero en la percha del vestíbulo, examinándose la delgada figura en el espejo claro como el agua, Underhill se sintió invernal y fatigado. Cuando su hermana salió a recibirlo, y su hijo apareció sigilosamente, Underhill los saludó con algo menos que atención. El niño trepó por el cuerpo de su padre, jugando al Rey de la Colina. Y el padre, con los ojos clavados en la punta del cigarro que estaba encendiendo, se aclaró la garganta y dijo:

–He estado pensando en ese parque, Carol.

–Mañana llevaré a Jim.

–De veras? ¿A *ese* parque?

Underhill se estremeció. Recordaba aún los olores del parque, y lo que allí había visto. Mientras recogía el periódico pensó en aquel mundo retorcido con sus heridas y narices golpeadas, aquel aire tan lleno de dolor como la sala de recibo de un dentista, y aquellas horribles y espantosas sensaciones; horribles y espantosas no sabía por qué.

–Qué pasa con *ese* parque? –preguntó Carol.

–Lo has visto? –Underhill titubeó, confuso–. Maldita sea, me refiero a los niños, es una jaula de fieras.

–Todos esos niños son de muy buena familia.

–Bueno, se pelean como pequeñas gestapos –dijo Underhill–. ¡Sería como enviarlo a un molino para que un par de piedras de dos toneladas lo hagan papilla! Cada vez que imagino a Jim en ese pozo de bárbaros, me estremezco.

–Sabes muy bien que es el único parque conveniente en varios kilómetros a la redonda.

–No me importa. Me importa en cambio haber visto una docena de garrotes, cachiporras y pistolas de aire comprimido. El primer día harán pedazos a Jim. Nos lo devolverán en una fuente, con una naranja en la boca.

Carol se rió.

—¡Cómo exageras!

—Hablo en serio.

—Jim tiene que vivir su propia vida. Es necesario que aprenda a ser duro. Recibirá golpes y golpeará a otros. Los niños son así.

—No me gustan los niños así.

—Es la mejor época de la vida.

—Tonterías. Yo solía recordar con nostalgia mi infancia. Pero ahora comprendo que era un tonto sentimental. La infancia es una pesadilla de gritos y persecuciones, y volver a casa empapado de terror, de la cabeza a los pies. Si puedo evitarle eso a Jim, lo haré.

—Sería perjudicial, y gracias a Dios imposible.

—No quiero ni que se acerque a ese lugar, ya te lo he dicho. Antes prefiero que se convierta en un recluso neurótico.

—¡Charlie!

—¡Sí, lo prefiero! Esas bestezuelas, debías haberlas visto. Jim es hijo mío, no tuyo, no lo olvides. —Sintió en los hombros las delgadas piernas del niño, los delicados dedos que le alborotaban el cabello—. No quiero que hagan con él una carnicería.

—Lo mismo le ocurrirá en la escuela. Es preferible que se vaya acostumbrando ahora que tiene tres años.

—He pensado en eso también. —El señor Underhill tomó orgullosamente a su hijo por los tobillos, que colgaban como delgadas y tibias salchichas sobre las dos solapas—. Hasta podría buscarle un preceptor.

—¡Oh, Charles!

No hablaron durante la cena.

Después de cenar, el señor Underhill llevó a Jim a dar un paseo mientras Carol lavaba los platos. Pasaron frente al parque de juegos, iluminado por las débiles lámparas de la calle. Era una noche fría de septiembre, y ya se percibía la fragancia seca del otoño. Otra semana más, y rastrillarían a los niños en los campos, como si fuesen hojas, y los llevarían a quemar a las escuelas, empleando el fuego y la energía de la infancia para fines más constructivos. Pero volverían aquí después de las clases, acometiéndose unos a otros, convirtiéndose a sí mismos en veloces proyectiles, dando en el blanco, estallando, dejando estelas de miseria detrás de aquellas guerras minúsculas.

—Quiero ir ahí —dijo Jim apretándose contra la alta verja de hierro, observando a los últimos quince niños que jugaban golpeándose y persiguiéndose.

—No, Jim, no puedes querer eso.

—Quiero jugar —dijo Jim, mirando fascinado, con los ojos brillantes, como un niño grande pateaba a un niño pequeño, que a su vez pateaba a otro más pequeño—. Quiero jugar, papá.

Underhill tomó con firmeza el brazo menudo.

—Vamos, Jim, tú nunca te meterás en esto mientras yo pueda evitarlo.

—Quiero jugar.

Jim gimoteaba ahora. Los ojos se le deshacían en lágrimas y tenía la cara como una naranja arrugada y brillante.

Algunos de los niños escucharon el llanto y levantaron la cabeza. Underhill tuvo la horrible sensación de encontrarse delante de una madriguera de zorros, sorprendidos de pronto, y que alzaban los ojos de los restos peludos y blancos de un conejo muerto. Los ojos malvados de un vidrioso amarillo, las barbillas cónicas, los afilados dientes blancos, los desordenados pelos de alambre, los jerséis cubiertos de zarzas, las manos del color del hierro con las huellas de todo un día de luchas. El aliento de los niños llegaba hasta él: regaliz oscuro y menta y jugo de frutas, una dulzura repugnante, una mezcla que le retorcía el estómago. Y sobre todo esto, el olor de mostaza caliente de alguien que se defendía contra un precoz catarro de pecho; el grasoso hedor de la carne untada con emplastos alcanforados, que se cocinaban bajo una banda de franela. Todos los empalagosos y de algún modo depresivos olores de lápices, tizas y borradores, reales o imaginarios, removieron en un instante viejos recuerdos. El maíz crujía entre los dientes y una jalea verde asomaba en las narices que aspiraban y echaban aire. ¡Dios! ¡Dios!

Los niños vieron a Jim, nuevo para ellos. No dijeron una palabra, pero cuando Jim se echó a llorar con más fuerza y Underhill comenzó a arrastrarlo como una bolsa de cemento, los niños los siguieron con los ojos brillantes. Underhill sentía deseos de amenazarlos con el puño y gritarles: «¡Bestias, bestias, no tendréis a mi hijo!».

Y entonces, con una hermosa impertinencia, el niño que estaba en lo alto del tobogán de metal azul, tan alto que parecía envuelto en una niebla, muy lejos, el niño con la cara de algún modo familiar, lo llamó, agitando la mano:

–¡Hola, Charlie...!

Underhill se detuvo y Jim dejó de llorar.

–¡Hasta luego, Charlie...!

Y la cara del niño que estaba allí, en aquel alto y muy solitario tobogán, se pareció de pronto a la cara de Thomas Marshall, un viejo y hombre de negocios que vivía en una calle vecina, pero a quien no veía desde hacía años.

–Hasta luego, Charlie.

Luego, luego. ¿Qué quería decir ese tonto?

–¡Te conozco, Charlie! –llamó el niño–. ¡Hola!

–¿Qué? –jadeó Underhill.

–Mañana a la noche, Charlie. ¡No lo olvides! –y el niño se deslizó por el tobogán, y se quedó tendido, sin aliento, con la cara como un queso blanco mientras los otros niños saltaban y se amontonaban sobre él.

Underhill se detuvo indeciso durante cinco segundos o quizá más, hasta que Jim comenzó a llorar otra vez, y entonces, seguido por los dorados ojos zorrunos, en aquel primer frío del otoño, arrastró a Jim hasta la casa.

A la tarde del día siguiente, el señor Underhill terminó temprano su trabajo en la oficina, tomó el tren de las tres, y llegó a Green Town a las tres y veinticinco, con tiempo para embeberse de los activos rayos del sol del otoño. Curioso, pensó, cómo de pronto, un día, llega el otoño. Un día es verano, y el día siguiente... ¿Cómo puede uno medirlo o probarlo? ¿Algo en la temperatura o el olor? ¿O el sedimento de los años, que por

la noche se desprende de los huesos, y comienza a circular
por la sangre, haciéndolo temblar a uno o estremecerse? Un
año más viejo, un año más cerca de la muerte, ¿era eso?

Caminó calle arriba, hacia el parque, haciendo planes para
el futuro. Parecía como si en otoño uno hiciese más planes
que en las otras estaciones. Esto se relacionaba sin duda con la
muerte. Uno piensa en la muerte y automáticamente hace planes. Bueno, había que conseguir un preceptor para Jim, eso era
indiscutible. Nada de esas horribles escuelas. La cuenta en el
banco sufriría un poco, pero Jim, por lo menos, sería un niño
feliz. Podrían elegir a sus amigos. Cualquier bravucón que se
atreviese a tocar a Jim sería arrojado a la calle. Y en cuanto a este
parque... ¡completamente fuera de la cuestión!

–Oh, hola, Charles.

Underhill alzó los ojos. Ante él, a la entrada del parque, estaba su hermana. Advirtió en seguida que lo llamaba Charles,
no Charlie. El malestar de la noche anterior no había desaparecido del todo.

–Carol, ¿qué haces aquí?

La muchacha enrojeció y miró el parque a través de la verja.

–No has hecho eso –dijo Underhill.

Buscó con la mirada entre los niños que reñían, corrían,
gritaban.

–Quieres decir que...?

Carol movió afirmativamente la cabeza, casi divertida.

–Pensé que si lo traía temprano...

–Antes de que yo llegase, así no me enteraba, ¿no es así?
Así era.

–Buen Dios, Carol, ¿dónde está Jim?

–En este momento venía a ver...

–Quieres decir que lo dejaste aquí toda la tarde?

–Sólo cinco minutos mientras hacía unas compras.

–Y lo dejaste. ¡Buen Dios! –Underhill tomó a su hermana
por la muñeca–. Bueno, vamos, encuéntralo, ¡sácalo de ahí!

Miraron juntos. Del otro lado de la verja una docena de
chicos se acometían mutuamente, unas niñas se abofeteaban,

y unos cuantos niños se dividían en grupos y corrían tropezando unos con otros.

–¡Está ahí, lo sé! –dijo Underhill.

En ese momento, Jim pasó corriendo, perseguido por seis niños. Gritaba y sollozaba. Rodó por el suelo, se incorporó, volvió a correr, cayó otra vez, chillando, y los niños que lo perseguían descargaron sobre él sus cerbatanas.

–Les meteré esas cerbatanas en las narices –dijo Underhill–. ¡Corre, Jim, corre!

Jim se lanzó hacia la puerta. Underhill lo tomó en brazos. Era como alzar una masa arrugada y empapada. Le sangraba la nariz, se le habían desgarrado los pantalones, estaba cubierto de tizne.

–¡Ahí tienes tu parque! –dijo Underhill, de rodillas, sosteniendo a su hijo y levantando la cabeza hacia Carol–. ¡Ahí tienes a tus dulces y felices inocentes, a tus juguetones fascistas! Que encuentre aquí otra vez a este chico y me vas a oír. Vamos, Jim. Y ustedes, pequeños bastardos, ¡váyanse!

–Nosotros no hicimos nada –dijeron los niños.

–En qué se ha transformado el mundo? –dijo el señor Underhill interrogando al universo.

–¡Hola, Charlie! –dijo el niño desconocido, desde el parque. Agitó una mano y sonrió.

–¿Quién es ése? –preguntó Carol.

–Cómo diablos voy a saberlo? –dijo Underhill.

–Te veré más tarde, Charlie. Hasta luego –dijo el niño desapareciendo.

El señor Underhill se llevó a su hermana y a su hijo.

–¡Sácame la mano del codo! –dijo Carol.

Underhill se fue a acostar temblando de rabia. No podía dominarse. Tomó un poco de café, pero nada detenía esos temblores. Tenía ganas de arrancarles los pulposos cerebritos a aquellas groseras y frías criaturas. Sí, aquellas criaturas melancólicas, perversas como zorros, con rostros fríos que oculta-

ban la astucia, la traición y el veneno. En nombre de todo lo
que era decente, ¿qué clase de niños era esta nueva generación? Una banda armada de palos, cuerdas y cuchillos; una ma-
nada sedienta de sangre, formada por idiotas descabellados.
Las aguas de albañal del descuido les corrían por las venas. Ya
en cama, movió violentamente la cabeza, una y otra vez, del
lado caliente de la almohada al otro lado, y al fin se levantó y encendió un cigarrillo; pero eso no bastaba. Al llegar a la casa se
había peleado con Carol, y le había gritado, y ella le había gritado a él, como un pavo y una pava que chillan en medio del
campo, donde todos se ríen de las tonterías de la ley y el orden, que nadie recuerda.

Underhill se sentía avergonzado. Uno no combate la violencia con violencia, no si uno es un caballero. Uno habla
con calma. Pero Carol quería poner al niño en un torno y que
lo despachurrasen. Quería que lo pincharan, lo agujerearan y
descargaran sobre él todos los golpes. Que lo golpearan continuamente, desde el parque de juegos al parvulario, y luego
en la escuela, en el colegio, en el bachillerato. Si tenía suerte, al
llegar al bachillerato los golpes y crueldades se refinarían a sí
mismos; el mar de sangre y saliva se retiraría de la costa de los
años y dejaría a Jim a orillas de la madurez con quién sabe qué
perspectivas para el futuro, con el deseo, quizá, de ser un lobo
entre lobos, un perro entre perros, un asesino entre asesinos.
Ya había bastante de todo eso en el mundo. Sólo pensar en los
próximos diez o quince años de tortura estremecía al señor
Underhill. Sentía la carne entumecida por las inyecciones,
herida, quemada, aplastada, retorcida, violada y machaca-
da. Underhill se sacudió como una medusa de mar echada
violentamente en una mezcladora de cemento. Jim nunca so-
breviviría. Era demasiado delicado para esos horrores.

Underhill se paseaba por la casa, envuelta en las sombras de
la medianoche, pensando en todo esto: en sí mismo, en su hijo,
el parque, el miedo. No hubo parte que no tocara y revolviera
dentro de él. Cuánto, se dijo a sí mismo, cuánto de esto se debe
a la soledad, cuánto a la muerte de Ann, cuánto a la nostalgia.

¿Y qué realidad tiene el parque mismo, y los niños? ¿Cuánto hay ahí de racional y cuánto de disparate? Movió los delicados pesos en la escala, y observó cómo el fiel se movía, se detenía, y volvía a moverse, hacia atrás, y hacia adelante, suavemente, entre la medianoche y el alba, entre lo blanco y lo negro, entre la sana cordura y la desnuda insensatez. No debía apretar tanto, tenía que darle al niño más libertad. Y sin embargo... cuando miraba el rostro menudo de Jim veía siempre en él a Ann, en los ojos, en la boca, en las aletas de la nariz, en el aliento tibio, en el brillo de la sangre que se movía bajo la delgada conchilla de la piel. Tengo derecho, pensó, a tener miedo. Tengo todo el derecho. Cuando uno tiene dos hermosos objetos de porcelana, y uno se rompe, y el otro, el último, queda intacto, ¿cómo ser objetivo, cómo guardar una inmensa calma, cómo sentirse de cualquier manera, pero no preocupado?

No, pensó Underhill caminando lentamente por el vestíbulo, nada puedo hacer sino tener miedo, y tener miedo de tener miedo.

–No necesitas rondar la casa toda la noche –le dijo su hermana desde la cama, cuando Underhill pasó ante su puerta–. No seas niño. Siento haberte parecido terca o fría. Pero tienes que pensarlo. Jim no puede permitirse un preceptor. Ann hubiera querido que fuese a la escuela, como todos. Y debe volver a ese parque mañana, y seguir yendo hasta que aprenda a ser hombre y se acostumbre a los otros niños. Entonces no reñirán tanto con él.

Underhill calló. Se vistió en silencio, a oscuras, bajó las escaleras, y abrió la puerta de calle. Faltaban cinco minutos para la medianoche. Caminó rápidamente calle abajo, entre las sombras de los olmos, los nogales y los robles, tratando de dejar atrás aquella rabia, aquel orgullo. Sabía que Carol tenía razón, por supuesto. Éste era el mundo en que uno vivía, y había que aceptarlo. Pero ésa era, precisamente, la mayor dificultad. Había pasado ya por aquellas pruebas, sabía lo que es ser un niño entre leones. Su propia infancia había vuelto a él en las últimas horas, una época de terror y violencia. Y no podía resistir el pensamiento de que Jim pasaría por todo eso, especialmente una criatura delicada como él, de huesos delgados, de rostro pálido. ¿Qué puede esperarse entonces sino acosamientos y huidas?

Se detuvo junto al parque, aún iluminado por una gran lámpara. De noche cerraban la puerta, pero la luz seguía encendida hasta las doce. Sentía deseos de destrozar aquel lugar despreciable, echar abajo la verja de hierro, borrar los toboganes y decirles a los niños:

—¡Váyanse! ¡Váyanse todos a jugar a los patios de sus casas!

Qué ingenioso el frío, el profundo parque. Nunca se sabía dónde vivían los otros. El niño que te había roto los dientes, ¿quién era? Nadie lo sabía. ¿Dónde vivía? Nadie lo sabía. Uno podía venir aquí una vez, pegarle a un niño más pequeño, y luego irse a otro parque. Nunca te encontrarían. De parque en parque, uno podía llevar a cabo sus trucos criminales, y todos lo olvidarían a uno. Se podía regresar a este mismo parque un mes después, y si el niñito a quien le hiciste saltar los dientes estaba allí y te reconocía, podías negarlo. «No, no soy ése. Tiene que haber sido otro chico. Es la primera vez que vengo aquí. No, ¡no soy ése!»

Y cuando el niñito se diese vuelta, podías derribarlo de un golpe. Y correr luego por calles anónimas, un ser anónimo.

«¿Qué puedo hacer realmente? —pensó Underhill—. Carol es más que generosa con su tiempo. Es muy buena con Jim, eso no puede discutirse. Mucho del amor con que hubiese podido edificar un matrimonio, se lo ha dado a Jim este año. No puedo pelearme continuamente con ella a propósito del niño, y no puedo decirle que se vaya. Quizá si nos fuéramos al campo eso podría ayudar. No, no, imposible; el dinero. Pero no puedo dejar a Jim aquí, tampoco.»

—Hola, Charlie —dijo una voz serena.

Underhill giró sobre sus talones. Allí, dentro del parque, sentado en el suelo, dibujando con un dedo en el polvo, estaba el solemne niño de nueve años. No alzó los ojos. Dijo «Hola, Charlie», sin moverse, con naturalidad, en aquel mundo que se extendía más allá de la dura verja de hierro.

–Cómo conoces mi nombre? –dijo Underhill.

–Lo conozco. –El niño cruzó cómodamente las piernas, sonriendo–. Estás en dificultades.

–Qué haces aquí a esta hora? ¿Quién eres?

–Me llamo Marshall.

–¡Por supuesto! Tommy, el hijo de Tom Marshall. Ya me parecías familiar.

El niño se rió suavemente.

–Más familiar de lo que crees.

–Cómo está tu padre, Tommy?

–¿Lo has visto últimamente? –preguntó el niño.

–En la calle, hace dos meses, sólo un momento.

–¿Qué aspecto tenía?

–¿Qué?

–¿Qué aspecto tenía el señor Marshall? –preguntó el niño. Era curioso, pero parecía rehusarse a decir «mi padre».

–Buen aspecto. ¿Por qué?

–Sospecho que es un hombre feliz –dijo el niño.

El señor Underhill miró las piernas del niño y vio que estaban cubiertas de costras y arañazos.

–¿No te vas a casa, Tommy?

–Me quedé un rato para verte. Sabía que ibas a venir. Tienes miedo.

El señor Underhill no supo qué contestar.

–Esos pequeños monstruos –dijo al fin.

El niño dibujó un triángulo en el polvo.

–Quizá yo pueda ayudarte.

Era ridículo.

–¿Cómo?

–Darías algo por evitarle esto a Jim, ¿no es verdad? Cambiarías de lugar con él, si pudieses.

El señor Underhill, los pies clavados en el suelo, asintió con un movimiento de cabeza.

–Bueno, ven mañana a las cuatro de la tarde. Podré ayudarte entonces.

–Pero ¿de qué ayuda hablas?

—No puedo explicártelo —dijo el niño—. Es algo relacionado con el parque. En todo lugar donde hay maldad, hay también poder. Puedes sentirlo, ¿no es cierto?

Un viento cálido recorrió el parque desnudo, iluminado por aquella única lámpara. Sí, aun ahora, a medianoche, había en el parque algo de maldad, pues en él se cometían actos malvados.

—¿Todos los parques son como éste?

—Algunos. Quizá éste sea único entre muchos. Quizá dependa de cómo lo mires *tú*. Las cosas *son* lo que *quieres* que sean. Mucha gente opina que este parque es magnífico. Tienen razón también. Depende del punto de vista, quizá. Lo que quiero decir, sin embargo, es que Tom Marshall era muy parecido a ti. Se preocupaba también por Tommy Marshall y el parque y los chicos. Quería evitarle a Tommy molestias y penas.

Hablar de la gente como si se encontrara muy lejos incomodaba al señor Underhill.

—Así que hicimos un trato.

—¿Con quién?

—Con el parque, supongo, o el que lo dirige, quienquiera que sea.

—¿Quién lo dirige?

—Nunca lo he visto. Hay una oficina allí, bajo el quiosco, con una luz que no se apaga en toda la noche. Es una luz brillante, azul, algo graciosa. Hay también un escritorio sin papeles, y una silla vacía. En la puerta se lee GERENTE, pero nadie vio nunca al hombre.

—Debe de andar por ahí.

—Exactamente —dijo el niño—. O yo no estaría donde estoy, y algunos otros no estarían donde están.

—Hablas por cierto como una persona adulta.

El niño sonrió complacido.

—¿Quieres saber quién soy realmente? No soy Tommy Marshall, de ningún modo. Soy Tom Marshall, el padre. —El niño siguió sentado en el polvo, inmóvil, a aquella hora de la noche, bajo la luz alta y lejana. El viento le movía suavemente el cuello de la camisa, que le rozaba la cara, y arrastraba el polvo fresco–. Soy Tom Marshall, el padre. Sé que te será difícil creerlo. Pero así es. Tenía mucho miedo por Tommy. Pensaba lo mismo que tú a propósito de Jim. Así que hice este trato con el parque. Oh, hay varios aquí que han hecho lo mismo. Si te fijas un poco los distinguirás de los otros niños por la expresión de la mirada.

Underhill parpadeó.

–Será mejor que vayas a acostarte.

–Tú quieres creerme. Quieres que sea cierto. Lo veo en tus ojos. Si pudieras cambiarte con Jim, lo harías. Deseas evitarle toda esta tortura, ponerlo en tu lugar, ya crecido, con todo el trabajo hecho.

–Cualquier padre decente simpatiza con su hijo.

–Y tú más que otros. Tú sientes todos los mordiscos y puntapiés. Bueno, ven mañana por aquí. Puedes hacer un trato, también.

–¿Cambiar con Jim? –Era un pensamiento increíble, divertido, pero satisfactorio–. ¿Cuánto tendré que pagar?

–Nada. Sólo tienes que jugar en el parque.

–¿Todo el día?

–E ir a la escuela, por supuesto.

–¿Y crecer otra vez?

–Sí, y crecer otra vez. Ven por aquí mañana a las cuatro.

–Mañana tengo que trabajar en la ciudad.

–Mañana –dijo el niño.

–Será mejor que vayas a acostarte, Tommy.

–No, Tommy no. Me llamo *Tom* Marshall –dijo el niño sin moverse.

Las luces del parque se apagaron.

El señor Underhill y su hermana no se hablaron en el desayuno. Underhill solía llamarla al mediodía para hablar de esto o aquello, pero aquel día no telefoneó. Sin embargo, a la una y media, luego de un mal almuerzo, marcó el número de la casa. Cuando Carol respondió, cortó la comunicación. Cinco minutos más tarde volvió a llamar.

–Charlie, ¿llamaste tú hace cinco minutos?

–Sí –dijo Underhill.

–Me pareció oírte respirar antes de que cortaras. ¿Para qué llamaste, querido?

Carol se mostraba comprensiva otra vez.

–Oh, llamaba, nada más.

–Han sido dos días malos, ¿no es cierto? Tú me entiendes, ¿no es cierto, Charlie? Jim debe ir al parque de juegos y recibir unos pocos golpes.

–Unos pocos golpes, sí.

Underhill vio la sangre y los zorros hambrientos y los conejos despedazados.

–Aprender a dar y recibir –decía Carol–, y pelear si es necesario.

–Pelear si es necesario.

–Sabía que me darías la razón.

–La razón –dijo Underhill–. Es cierto. No hay escapatoria. Debe ser sacrificado.

–Oh, Charlie, qué raro eres.

Underhill carraspeó.

–Bueno, está decidido.

–Sí.

«Me pregunto cómo será eso», pensó Underhill.

–¿Todo está bien? –preguntó ante el teléfono.

Pensó en los dibujos en el polvo, en el niño sentado en el suelo.

–Sí –dijo Carol.

–He estado pensando –dijo Underhill.

–Habla.

–Estaré en casa a las tres –dijo lentamente, separando las palabras como un hombre a quien han golpeado en el estómago, falto de aliento–. Daremos un paseo, tú, Jim y yo –dijo con ojos cerrados.

–¡Magnífico!

–Al parque –añadió Underhill, y colgó el tubo.

Era realmente el otoño ahora, el frío real. Durante la noche los árboles habían enrojecido, y ahora sus hojas caían en espiral alrededor de la cara del señor Underhill, que subía hacia la puerta de su casa. Allí estaban Carol y Jim, apretados y protegiéndose del frío, esperándolo.

–¡Hola! –se gritaron, abrazándose y besándose.

–¡Ah, aquí está Jim!

–¡Ah, aquí está papá!

Se rieron y Underhill se sintió paralizado. Faltaba lo peor del día. Eran casi las cuatro. Miró el cielo plomizo, que podía derramar en cualquier momento un río de plata fundida; un cielo de lava y hollín y viento húmedo. Tomó fuertemente a su hermana por el brazo mientras caminaban.

Carol sonrió.

–¡Qué amable estás!

–Es ridículo, por supuesto –dijo Underhill pensando en otra cosa.

–¿Qué?

Habían llegado a la entrada del parque.

–Hola, Charlie.

Allá lejos, en la cima del monstruoso tobogán estaba el chico de Marshall, agitando la mano. No sonreía ahora.

–Tú espera aquí –le dijo el señor Underhill a su hermana–. Será nada más que un momento. Me llevo a Jim al parque.

–Muy bien.

Underhill tomó la manita del niño.

–Vamos, Jim. No te separes de papá.

Bajaron los duros escalones de cemento, y se detuvieron en el polvo liso. Ante ellos, en una secuencia mágica, se extendían los diagramas, las rayuelas gigantescas, los asombrosos numerales y triángulos y figuras oblongas que los niños habían dibujado en el polvo increíble.

Un viento enorme bajó del cielo y el señor Underhill se estremeció. Apretó con más fuerza aún la mano del niño y miró a su hermana.

–Adiós –dijo.

Pues estaba creyéndolo. Estaba en el parque y lo creía, y

era mejor así. Nada era demasiado bueno para Jim. ¡Nada en este mundo atroz! Y ahora su hermana se reía de él.

–¡Charlie, tonto!

Y entonces echaron a correr, a correr por el suelo sucio del parque, por el fondo de un mar pétreo que los empujaba y apretaba.

–¡Papá! ¡Papá! –lloraba ahora Jim, y los niños corrían hacia ellos. El niño del tobogán se acercaba aullando, y las rayuelas giraban en el polvo. Un terror incorpóreo se apoderó de Underhill, pero sabía qué debía hacer, qué debía hacerse, y qué ocurría. En el otro extremo del parque volaban las pelotas de fútbol, zumbaban las pelotas de béisbol, saltaban los palos, relampagueaban los puños, y la puerta de la oficina del gerente permanecía abierta, y había un escritorio vacío y una silla vacía, y una luz solitaria iluminaba el cuarto.

Underhill trastabilló, cerró los ojos y cayó, llorando, con el cuerpo doblado por el dolor, murmurando palabras extrañas, mientras el mundo giraba y giraba.

–Ya está, Jim –dijo una voz.

Y el señor Underhill subió, subió con los ojos cerrados, subió por unos ruidosos peldaños metálicos, gritando, aullando, con la garganta seca.

Y luego abrió los ojos.

Estaba en lo alto del tobogán. El gigantesco y metálico tobogán azul que parecía de tres mil metros de altura. Unos niños lo atropellaban, lo golpeaban para que siguiese: «¡Tírate, tírate!».

Y Underhill miró. Y allá abajo, un hombre de abrigo negro se alejaba del parque, y allá, en la entrada, una mujer lo saludaba con la mano, y el hombre se detuvo junto a la mujer, y ambos lo miraron, agitando las manos y gritándole:

–¡Diviértete, Jim! ¡Diviértete!

Underhill dio un grito. Se miró las manos, comprendiendo, aterrorizado. Las manos pequeñas, las manos delgadas. Miró la tierra allá abajo, muy lejos. Sintió que le sangraba la nariz, y allí estaba el chico de Marshall, junto a él.

–¡Hola! –gritó el otro, golpeándole la boca–. ¡Sólo pasaremos aquí doce años! –gritó en medio del tumulto.

¡Doce años!, pensó el señor Underhill, atrapado. Y el tiempo es diferente para los niños. Un año es como diez años. No, no se extendían ante él doce años de infancia, sino un siglo, un siglo de *esto*.

–¡Tírate!

Detrás de él, mientras lo pinchaban, aporreaban, empujaban, el hedor de la mostaza, el Vick Vaporub, los maníes, el regaliz masticado y caliente, la goma de menta y la tinta azul. El olor del hilo de las cometas y el jabón de glicerina; el olor a calabaza de la fiesta de Todos los Santos, y la fragancia de las máscaras de papel, y el olor de las cicatrices secas. Los puños se alzaban y caían, Underhill vio las caras de zorros y, más allá, junto a la verja, al hombre y la mujer que lo saludaban con la mano. Se estremeció, se cubrió el rostro, sintió que lo empujaban, cubierto de heridas, al borde de la nada. De cabeza, se dejó caer por el tobogán, chillando, perseguido por diez mil monstruos. Un momento antes de golpear contra el suelo, de caer en un nauseabundo montón de garras, tuvo de repente un pensamiento.

«Esto es el infierno –pensó–. ¡Esto es el infierno!»

Y en la caliente multitud demoledora nadie le dijo que no.

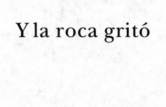

Las reses muertas, colgadas al sol, vinieron rápidamente hacia ellos. Vibraron, calientes y rojas, en el aire verde de la selva, y desaparecieron. El hedor entró en ráfagas por las ventanillas del automóvil. Leonora Webb apretó rápidamente el botón que alzó el cristal con un suspiro.

–Dios santo –dijo–, esas carnicerías al aire libre.

El olor había quedado en el coche, un olor a guerra y horror.

–¿Has visto las moscas? –preguntó la mujer.

–En estos mercados, cuando compras carne –dijo John Webb–, tienes que golpearla con las manos. Sólo así puedes mirarla, cuando las moscas se han ido.

En el camino verde, húmedo y selvático apareció una curva.

–¿Crees que nos dejarán entrar en Juatala?

–No sé.

–¡Cuidado!

Webb vio demasiado tarde los objetos brillantes que atravesaban parte del camino. No pudo esquivarlos. El neumático de una rueda delantera lanzó un terrible suspiro. El coche dio un salto y se detuvo.

John Webb salió del coche. La selva se alzaba cálida y silenciosa, y la carretera se extendía desierta, muy desierta y tranquila bajo la luz alta del sol.

Caminó hasta el frente del coche y se inclinó hacia la rueda, con una mano en el revólver bajo el brazo izquierdo.

El cristal de Leonora descendió relampagueando.

—¿Está muy estropeada la cubierta?

—¡Arruinada, totalmente arruinada!

Webb alzó el objeto brillante que había abierto y desgarrado el neumático.

—Trozos de machete roto —dijo— clavados en listones de adobe y apuntados a las ruedas de nuestros autos. Tenemos suerte de que no nos hayan estropeado todas las cubiertas.

—Pero, ¿por qué?

—Lo sabes tan bien como yo.

Webb señaló con un movimiento de cabeza el periódico extendido junto a su mujer, la fecha de los titulares.

4 DE OCTUBRE DE 1963:
¡ESTADOS UNIDOS Y EUROPA EN SILENCIO!

Las radios de EE.UU. y Europa han callado. Reina un gran silencio. La guerra se ha devorado a sí misma.

Se cree que ha muerto la mayor parte de la población de Estados Unidos. Se supone que la población de Europa, Rusia y Siberia ha sido igualmente diezmada. Los días de la raza blanca en la tierra han terminado.

—Todo fue tan rápido —dijo Webb—. Una semana antes estábamos de vacaciones, descansando de las fatigas del hogar. A la semana siguiente... esto.

El hombre y la mujer alzaron la vista de los grandes titulares y miraron la selva.

La selva les devolvió vastamente la mirada, con un silencio de musgos y hojas, con un billón de ojos de insecto, de esmeralda y diamantes.

—Ten cuidado, Jack.

John Webb apretó dos botones. Un elevador automático silbó bajo las ruedas delanteras y sostuvo el coche en el aire. Webb metió nerviosamente una llave en la taza de la rueda derecha. La cubierta, junto con un aro metálico, saltó de la rueda con un ruido de succión. Bastaron pocos segundos para instalar la rueda de repuesto y llevar rodando la cubierta desgarrada al compartimiento de equipajes. Webb hizo todo esto con el revólver en la mano.

–No te quedes afuera, por favor, Jack.

–Así que ya ha empezado. –Webb sintió el ardor del sol en el cuero cabelludo–. Cómo corren las malas noticias.

–Por Dios –dijo Leonora–. ¡Pueden oírte!

Webb clavó los ojos en la selva.

–¡Sé que están ahí! –gritó.

–¡Jack!

El hombre volvió a gritarle a la selva silenciosa.

–¡Los veo!

Disparó su pistola, cuatro, cinco veces, rápidamente, furiosamente.

La selva devoró las balas estremeciéndose apenas, con un leve ruido, como si alguien desgarrase una pieza de seda. Las balas se hundieron y desaparecieron en un millón de hectáreas de hojas verdes, árboles, silencio y tierra húmeda. El eco de los tiros murió rápidamente. Sólo se oía el murmullo del tubo de escape. Webb caminó alrededor del coche, entró y cerró la portezuela.

Ya en su asiento, volvió a cargar el revólver y se alejaron de aquel sitio.

Viajaban velozmente.

–¿Viste a alguien?

–No. ¿Y tú?

La mujer sacudió la cabeza.

–Vamos muy rápido.

Webb aminoró la marcha justo a tiempo. Al volver una curva, aparecieron otra vez aquellos objetos brillantes, ocupando el lado derecho del camino. Webb desvió el coche hacia la izquierda, y pasaron.

–¡Hijos de perra!

–No son hijos de perra. Son sólo gente que nunca tuvo coches como éste, ni ninguna otra cosa.

Algo golpeó levemente el vidrio delantero.

Un líquido incoloro rayó el vidrio.

Leonora alzó los ojos.

–¿Va a llover?

–No. Fue un insecto.

Otro golpecito.

–¿Estás seguro de que fue un insecto?

Otro golpe, y otro y otro.

–¡Cierra la ventanilla! –dijo Webb, acelerando.

Algo cayó en el regazo de Leonora. Leonora bajó la cabeza y miró. Webb se inclinó para tocarlo.

–¡Rápido!

Leonora apretó el botón. La ventanilla se cerró bruscamente.

Luego Leonora volvió a mirarse el regazo.

El diminuto dardo de cerbatana brillaba sobre su falda.

–Que no te toque el líquido –dijo Webb–. Envuelve el dardo en tu pañuelo. Lo tiraremos más tarde.

El coche corría a cien kilómetros por hora.

–Si nos encontramos otra vez con esos obstáculos, estamos perdidos.

–Se trata de algo local –replicó Webb–. Saldremos de esto.

Seguían los golpes. En el parabrisas se sucedían las descargas.

–¡Pero ni siquiera nos conocen! –exclamó Leonora Webb.

–Ojalá nos conociesen. –Las manos de Webb apretaron el volante–. Matar a gente conocida es difícil, pero no a extranjeros.

–No quiero morir –dijo la mujer, simplemente.

Webb se metió la mano bajo la chaqueta.

–Si me pasa algo, el revólver está aquí. Úsalo, por amor de Dios, y no pierdas tiempo.

Leonora se acercó a su marido y corrieron a ciento veinte kilómetros por hora por el camino, ahora recto, que atravesaba la selva, sin decir una palabra.

Con las ventanillas levantadas, el interior del coche era un horno.

–Era tan tonto todo eso –dijo Leonora al fin–. Poner cuchillos en el camino. Tratar de herirnos con dardos. ¿Cómo pueden saber que el coche que va a pasar lleva gente blanca?

–No les pidas que sean lógicos –dijo Webb–. Un coche es un coche. Es grande, es lujoso. El dinero de un coche les duraría toda la vida. Y además, si logran detener un coche, pueden sorprender a un turista americano o un rico español, cuyos antecesores podrían haberse comportado mejor. Y si detienen a otro indígena, diablos, se le ayuda a salir del apuro y cambiar las ruedas.

–¿Qué hora es? –preguntó Leonora.

Webb se miró por milésima vez la muñeca desnuda. Inexpresivamente, sin mostrarse sorprendido, se puso a pescar con una mano el brillante reloj de oro que llevaba en un bolsillo del chaleco. Un año antes un nativo había clavado los ojos en ese reloj, y lo había mirado fijamente, fijamente, casi como con hambre. Luego el nativo lo había examinado a él, sin burla, sin odio, ni triste ni alegre, sólo perplejo.

Webb se había quitado aquel día el reloj y nunca, desde entonces, había vuelto a usarlo en la muñeca.

–Mediodía –dijo.

Mediodía.

La frontera apareció ante ellos. La vieron y los dos lanzaron un grito, a la vez. Se acercaron, sonriendo, sin saber por qué sonreían...

John Webb sacó la cabeza por la ventanilla, comenzó a hacerle señas al guarda del puesto fronterizo, y luego, dominándose, salió del coche. Caminó hacia la estación. Tres hombres jóvenes, muy bajos, vestidos con terrosos uniformes, hablaban de pie. No miraron a Webb, que se detuvo ante ellos. Continuaron conversando en español, ignorándolo.

–Perdón –dijo John Webb al fin–. ¿Podemos cruzar la frontera hasta Juatala?

Uno de los hombres se volvió un momento hacia Webb.

–Lo siento, *señor*.[1]

Los tres hombres volvieron a hablar.

–Usted no entiende –dijo Webb, tocando el codo del primer hombre–. Tenemos que pasar.

El hombre sacudió la cabeza.

–Los pasaportes ya no sirven. ¿Y por qué van a dejar nuestro país de todos modos?

–Lo anunciaron por radio. Todos los norteamericanos tienen que dejar el país en seguida.

–Ah, *sí, sí*.

Los tres soldados se miraron de soslayo con los ojos brillantes.

–O serán multados o encarcelados, o ambas cosas –dijo Webb.

–Podemos dejarles cruzar la frontera, pero en Juatala les darán veinticuatro horas para que se vayan también. Si no lo cree, ¡escuche! –El guarda se volvió y llamó a través de la frontera–: ¡Eh! ¡Eh!

En pleno sol, a cuarenta metros de distancia, un hombre que se paseaba lentamente, con el rifle en los brazos, se volvió hacia ellos.

–Hola, Paco, ¿quieres a estos dos?

–No, *gracias, gracias*, no –replicó el hombre del rifle, sonriendo.

–¿Ve usted? –dijo el guarda volviéndose hacia John Webb.

Los tres soldados se rieron.

–Tengo dinero –dijo Webb.

Los tres hombres dejaron de reír.

El primer guarda se adelantó hacia John, y su cara no era ahora lánguida ni condescendiente. Parecía una piedra oscura.

---

1. Las palabras en cursivas, en castellano en el original. *(N. del t.)*

–Sí –dijo–. Siempre tienen dinero. Ya lo sé. Vienen aquí y piensan que con ese dinero se consigue todo. Pero ¿qué es el dinero? Es sólo una promesa, *señor*. Lo he leído en los libros. Y cuando alguien ya no cree en promesas, ¿qué pasa entonces?

–Le daré lo que quiera.

–¿Sí? –El guarda miró a sus compañeros–. Me dará lo que yo quiera. –Y añadió dirigiéndose a Webb–: Es un chiste. Siempre fuimos un chiste para ustedes, ¿no es cierto?

–No.

–*Mañana*, y se reían de nosotros. Se reían de nuestras *siestas* y nuestros *mañanas*, ¿no es así?

–No era yo. Algún otro.

–Sí, usted.

–Nunca he estado en este puesto.

–Yo sin embargo lo conozco. Venga aquí, haga esto, haga aquello. Oh, tome un peso, cómprese una casa. Vaya allí, haga esto, haga aquello.

–No era yo.

–Se parecía a usted de todos modos.

Estaban en el sol, con las oscuras sombras tendidas a sus pies, y la transpiración les coloreaba las axilas. El soldado se acercó todavía más a Webb.

–Ya no tengo que hacer cosas para usted.

–Nunca las hizo. Nunca se las pedí.

–Está usted temblando, *señor*.

–Estoy muy bien. Es el sol.

–¿Cuánto dinero tiene? –preguntó el guarda.

–Mil pesos para que nos dejen pasar, y otros mil para el hombre del otro lado.

El guarda se volvió otra vez.

–¿Mil pesos es bastante?

–No –dijo el otro guarda–. ¡Dile que nos denuncie!

–Sí –dijo el guarda, mirando nuevamente a Webb–. Denúncieme. Hágame despedir. Ya me despidieron una vez, hace años, por culpa suya.

–Fue algún otro.

–Anote mi nombre. Carlos Rodríguez Ysotl. Ahora deme dos mil pesos.

John Webb sacó su cartera y entregó el dinero. Carlos Rodríguez Ysotl se mojó el pulgar y contó lentamente el dinero bajo el cielo azul y barnizado mientras el mediodía se ahondaba en todo el país, y el sudor brotaba de fuentes ocultas, y la gente jadeaba y se fatigaba sobre sus sombras.

–Dos mil pesos. –El guarda dobló el dinero y se lo puso tranquilamente en el bolsillo–. Ahora den vuelta al coche y busquen otra frontera.

–¡Un momento, maldita sea! –exclamó John Webb.

El guarda lo miró.

–Dé vuelta el coche.

Se quedaron así un tiempo, con el sol que se reflejaba en el fusil del guarda, sin hablar. Y luego John Webb se volvió y se alejó lentamente hacia el coche, con una mano sobre la cara, y se sentó delante.

–¿A dónde vamos? –preguntó Leonora.

–Al diablo. O a Porto Bello.

–Pero necesitamos gasolina y asegurar la rueda. Y viajar otra vez por esos caminos... Esta vez pondrán troncos, y...

–Ya sé, ya sé... –John Webb se frotó los ojos y se quedó un momento con la cara entre las manos–. Estamos solos, Dios mío, estamos solos. ¿Recuerdas qué seguros nos sentíamos antes? ¿Qué seguros? Invocábamos en todas las ciudades grandes al cónsul americano. ¿Recuerdas la broma? «¡A donde quiera que· vayas puedes oír el aleteo del águila!» ¿O era el sonido de los billetes? Me he olvidado. Jesús, Jesús, el mundo se ha vaciado con una rapidez horrible. ¿A quién recurriré ahora?

Leonora esperó un momento y luego dijo:

–Me tienes a mí. Aunque eso no es mucho.

Webb la abrazó.

–Has estado encantadora. Nada de histerias. Nada.

–Quizá esta noche me ponga a chillar, cuando nos metamos en la cama, si es que volvemos a encontrar una cama. Han pasado más de un millón de kilómetros desde que tomamos el desayuno.

Webb la besó, dos veces, en la boca seca. Luego volvió a recostarse, lentamente.

–Ante todo hay que buscar gasolina. Si la conseguimos, podemos ir a Porto Bello.

Pusieron en marcha el coche. Los tres soldados hablaban y reían.

Un minuto después, ya en viaje, Webb comenzó a reírse suavemente.

–¿En qué piensas? –le preguntó su mujer.

–Recuerdo un viejo espiritual. Era algo así:

> *Fui a esconder la cara en la Roca,*
> *y la Roca gritó: No hay escondites.*
> *No hay escondites aquí.*

–Recuerdo –dijo Leonora.

–Es una canción muy apropiada ahora –comentó Webb–. Te la cantaría entera si la recordase. Tengo ganas de cantar.

Apretó el acelerador.

Se detuvieron ante una estación de combustible, y un minuto más tarde, como el encargado no apareciese, John Webb hizo sonar la bocina. Luego, aterrado, sacó la mano del botón de la bocina y la miró como si fuese la mano de un leproso.

–No debí haberlo hecho.

El encargado apareció en el umbral sombrío de la estación. Otros dos hombres aparecieron detrás.

Los tres hombres salieron y caminaron junto al coche, mirándolo, tocándolo, sintiéndolo.

Las caras de los hombres eran como cobre quemado a la luz del sol. Tocaron las elásticas cubiertas, respiraron el olor nuevo del metal y la tapicería.

–*Señor* –dijo al fin el encargado.

–Quisiéramos comprar un poco de gasolina, por favor.

–Se nos acabó, *señor.*

–Pero sus tanques indican que están llenos. Puedo ver la gasolina en los tanques de vidrio.

–Se nos acabó la gasolina –dijo el hombre.

–¡Le pagaré diez pesos el litro!

–*Gracias,* no.

–No tenemos bastante gasolina para salir de aquí. –Webb examinó el indicador–. Ni siquiera un litro. Será mejor que dejemos el coche, vayamos a la ciudad y veamos qué se puede hacer.

–Le cuidaremos el coche, *señor* –dijo el encargado–. Si me dejan las llaves.

–¡No podemos dejarle las llaves! –dijo Leonora–. ¿Podemos?

–No sé qué otra cosa nos queda. Lo abandonamos en el camino, para que se lo lleve el primero que pase, o se lo dejamos a este hombre.

–Eso es mejor –dijo el hombre.

Los Webb salieron del coche y se quedaron un rato mirándolo.

–Era un hermoso coche –dijo John Webb.

–Muy hermoso –dijo el encargado, con la mano extendida, esperando las llaves–. Lo cuidaré bien, *señor.*

–Pero, Jack...

Leonora abrió la puerta de atrás y comenzó a sacar el equipaje. Por encima del hombro de su mujer, John veía los brillantes marbetes, la tormenta de color que había cubierto el cuero gastado después de años de viajes, después de años en los mejores hoteles de dos docenas de países.

Leonora tironeó de las maletas, sudando, y John la detuvo, y se quedaron allí, jadeando ante la portezuela abierta, mirando aquellos hermosos y lujosos baúles que guardaban los magníficos tejidos de hilo y lana y seda de sus vidas, el perfume de cuarenta dólares, y las pieles frescas y oscuras, y los plateados palos de golf. Veinte años estaban empaquetados en aquellas cajas, veinte años y cuatro docenas de papeles que habían interpretado en Río, en París, en Roma y Shangai; pero el papel que habían interpretado con mayor frecuencia, y el mejor de todos, era el de los ricos y alegres Webbs, la gente de la sonrisa perenne, asombrosamente feliz, la que podía preparar aquel cóctel de tan raro equilibrio conocido como Sáhara.

–No podemos llevarnos todo esto a la ciudad –dijo John–. Volveremos a buscarlo más tarde.

–Pero...

John la hizo callar tomándola de un brazo y echando a caminar por la carretera.

–Pero no podemos dejarlo aquí, ¡no podemos dejar aquí el equipaje y el coche! Oh, escucha. Me meteré y cerraré los cristales mientras vas a buscar gasolina, ¿por qué no? –dijo Leonora.

John se detuvo y miró a los tres hombres junto al coche que resplandecía bajo el sol amarillo. Los ojos de los hombres brillaban y miraban a la mujer.

–Ahí tienes la respuesta. Vamos.

–¡Pero nadie deja así un coche de cuatro mil dólares! –lloró Leonora.

John la hizo caminar, llevándola firmemente por el codo, con un serena decisión.

–Los coches son para viajar en ellos. Cuando no viajan, son inútiles. En este momento tenemos que viajar, eso es todo. El coche sin gasolina no vale un centavo. Un par de buenas piernas tiene hoy más valor que cien coches, si puedes usarlas. Hemos empezado a echar cosas por la borda. Seguiremos arrojando lastre hasta que debamos sacarnos el pellejo.

Webb soltó el brazo de Leonora, que caminaba tranquila junto a él.

–Es tan raro. Tan raro. Hace años que no camino así. –Leonora miró cómo movía sus propios pies, cómo pasaba el camino a su lado, cómo se abría la selva, cómo su marido se desplazaba rápidamente, hasta que aquel ritmo regular pareció hipnotizarla–. Pero quizá es posible volver a aprenderlo todo –dijo al fin.

El sol recorría el cielo, y el señor y la señora Webb recorrieron un rato la ardiente carretera. De pronto el señor Webb se puso a pensar en voz alta.

–Sabes, en cierto modo, pienso que es útil volver a lo esencial. Ya no nos preocupamos por una docena de cosas, sino sólo por ti y por mí.

–Cuidado, viene un coche... será mejor...

Se volvieron a medias, dieron un grito y saltaron. Cayeron a un lado de la carretera y se quedaron allí, tendidos, mientras el automóvil pasaba a cien kilómetros por hora. Voces que cantaban, hombres que reían, hombres que gritaban y saludaban con las manos. El coche se alejó envuelto en un remolino de polvo y se perdió en una curva, haciendo sonar su doble bocina, una y otra vez.

Webb ayudó a levantarse a Leonora y los dos, de pie, miraron la carretera tranquila.

–¿Lo viste?

Miraron cómo el polvo se depositaba lentamente.

–Espero que se acuerden de cambiar el aceite y examinar la batería, por lo menos. Espero que se acuerden de echarle agua al radiador –dijo Leonora, y después de una pausa–: Cantaban, ¿no es cierto?

Webb asintió. Miraron parpadeando la enorme nube de polvo que descendía sobre ellos como polen amarillo. Las pestañas de Leonora, notó Webb, lanzaban una lucecitas brillantes.

–No –dijo–. Eso no. Al fin y al cabo, era sólo una máquina.

–Yo lo quería mucho.

–Siempre queremos todo demasiado.

Siguieron caminando y pasaron junto a una botella rota de vino que perfumaba el aire.

No estaban lejos del pueblo. La mujer caminaba delante, el marido detrás, mirándose los pies mientras caminaban, cuando un ruido de latas y vapores y agua hirviendo les hizo volver la cabeza y mirar el camino. Un viejo venía despacio por el camino en un Ford 1929. El coche no tenía guardabarros, y el sol había descascarado y quemado la pintura, pero el viejo conducía con una serena dignidad. Su cara era una sombra pensativa bajo el sucio sombrero de paja, y cuando vio a los Webb, detu-

vo el coche, que comenzó a humear. El motor se sacudía bajo
la capota, y el viejo abrió la chillona portezuela diciendo:
–No es día para caminar.
–Gracias –dijeron los Webb.
–No es nada. –El hombre llevaba un traje de verano viejo y
amarillento, con una corbata grasienta anudada con descuido
al cuello arrugado. Ayudó a la mujer a subir al asiento de atrás
con una graciosa inclinación de cabeza–. Los hombres senté-
monos delante –sugirió, y el marido se sentó delante, y el coche partió entre temblorosos vapores.
–Bueno. Me llamo García.
Presentaciones e inclinaciones de cabeza.
–¿Se les ha roto el coche? ¿Van en busca de auxilio? –dijo el
señor García.
–Sí.
–Entonces permítanme que los lleve de vuelta junto con un
mecánico –ofreció el hombre.
Los Webb le dieron las gracias y rechazaron amablemente el
ofrecimiento, y el viejo lo repitió, pero después de observar
que su interés y preocupación parecían turbar a la pareja, habló muy cortésmente de otra cosa.
El viejo tocó unos cuantos periódicos que llevaba en las rodillas.
–¿Leen periódicos? Por supuesto. ¿Pero los leen como yo?
Dudo que hayan descubierto mi sistema. Pero no, no lo descubrí yo. Más bien el sistema se me impuso. Pero luego de un
tiempo vi que era un sistema inteligente. Recibo siempre los periódicos con una semana de atraso. Todos nosotros, aquellos
que tienen interés, reciben los periódicos con una semana de
atraso, de la *capital*. Y esta circunstancia da a un hombre ideas
claras. Uno cuida sus ideas cuando lee un periódico viejo.
El marido y la mujer le pidieron que siguiese.
–Bueno –dijo el viejo–. Recuerdo cuando viví un mes en la
capital y compraba el periódico todos los días. El amor, la ira,
la irritación, la frustración me dominaban. Hervían en mí todas
las pasiones. Yo era joven. Todo me sacaba de quicio. De pron-

to comprendí. Creía en todo lo que leía. ¿Lo notaron? ¿Notaron que uno cree en un periódico recién impreso? Esto ha ocurrido hace una hora, piensa uno. Tiene que ser verdad. –El viejo sacudió la cabeza–. Así que aprendí a retroceder y dejar que el periódico envejeciera y madurara. Aquí, en Colonia, observé que los titulares disminuían hasta desaparecer. El periódico de hace una semana... cómo, si hasta uno podría escupir en él, si quisiese. Es como una mujer que se amó una vez, pero uno ve ahora, días más tarde, que no es como uno creía. Tiene una cara bastante común, y es tan profunda como un vaso de agua.

El viejo guiaba suavemente el coche, con las manos sobre el volante como sobre las cabezas de sus hijos, con cariño y afecto.

–De modo que aquí voy, de vuelta a mi casa a leer los periódicos viejos, a mirarlos de soslayo, a jugar con ellos.

Extendió un periódico sobre las rodillas, lanzándole de cuando en cuando una ojeada mientras conducía.

–Qué blanco es este periódico, como la mente de un niño idiota, pobrecito, se puede poner cualquier cosa en un sitio vacío como éste. Aquí, ¿ven ustedes? El periódico dice que todos los blancos del mundo han muerto. Tonterías. En este mismo momento hay probablemente millones de hombres y mujeres blancos dedicados a almorzar o cenar. Tiembla la tierra, se estremece el pueblo, la gente escapa gritando: «¡Todo se ha perdido!». En la población siguiente, la gente se pregunta qué pasa, qué son esos gritos, pues han dormido muy bien esa noche. Ah, ah, qué mundo complejo es éste. La gente no sabe qué complejo es. Para ellos es día o es noche. Los rumores corren de prisa. Esta misma tarde todas las aldeas que bordean el camino, detrás y delante de nosotros, están de fiesta. El hombre blanco ha muerto, dicen los rumores, y sin embargo aquí voy yo a la ciudad con dos que me parecen bien vivos. Espero que no les moleste este modo de hablar. Si no hablo con ustedes tendré que hablarle a ese motor de enfrente, que hace mucho ruido al responder.

Estaban en las afueras de la ciudad.

–Por favor, *señor* –dijo John Webb–, no sería prudente para usted que lo viesen con nosotros. Bajaremos aquí.

El viejo detuvo el coche de mala gana y dijo:

—Son ustedes muy amables al pensar en mí. —Se volvió a mirar a la encantadora esposa—: Cuando era joven estaba lleno de vida y proyectos. Leí todos los libros de un francés llamado Jules Verne. Veo que lo conocen. De noche yo pensaba que me gustaría ser inventor. Todo eso se ha perdido, nunca hice lo que quería hacer. Pero recuerdo claramente que una de las máquinas que yo quería construir era una que haría que un hombre, durante una hora, pudiera ser cualquier otro hombre. En la máquina había colores y olores y películas, como en un teatro, y se parecía a un ataúd. Uno se metía en el ataúd y apretaba un botón. Y durante una hora uno podía ser esos esquimales que viven en el frío, allá arriba, o un señor árabe a caballo. Todo lo que sentía un hombre de Nueva York, podía sentirlo uno en la máquina. Todo lo que olía un sueco, podía olerlo uno. Todo lo que saboreaba un chino, podía sentirlo uno en la lengua. La máquina era como otro hombre... ¿Comprenden lo que yo buscaba? Y tocando muchos de esos botones cada vez que entraba en mi máquina, usted podía ser un hombre blanco o un hombre amarillo o un *negrito*. Hasta se podía ser una mujer o un niño si uno quería divertirse de veras.

El marido y la mujer descendieron del coche.

—¿Trató de inventar alguna vez la máquina?

—Fue hace tanto tiempo. No había vuelto a acordarme hasta hoy. Y hoy pensé que podía sernos útil, que la necesitábamos. Qué lástima que nunca haya intentado construirla. Algún día la construirá algún otro.

—Algún día —dijo John Webb.

—Ha sido un placer hablar con ustedes —dijo el viejo—. Que Dios los acompañe.

—*Adiós, señor* García —dijeron los Webb.

El coche se alejó lentamente, humeando. Los Webb lo miraron irse, un minuto entero. Luego, sin hablar, Webb extendió el brazo y tomó la mano de su mujer.

Entraron a pie en la pequeña ciudad de Colonia. Pasaron junto a las tiendecitas, la carnicería, la casa del fotógrafo. La gente se detenía y los miraba pasar y no dejaba de mirarlos hasta perderlos de vista. Cada pocos segundos, mientras caminaba, Webb se metía la mano bajo la chaqueta, para tocar el revólver, secreta, tentativamente, como alguien que se toca un granito que crece y crece hora a hora...

El patio del Hotel Esposa era fresco como una gruta bajo una cascada azul. En él cantaban las aves enjauladas, y los pasos resonaban como tiros de rifle, claros y limpios.

–¿Recuerdas? Paramos aquí hace años –dijo Webb ayudando a su mujer a subir los escalones. Se detuvieron en la gruta fresca, disfrutando de la sombra azul.

»*Señor* Esposa –dijo John Webb cuando un hombre grueso salió de detrás de un escritorio mirándolo de soslayo–. ¿No me recuerda? John Webb. Hace cinco años... jugamos a las cartas una noche.

–Por supuesto, por supuesto.

El señor Esposa se inclinó y estrechó brevemente las manos. Hubo un silencio incómodo. Webb carraspeó.

–Hemos tenido algunas dificultades, *señor* Esposa. ¿Podemos alquilar una habitación? Por esta noche solamente.

–Aquí el dinero de usted siempre tendrá valor.

–Quiere decir que nos dará una habitación? Pagaremos con gusto por adelantado. Dios, necesitamos ese descanso. Pero más que eso, necesitamos gasolina.

Leonora tocó el brazo de su marido.

–¿No recuerdas? Ya no tenemos auto.

–Oh, es cierto. –Webb permaneció callado unos instantes y al fin suspiró–. Bueno. No se preocupe por la gasolina. ¿Sale algún autobús pronto para la capital?

–Todo llegará, a su tiempo –dijo el hombre nerviosamente–. Por aquí.

Mientras subían las escaleras oyeron un ruido. Miraron hacia fuera y vieron el coche, que daba vueltas y vueltas alrededor de la plaza, ocho veces, cargado de hombres que gritaban y cantaban y se colgaban de los guardabarros, riendo. Niños y perros corrían detrás del coche.

–Cómo me gustaría tener un coche como ése –dijo el *señor* Esposa.

En el tercer piso del Hotel Esposa, el gerente sirvió un poco de vino fresco para los tres.

–Por un cambio –dijo el señor Esposa.

–Brindaré por eso.

Bebieron. El señor Esposa se pasó la lengua por los labios y se los limpió en la manga de la chaqueta.

–Sorprende y entristece ver cómo cambia el mundo. Es insensato, nos han dejado atrás, piensa uno. Es increíble. Y ahora, bueno... Están a salvo por esta noche. Pueden tomar una ducha y cenar bien. No pueden quedarse más de una noche. Esto es todo lo que puedo ofrecerles por lo bondadosos que fueron ustedes conmigo hace cinco años.

–¿Y mañana?

–¿Mañana? No tomen el autobús para la capital, por favor. Hay tumultos en las calles, allá. Han matado a alguna gente del norte. No es nada. Pasará en seguida. Pero hasta entonces, hasta que la sangre se enfríe, deberán tener cuidado. Hay muchos malvados que quieren aprovechar la situación, *señor.* En las próximas cuarenta y ocho horas, bajo el disfraz del nacionalismo, esa gente intentará ganar el poder. Egoísmo y patriotismo, señor. Es difícil distinguir uno de otro. Así que... deberán esconderse. Es un problema. Toda la ciudad sabrá que están aquí antes de unas pocas horas. Puede ser peligroso para mi hotel. No sé.

–Comprendemos. Es usted muy bueno al ayudarnos tanto.

–Si necesitan algo, llámenme. –El señor Esposa se bebió el vino que aún quedaba en su vaso–. Terminen la botella –dijo.

Los fuegos de artificio comenzaron aquella noche a las nueve. Los cohetes, primero uno y luego otro, se elevaron en el cielo oscuro y estallaron por encima de los vientos edificando arquitecturas de llamas. Cada cohete, en la cima de su curso, se abría desplegando una formación de gallardetes de llamas blancas y rojas, algo parecida a la cúpula de una hermosa catedral.

Leonora y John Webb, junto a la ventana abierta, miraban y escuchaban desde la habitación en sombras. Pasaba el tiempo, y por todos los caminos y senderos venía más gente a la ciudad y comenzaba a pasearse por la plaza tomada del brazo, cantando, aullando como perros, apretándose como gallinas. Y luego se dejaban caer en las aceras, se sentaban allí y se reían, con las cabezas echadas hacia atrás, mientras los cohetes estallaban en colores sobre las caras levantadas. Una banda comenzó a soplar y resollar.

–Aquí nos tienes –dijo John Webb– luego de unos cuantos centenares de años de buena vida. Esto es lo que queda de la supremacía blanca... tú y yo en una habitación a oscuras en un hotel situado a quinientos kilómetros tierra adentro en un país en fiesta.

–Tenemos que ponernos en su lugar.

–Oh, hace tiempo que lo he hecho. En cierto modo, me alegro de que sean felices. Dios sabe que han esperado bastante. Pero me pregunto cuánto durará esa dicha. Ahora que el chivo expiatorio ha desaparecido, ¿quién será el culpable de la opresión? ¿Quién estará tan a mano, quién será tan obviamente culpable como tú y yo y el hombre que ocupó antes que nosotros este mismo cuarto?

–No sé.

–Somos tan oportunos. El hombre que alquiló este cuarto el mes pasado era tan oportuno. Un modelo. Se reía de las *siestas* de los nativos. Rehusaba aprender una pizca de español. Que aprendan inglés, por Dios, y que hablen como hombres, decía. Y bebía demasiado y perseguía demasiado a las mujeres del pueblo.

Webb se interrumpió y se alejó de la ventana. Miró el cuarto.

Los muebles y adornos, pensó. El sofá donde el hombre

puso los zapatos sucios, la alfombra que agujereó con colillas de cigarrillo... Y la mancha húmeda en la pared junto a la cama, Dios sabe por qué o cómo hizo eso. Las sillas rayadas y pateadas. No era su hotel o su habitación; era algo prestado. Y sin ningún valor. Así ese hijo de perra se paseó por todo el país durante cien años, un hombre de negocios, una cámara de comercio, y aquí estamos nosotros ahora, bastante parecidos a él como para ser sus hermanos, y allá están ellos, en la noche del baile de la servidumbre. No saben, y si lo saben no quieren pensarlo, que mañana serán tan pobres como hoy, que estarán tan oprimidos como siempre, que la máquina apenas se habrá movido hasta el otro diente del engranaje.

Ahora la banda había dejado de tocar, y un hombre había subido de un salto, gritando, a la plataforma. Hubo un resplandor de machetes en el aire y el brillo oscuro de unos cuerpos semidesnudos.

El hombre de la plataforma volvió la cara al hotel y miró la habitación oscura donde John y Leonora Webb habían retrocedido, alejándose de las luces intermitentes.

El hombre gritó.

–¿Qué dice? –preguntó Leonora.

–«Éste es un mundo libre» –tradujo John Webb.

El hombre aulló.

John Webb volvió a traducir:

–«¡Somos libres!»

El hombre se alzó en puntas de pie e hizo el ademán de romper unas esposas.

–«Nadie es dueño de nosotros, nadie en el mundo» –tradujo Webb.

La multitud rugió y la banda comenzó a tocar, y, mientras tocaba, el hombre de la plataforma miraba la ventana de la habitación oscura con todo el odio del universo en los ojos.

Durante la noche hubo peleas y golpes, y voces que se alzaban, y discusiones y tiros. John Webb, acostado, despierto, oyó la voz del señor Esposa en el piso de abajo que razonaba, hablaba serena, firmemente. Y luego el tumulto fue borrándose, los últimos cohetes subieron al cielo, y las últimas botellas se rompieron en las piedras de la calle.

A las cinco de la mañana el aire comenzó a calentarse otra vez. Unos golpes muy débiles sonaron en la puerta del cuarto.

–Soy yo, Esposa –dijo una voz.

John Webb titubeó, a medio vestir, tambaleándose por la falta de sueño. Al fin abrió la puerta.

–¡Qué noche, qué noche! –dijo el señor Esposa entrando en el cuarto, sacudiendo la cabeza, riendo dulcemente–. ¿Escucharon el ruido? ¿Sí? Querían subir al cuarto de ustedes. No los dejé.

–Gracias –dijo Leonora todavía en la cama, con la cara vuelta hacia la pared.

–Eran todos viejos amigos. Hice un arreglo con ellos. Estaban bastante borrachos y bastante felices, y dijeron que esperarían. Tengo algo que proponerles a ustedes dos. –De pronto el hombre pareció turbado. Se acercó a la ventana–. Todos duermen aún. Sólo unos pocos están levantados. Unos cuantos hombres. ¿Los ve, del otro lado de la plaza?

John Webb miró la plaza. Vio a los hombres morenos que hablaban serenamente del tiempo, el mundo, el sol, este pueblo, y el vino quizá.

–Señor, ¿ha tenido usted hambre alguna vez en la vida?

–Sólo un día, una vez.

–Sólo un día. ¿Ha tenido siempre una casa donde vivir y un coche para viajar?

–Hasta ayer.

–¿Ha estado alguna vez sin trabajo?

–Nunca.

–¿Vivieron todos sus hermanos hasta los veintiún años?

–Todos.

–Hasta yo –dijo el señor Esposa–, hasta yo lo odio a usted un poco ahora. Pues yo no tuve hogar durante mucho tiempo. He pasado hambre. Tengo tres hermanos y una hermana enterrados en ese cementerio de la loma, más allá del pueblo, muertos de tuberculosis antes de cumplir los nueve años. –El señor Esposa miró a los hombres en la plaza–. Ahora ya no tengo hambre ni soy pobre, tengo coche, estoy vivo. Pero soy uno entre mil. ¿Qué puede decirles en un día como hoy?

–Trataré de pensarlo.

–Yo he dejado de tratar hace ya mucho tiempo. *Señor*, hemos sido siempre una minoría, nosotros, los blancos. Soy de raza española, pero me he criado aquí, y me toleran.

–Nosotros no pensamos nunca que éramos una minoría –dijo Webb–, y ahora es difícil admitirlo.

–Se ha portado usted muy bien.

–¿Es eso una virtud?

–Sí en la plaza de toros, sí en la guerra, sí en cualquier situación parecida. Usted no se queja, no trata de excusarse. No corre y da un espectáculo. Creo que ustedes dos son muy valientes.

El gerente del hotel se sentó, lentamente, descorazonado.

–He venido a ofrecerles la posibilidad de quedarse –dijo.

–Quisiéramos irnos, si fuese posible.

El gerente se encogió de hombros.

–Les han robado el coche, y no querrán devolverlo. No pueden dejar la ciudad. Quédense y acepten un puesto en el hotel.

–¿Así que no hay modo de viajar?

–Puede que lo haya dentro de veinte días, *señor*, o veinte años. No pueden seguir viviendo sin dinero, comida, alojamiento. Aquí tienen en cambio mi hotel, y trabajo.

El gerente se levantó y caminó con aire de desánimo hacia la puerta, y se detuvo junto a una silla y tocó la chaqueta de Webb, que estaba allí colgada.

–¿Qué es ese trabajo? –preguntó Webb.

–En la cocina –le dijo el gerente, y miró para otro lado.

John Webb se sentó en la cama, en silencio. Su mujer no se movió.

El *señor* Esposa dijo:

–No puedo ofrecerles nada mejor. ¿Qué más pueden pedir? Anoche, esos que están en la plaza querían venir a buscarlos. ¿Vieron los *machetes?* Discutí con ellos. Tuvieron ustedes suerte. Les dije que trabajarían en mi hotel en los próximos veinte años, que eran mis empleados y yo tenía que protegerlos.

—¡Usted dijo eso!

—*Señor, señor,* denme las gracias. Piensen un poco. ¿A dónde irían? ¿A la selva? Las serpientes los matarían en menos de dos horas. ¿Caminarían ochocientos kilómetros hasta una capital en la que no serían bienvenidos? No. Deben aceptar la realidad. —El señor Esposa abrió la puerta—. Les ofrezco una ocupación honesta, y les pagaré el salario común de dos pesos por día, más las comidas. ¿Quieren quedarse conmigo o ir afuera a la plaza con nuestros amigos al mediodía? Piénsenlo.

La puerta se cerró. El *señor* Esposa había desaparecido.

Webb se quedó mirando la puerta largo rato.

Luego caminó hasta la silla y tocó el estuche de cuero bajo la doblada camisa blanca. El estuche estaba vacío. Lo tomó en las manos y lo miró parpadeando y miró la puerta por la que acababa de irse el *señor* Esposa. Se volvió y se sentó en la cama, junto a su mujer. Se acostó a su lado y la abrazó y la besó, y se quedaron inmóviles, acostados, mirando cómo la habitación se iba aclarando con el nuevo día.

A las once de la mañana, con las grandes persianas recogidas, comenzaron a vestirse. En el cuarto de baño había jabón, toallas, equipo de afeitar, y hasta perfumes. Todo facilitado por el señor Esposa.

John Webb se afeitó y vistió cuidadosamente.

A las once y media encendió la radio cerca de la cama. Uno podía sintonizar comúnmente Nueva York o Cleveland o Houston. Pero el aire estaba en silencio. Webb apagó la radio.

—No hay adonde ir, ni ninguna razón para volver, nada.

Su mujer se sentó en una silla, cerca de la puerta, mirando la pared.

—Podemos quedarnos aquí y trabajar —dijo Webb.

Leonora Webb se movió al fin.

–No, no podemos hacerlo. No realmente ¿O podemos?

–No, creo que no.

–No es posible. Somos consecuentes a pesar de todo. Inútiles, pero consecuentes.

Webb pensó un momento.

–Podríamos llegar a la selva.

–No creo que podamos dejar el hotel sin ser vistos. No podemos escapar y caer en sus manos. Sería peor de ese modo.

Webb estuvo de acuerdo.

Siguieron sentados en silencio unos instantes.

–No sería tan malo trabajar aquí –dijo Webb al fin.

–¿Y para qué seguir viviendo? Todos han muerto, tus padres, los míos, tus hermanos, los míos, nuestros amigos; todo ha desaparecido, todo lo que podíamos entender.

Webb asintió.

–Y si aceptamos el empleo, un día, pronto, uno de los hombres me tocará, y tú no podrás permitirlo, sabes que no. O alguien te hará algo a ti, y *yo* haré algo.

Webb volvió a inclinar la cabeza.

Se quedaron así, sentados, unos quince minutos, hablando serenamente. Luego, Webb tomó el teléfono y golpeó la horquilla con un dedo.

–*Bueno* –dijo una voz en el otro extremo de la línea.

–¿*Señor* Esposa?

–*Sí.*

–*Señor* Esposa. –Webb hizo una pausa y se pasó la lengua por los labios–. Dígales a sus amigos que dejaremos el hotel al mediodía.

El teléfono no respondió inmediatamente. Luego, suspirando, el señor Esposa dijo:

–Como ustedes quieran. ¿Están decididos?

El teléfono guardó silencio un minuto. Luego el señor Esposa dijo serenamente:

–Mis amigos dicen que los esperarán al otro lado de la plaza.

–Nos encontraremos allí –dijo John Webb–. Y *señor...*

–Sí.

–No me odie, no nos odie.

–Yo no odio a nadie.

–Es un mundo malo, señor. Nadie sabe cómo hemos llegado a esto, o qué estamos haciendo. Estos hombres no saben por
qué están enojados. Sólo que están enojados. Perdónelos, y no
los odie.

–No odio a esos hombres ni lo odio a usted.

–Gracias, gracias. –Quizá el hombre del otro extremo de la
línea telefónica estaba llorando. No había modo de saberlo.
Hacía grandes pausas al hablar, al respirar. Al fin dijo–: No sabemos por qué hacemos las cosas. Los hombres se golpean entre ellos sin razón, sólo porque son desgraciados. Recuerde eso.
Soy su amigo. Yo lo ayudaría a usted si pudiese, pero no puedo.
Tendría contra mí a toda la ciudad. Adiós, *señor.*

John se quedó sentado, con la mano apoyada en el teléfono
silencioso. Pasó un momento antes de que alzara la vista. Pasó
un momento antes de que sus ojos se fijaran en un objeto que
estaba ante él. Cuando lo vio claramente, no se movió, siguió
mirándolo hasta que una sonrisa de ironía, inmensamente fa-
tigada, se le dibujó en la boca.

–Mira –dijo al fin.

Leonora siguió con los ojos el movimiento de la mano
de Webb.

Ambos se quedaron mirando el cigarrillo que abandonado
por Webb en el borde de la mesa, mientras telefoneaba, había
dejado un agujero negro en la limpia superficie de la madera.

Era mediodía cuando descendieron los escalones del hotel, con
el sol directamente sobre ellos, y las sombras debajo. Detrás, los
pájaros cantaban en jaulas de bambú, el agua corría en una pequeña fuente. Salían limpios, todo lo posible, con las caras y las
manos lavadas, las uñas arregladas, los zapatos lustrados.

Al otro lado de la plaza, a doscientos metros, había un pequeño grupo de hombres a la sombra del alero de un almacén.

Algunos eran nativos de la selva, con brillantes machetes en la cintura. Todos miraban la plaza.

John Webb los miró un largo rato. No son todos, pensó, no es todo el país. Es sólo la superficie. La delgada piel sobre la carne. No es el cuerpo, de ningún modo. Sólo la cáscara del huevo. ¿Recuerdas las multitudes, los tumultos, las manifestaciones en tu propia patria? Siempre lo mismo, aquí o allá. Unas pocas caras de furia en las primeras filas, y luego, atrás, las caras serenas, los que no intervienen, los que dejan que las cosas sigan su curso, los que no quieren complicarse. La mayoría no se mueve. Y así unos pocos, un puñado, toman las riendas y se mueven por ellos.

Miró a los hombres sin parpadear. «¡Si pudiésemos romper esa cáscara! ¡Dios sabe qué delgada es! –pensó–. Si pudiésemos hablar y abrirnos paso a través de esos hombres y llegar a la gente serena de atrás...?» ¿Podría hacerlo? ¿Sabría decirles las palabras apropiadas? ¿Podría evitar los gritos?

Buscó en sus bolsillos y sacó un arrugado paquete de cigarrillos y algunos fósforos.

«Puedo intentarlo –pensó–. ¿Cómo lo haría el viejo del Ford? Trataré de hacerlo de ese modo. Cuando acabemos de cruzar la plaza, comenzaré a hablar, en un murmullo si es necesario. Y si pasamos lentamente a través de esos hombres quizá podamos llegar hasta los otros, y nos encontraremos a salvo, en tierra firme.»

Leonora se movió a su lado. Parecía tan lozana, tan bien arreglada a pesar de todo, tan nueva en medio de aquella vejez, tan sorprendente, que la mente de Webb se sacudió y vaciló. Se sorprendió a sí mismo mirándola como si ella lo hubiese traicionado con aquella blancura salina, el pelo maravillosamente cepillado, las manos limpiamente arregladas, y la boca roja y brillante.

En el último escalón, Webb encendió un cigarrillo, dio dos o tres largas chupadas, lo arrojó al suelo, lo pisoteó, envió de un puntapié la aplastada colilla a la calle, y dijo:

–Bien, vamos.

Bajaron el último escalón y comenzaron a caminar alrededor de la plaza, ante las pocas tiendas que aún permanecían abiertas. Caminaban serenamente.

—Quizá sean decentes con nosotros.

—Esperémoslo.

Pasaron ante un taller fotográfico.

—Es otro día. Puede pasar cualquier cosa. Lo creo. No... realmente no lo creo. Estoy hablando, nada más. Tengo que hablar o no podría seguir caminando —dijo Leonora.

Pasaron ante una tienda de dulces.

—Sigue hablando, entonces.

—Tengo miedo —le dijo Leonora—. ¡Esto no puede pasarnos a nosotros! ¿Sólo quedamos nosotros en el mundo?

—Unos pocos más quizá.

Se acercaban a una *carnicería* al aire libre.

«¡Dios! —pensó Webb—. Cómo se estrechan los horizontes, cómo se acercan. Hace un año no había para nosotros cuatro direcciones, sino un millón. Ayer se habían reducido a cuatro; podíamos ir a Juatala, Porto Bello, San Juan Clementas o Brioconbria. Nos contentábamos con tener nuestro coche. Luego, cuando no pudimos conseguir gasolina, nos contentábamos con conservar nuestra ropa; luego, cuando nos sacaron la ropa, nos contentábamos con encontrar un lugar para dormir. Nos sacaban todos los placeres, y encontrábamos rápido consuelo. Dejábamos algo, y nos atábamos rápidamente a otra cosa. Supongo que es humano. Y al fin nos sacaron todo. Nada nos quedó. Excepto nosotros mismos. Sólo quedamos yo y Leonora, en esta plaza, pensando demasiado. Y lo que cuenta al fin es si podrán apartarte de mí, Leonora, o apartarme de ti, y no creo que puedan. Se han llevado todo lo demás, y no los acuso. Pero no pueden hacernos nada nuevo. Cuando quitas las ropas y adornos, quedan dos seres humanos que son felices o desgraciados, juntos, y nada más.»

—Camina despacio —dijo en voz alta.

—Así lo hago.

—No demasiado despacio como para parecer desanimada.

No demasiado rápido como si quisieras terminar de una vez. No les des esa satisfacción, Leo, no les des nada.

–No.

Siguieron caminando.

–Ni siquiera me toques –dijo Webb serenamente–. Ni siquiera me tomes la mano.

–¡Oh, por favor!

–No, ni siquiera eso.

Webb se apartó unos centímetros y siguió caminando tranquilamente, con paso regular, mirando hacia adelante.

–Voy a echarme a llorar, Jack.

–¡Maldita sea! –dijo Webb entre dientes, sin mirar a Leonora–. ¡Para eso! ¿Quieres que corra? ¿Es eso lo que quieres... que te tome en brazos y corra a la selva y que ellos nos cacen? ¿Es eso lo que quieres, maldita sea, quieres que me tire en la calle, aquí mismo, y me arrastre y grite? Cállate, hagamos esto bien, ¡no les demos nada!

Caminaron un poco más.

–Muy bien –dijo Leonora, con los puños apretados, la cabeza erguida–. Ya no lloro. No quiero llorar.

–Bien, eso está muy bien.

Y todavía, curiosamente, no habían dejado atrás la *carnicería*. La visión horrorosa y roja se alzó a la izquierda de John y Leonora Webb mientras se adelantaban lentamente por la acera que el sol calentaba. Las cosas que colgaban de los ganchos parecían pecados, o actos brutales, malas conciencias, pesadillas, banderas ensangrentadas y promesas rotas. Las reses rojas, oh, las reses rojas colgantes, húmedas y malolientes, las reses colgadas de los ganchos parecían cosas desconocidas, desconocidas.

Mientras pasaban junto a la carnicería, algo impulsó a John Webb a alargar una mano y golpear hábilmente un recto y colgado trozo de carne. Un enjambre de moscas azules se alzó de pronto, zumbando agriamente, y describió un cono brillante alrededor de la res.

–¡Son todos desconocidos! –dijo Leonora, con los ojos clavados ante ella, caminando–. No conozco a ninguno de ellos. Me gustaría conocer a alguno. ¡Me gustaría que uno por lo menos me conociese!

Dejaron atrás la carnicería. El trozo de res, de aspecto irritable, rojizo, se balanceaba a la luz cálida del sol.

Cuando dejó de balancearse, las moscas bajaron a cubrir la carne, como una túnica hambrienta.

Índice